W0463292

Eireann Corrigan a commencé à écrire à l'âge de sept ans, envoyant des poèmes à son frère aîné qui étudiait en Allemagne. Depuis, elle a écrit de multiples romans jeunesse parmi lesquels *Complice(s)*, *Creep*, *The Believing Game*, *Ordinary Ghosts*, and *Splintering* (les quatre derniers n'ayant pas été traduits en français). Elle a également publié un mémoire jeunesse acclamé par la critique : *You Remind Me of You*.

Ce livre est également disponible
au format numérique

www.castelmore.fr

Eireann Corrigan

SAVING CARA

Traduit de l'anglais (États-Unis) par Isabelle Troin

FiBS

Fibs est une collection des éditions Castelmore

Titre original : *Remedy*

Loi n° 49-956 du 16 juillet 1949 sur les publications destinées à la jeunesse

Dépôt légal : juin 2021

ISBN : 978-2-36231-431-5

CASTELMORE
60-62 rue d'Hauteville – 75010 Paris
E-mail : info@castelmore.fr
Site Internet : www.castelmore.fr

Pour Rob Franzmann – notre guerrier de tant de façons.

Chapitre premier

Certains jours, lorsque je me réveille et qu'une lumière brumeuse filtre à travers les stores, projetant des rayures sur ma couverture blanche comme si ma fenêtre était garnie de barreaux, je tente de me souvenir de l'époque où j'étais encore en bonne santé. Je ne devais pas avoir plus de sept ou huit ans, et il ne me serait pas venu à l'esprit de penser que j'avais de la chance. De remarquer que je n'avais mal nulle part.

Je n'avais pas fini de découvrir le potentiel de mon corps, de mes os qui s'allongeaient, de mes muscles qui gagnaient en force. Soudain, je parvenais à atteindre une étagère encore hors de ma portée la dernière fois que je m'étais mise sur la pointe des pieds. Mes dents de lait tombaient pour faire place à mes dents définitives. De temps en temps, je m'écorchais un genou.

En cours de sport – à cette époque, j'avais encore le droit d'y assister –, on jouait avec des trottinettes, des parachutes et des cerceaux. Un jour, ma classe de CE1 a fait un concours de hula hoop devant le reste de l'école. Un par un, les cerceaux sont tombés sur le bitume de la cour – à l'exception du mien. J'ai continué à le faire tourner autour de ma taille jusqu'à ce que la directrice s'approche pour l'attraper avec sa main et me proclamer championne. J'aurais pu continuer pendant des heures.

J'ai reçu un certificat. Je me souviens d'avoir caressé du doigt le sceau doré embossé sur le papier. J'aurais dû le garder, mais je ne suis pas certaine de l'avoir emporté la première fois qu'on a déménagé, et je suis sûre de ne pas l'avoir pris la seconde.

Je l'ai probablement laissé pour ne pas rendre ma mère triste. Si elle m'avait vue le fourrer entre les pages d'un livre ou dans une boîte à chaussures, elle aurait cru que je m'apitoyais sur mon sort. Elle a sacrifié tant de choses pour moi ! Je ne voulais pas lui faire de peine. Et puis, nous sommes des Wakely. Nous ne nous apitoyons jamais sur nous-mêmes.

C'est ce que je me répète en posant mes pieds sur les lattes du plancher et en contractant mes muscles pour me lever. Je tente d'ignorer le brouillard dans ma tête, le sale goût de maladie dans ma bouche. Je tire le cordon des stores, et un flot de lumière efface les rayures sur mon lit.

La clarté matinale m'éblouit, mais je m'efforce d'être reconnaissante pour cette nouvelle journée comme on me l'a appris.

Chapitre 2

Chaque jour commence par la même question.

— Comment as-tu dormi, Cara Jean ?

— Quatre.

Nous avons un système d'évaluation pour mon sommeil et mon appétit, ma fatigue et ma douleur. Une nuit à quatre, c'est bien. Très bien, même. Nous notons sur cinq pour le sommeil et l'appétit, mais la fatigue et la douleur montent jusqu'à dix. Du coup, quatre, c'est toujours un bon score. Voilà comment je me sens ce matin : assez bien reposée, disposée à manger. Un peu raide, mais pas incapable de m'extirper de mon lit et luttant pour respirer à travers la bile qui monte dans ma gorge. Quatre pour tout, donc.

J'ai levé une main au pouce replié pour l'indiquer, parce que le blender fait un potin d'enfer. Maman a aligné les betteraves et les carottes, le chou kale et les épinards sur le plan de travail. La machine les broie dans un grondement qui fait vibrer mes dents.

— Super ! crie-t-elle en nous servant un verre de boisson verte mousseuse à chacune.

Quand je tends la main vers le mien, elle me donne une petite tape.

— Tu connais la procédure, ma chérie. D'abord les constantes.

Alors, je me perche sur un tabouret et je lui présente mon bras.

Les gestes de ma mère sont précis et efficaces. Avant ma naissance, elle était infirmière urgentiste. Puis je suis arrivée. Elle dit que la vie trouve toujours le bon chemin, et qu'elle aurait étudié encore plus dur si elle avait su qu'un jour, sa fille serait son unique patiente.

La manchette qui sert à mesurer ma tension artérielle se gonfle puis se dégonfle. Ma mère se penche pour noter le résultat sur le tableau blanc accroché au mur de la cuisine. Puis elle glisse le thermomètre sous ma langue et presse deux doigts sur mon poignet afin de prendre mon pouls.

Elle garde une trace de tout. En plus du tableau, elle a un classeur épais dans lequel elle range tous les documents relatifs à ma santé : les formulaires d'entrée à l'hôpital, les ordonnances et les autorisations de sortie. Elle fait particulièrement attention à ces dernières. Parfois, quand elle croit que je ne la regarde pas, elle les étale sur la table comme pour tracer une carte qui indiquerait la route vers ma guérison.

Elle tient d'autres tableaux que celui de mes constantes. L'un d'eux lui sert à noter l'argent qui entre et celui qui sort.

Elle a un second classeur plein de factures et de demandes d'aide sociale. Elle ne veut pas que je me soucie de ces chiffres-là. Le seul qui compte, c'est le quatre d'aujourd'hui.

Maman pousse mon verre vers moi et lève le sien. Nous trinquons.

— Tchin-tchin !

— *Salud*, corrige-t-elle.

Assises au comptoir, on sourit toutes les deux de sa blague idiote avant de boire à une vie saine et heureuse.

— Tu crois que tu arriveras à aller en cours aujourd'hui, ma puce ? demande-t-elle avec tant d'espoir que je réponds oui sans réfléchir.

Puis je me souviens que je n'ai pas lu mon texte de japonais, et que je n'ai rien de vaguement présentable à me mettre. Mais la machine maternelle est lancée.

— Tant mieux ! C'est une excellente nouvelle, se réjouit-elle comme si l'énergie de sa voix pouvait éclairer mon chemin.

Le jus vert retombe au fond du verre. Je le sens former une moustache sur ma lèvre supérieure. Je me prépare mentalement à remonter dans ma chambre et à me doucher en m'appuyant aux parois pour ne pas tomber. Maman prend mon pilulier, ouvre un compartiment en plastique et en retire une gélule familière.

— Dans ce cas, gardons la grosse bleue pour quand tu rentreras à la maison. Parfois, elle te fait somnoler, et si ta douleur est seulement à quatre, tu dois pouvoir t'en passer.

Elle me passe le pilulier. Nous sommes jeudi ; c'est la première fois cette semaine que je vais tenter d'aller en cours. J'ouvre le compartiment marqué J et avale les trois comprimés restants avec mon jus.

Parfois, je me demande ce qui se traîne le plus pitoyablement : mon corps quand je me prépare le matin, ou la Toyota de ma mère. Quand on vivait près d'Hubbard, Ohio, il arrivait que les carrioles à cheval des amish nous dépassent. Je vous jure. Une fois, la police nous a arrêtées sur l'autoroute parce qu'on roulait trop lentement. Maman a désigné ma bouteille d'oxygène au flic.

— Je transporte une cargaison fragile, monsieur l'agent. Fragile et très précieuse.

— Désolé, madame, a répondu l'homme en toquant doucement sur la portière à la vitre baissée. Que Dieu vous garde.

Aujourd'hui, je n'ai pas de tubes dans le nez ni de bouteille d'oxygène. Mon sac me semble léger parce que ma mère refuse que je me fasse mal au dos en le chargeant trop : du coup, j'ai un second jeu de manuels de classe que je garde dans mon casier, au lycée, pour les apporter en cours.

— Comment tu te sens ? me demande-t-elle encore. Des nausées ?

Je hausse les épaules. De l'autre côté de la fenêtre, les centres commerciaux se succèdent à une vitesse d'escargot. Parfois, j'ai envie de dire à ma mère que c'est de nous traîner autant qui me retourne l'estomac. Je sens chaque bosse, chaque ornière de la route.

Quand il le faut, ma mère peut rouler très vite. La dernière fois qu'on a déménagé, la ville que nous quittions a disparu en un clin d'œil dans notre rétroviseur. Je me souviens d'avoir agrippé l'accoudoir en m'émerveillant de la façon dont elle se concentrait sur la route, enfonçant l'accélérateur et zigzagant entre les autres voitures comme une cascadeuse dans un film d'espionnage. Elle arrive encore à me surprendre.

Mais pas aujourd'hui. On prend tous les virages à deux à l'heure. Quand elle finit par se garer sur la place handicapé devant l'entrée, je tente de m'extirper rapidement de la voiture pour que personne ne me voie.

— Tu as besoin que je t'accompagne au secrétariat ? demande Maman en saisissant la poignée de sa portière.

Non, et elle le sait. Les parents doivent remplir un formulaire quand ils veulent venir chercher leurs enfants avant la fin des cours, pas quand ils les déposent en retard.

— C'est bon, dis-je en hissant mon sac à dos sur une épaule.

— Envoie-moi un texto si tu as besoin de quoi que ce soit.

Je hoche la tête. Qui d'autre pourrais-je appeler ?

Je regrette immédiatement ma décision en arrivant au secrétariat. La conversation s'interrompt à l'instant où je pousse la porte. Mme Arsenault, la dame aux cheveux gris qui est toujours assise dans le fond, se lève d'un bond et disparaît dans le bureau du proviseur adjoint.

Je reste seule avec Mme Oakes, qui se teint les cheveux en rouge acajou. Elle me dévisage attentivement.

— Je peux avoir un passe pour aller en troisième heure, s'il vous plaît ?

Elle fronce les sourcils.

— La troisième heure est terminée.

D'accord. Je prends une grande inspiration. Je suis déjà si fatiguée…

— Alors, je peux avoir un passe pour aller en quatrième heure, s'il vous plaît ?

Elle pousse une liste vers moi.

— Écris ton nom et la raison de ton retard.

Pendant que j'obtempère, elle lit à l'envers.

— Maladie ?

Nous avons déjà eu cette conversation si souvent que je suis tentée de répondre avant même qu'elle pose la question.

— C'est une maladie chronique. Je ne suis pas contagieuse, je débite d'une voix presque robotique.

— Mmmh.

Mme Oakes entreprend de rédiger soigneusement le passe pendant que Mme Arsenault regagne sa place.

— M. Brinks voudrait te parler, euh…

Je devine qu'elle a encore oublié mon nom.

— Cara.

— Cara, c'est ça.

— Maintenant ?

— Quoi, maintenant ? demande Mme Oakes en me dévisageant sans comprendre.

Je ne sais plus si c'est mon esprit ou le sien qui est embrumé.

— M. Brinks voudrait me parler maintenant ?

Elle jette un coup d'œil à Mme Arsenault, qui lance par-dessus son épaule :

— Monsieur Brinks, vous êtes prêt à recevoir Cara... ?

— Wakely, je complète – au point où j'en suis.

— Wakely ? répète Mme Arsenault.

J'ai l'impression d'attendre mon tour pour auditionner, dans l'intention d'intégrer une pièce dont l'héroïne serait une lycéenne ayant eu l'audace de manquer les cours.

Le proviseur adjoint passe la tête à l'extérieur de son bureau, et il me sourit gentiment.

— Cara ?

Je suis prête à lui dresser la liste de mes symptômes, à discuter diagnostic. Les secrétaires se rassoient. J'ai l'habitude de jouer ce rôle. Mais M. Brinks ne me demande pas de passer dans son bureau.

— Je préfère que tu ailles en cours et que tu reviennes plus tard.

— Vous voulez dire, cet après-midi ? Est-ce que ma mère doit venir aussi ?

— Pourquoi pas pendant la pause de midi ? Tu as apporté ton déjeuner ?

J'acquiesce.

— Super ! On mangera ensemble. Je t'attends à midi et demi.

Il bat en retraite dans son bureau. Fin du spectacle. Les secrétaires semblent déçues.

— Tu devrais te dépêcher, lance Mme Oakes. J'ai déjà indiqué l'heure sur ton passe.

Je n'ai pas l'habitude de marcher vite. Me rendre en cours est une vraie course d'obstacles. Je dois passer par mon casier et regarder le texto que je me suis envoyé avec la combinaison.

La quatrième heure, j'ai anglais, et je ne sais plus trop ce qu'on lit en ce moment. Mais M. Durand est un de ces profs inspirants, un phare dans la tempête de notre adolescence. Il porte toujours des lacets colorés, et il nous fait tenir un journal. Alors, j'attrape trois livres et je les fourre dans mon sac. Je sais bien qu'il ne regardera pas l'heure sur mon passe de trop près, qu'il ne lèvera pas les yeux au ciel et ne lâchera pas sur un ton sarcastique : « C'est bien aimable de te joindre à nous aujourd'hui, Cara », comme le font certains profs.

Les autres élèves n'ont même pas fini de s'installer. M. Durand tripote son ordinateur portable et le projecteur. Il ne demande même pas à voir mon passe.

— Salut, Cara, lance-t-il.

Il est le seul à remarquer mon arrivée. C'est à peine si mes camarades jettent un vague coup d'œil dans ma direction. Mais je comprends. Je m'installe au deuxième rang, et j'attends de voir quel livre Libby Gilfeather va sortir de son sac.

C'est comme ça que j'arrive plus ou moins à me débrouiller au lycée : je trouve une bonne âme qui est là tous les jours, et je copie sur elle. S'il y a un devoir ou un QCM, je réponds un peu au hasard en espérant tomber juste de temps en temps. On nous apprend des tas de choses sans importance : les équations du second degré, les batailles de la Révolution américaine…

Maman dit que mes camarades ont le luxe de pouvoir tout ingérer petit à petit, et que je mettrai un bon coup de collier pour les rattraper une fois que j'irai mieux. Pour l'instant, je me contente d'absorber le plus que je peux dans les quelques heures par semaine où je parviens à tenir assise derrière un bureau.

Libby me voit lorgner son livre. Elle tend un doigt vers le numéro du chapitre et me sourit. Il existe des gens naturellement généreux sur cette planète. C'est un des bons côtés de ma maladie : elle leur fournit une raison d'entretenir les muscles de leur compassion.

J'ouvre mon livre à la bonne page et rends son sourire à Libby. Un instant, j'imagine qu'elle est ma meilleure amie. Qu'on révise ensemble à la table de ma cuisine. Qu'on va au *Dairy Queen* à vélo pour aller prendre une glace à l'italienne. Qu'on s'envoie des photos de tenues du jour discutables avant d'aller au lycée le matin.

Mais je sais bien que c'est impossible. Je suis un régime cétogène ; je n'ai pas droit aux produits laitiers. Je ne suis pas sûre de réussir à pédaler. Et je suis la partenaire que tout le monde redoute de se voir imposer pour les projets de groupe. Libby se montrerait compréhensive les premières fois que j'annulerais nos rendez-vous ; elle passerait peut-être même chez moi, et elle feindrait d'être fascinée par mon niveau de potassium. Mais l'amitié repose sur la présence. Une chose qui m'est rarement possible.

M. Brinks et moi sommes assis à une table ronde dans son bureau, à l'heure du déjeuner. Il s'est installé à côté de moi, sans doute pour éviter de m'intimider. Ou peut-être pour ne pas prendre le risque que la mayonnaise de mon wrap dinde-épinards tombe sur ses papiers.

Il mange un yaourt – et même trois, ce qui fait beaucoup de calcium à mon avis, mais qu'est-ce que j'en sais ?

— Tu connais les règles de présence au lycée Middlefield ? demande-t-il en jetant le premier pot vide dans la poubelle.

— Pas vraiment.

Je grignote mon wrap pour gagner du temps. Mais M. Brinks me fait le coup de laisser le silence se prolonger en attendant ma réponse. Alors, je ressors la même carte que je joue sans cesse.

— Pour être franche, je me préoccupe surtout de ma santé en ce moment.

— Très bien, parlons de ta santé.

Ouverture du deuxième yaourt.

— J'ai une maladie chronique.

Ma voix robotique se brise sur la fin de la phrase.

— D'accord.

M. Brinks attend de nouveau. Très bien.

— C'est un syndrome auto-immun non identifié. J'ai commencé à avoir des symptômes en CE2 : douleurs articulaires, fatigue, atrophie musculaire.

— En CE2 ? Ça fait longtemps.

Du coin de l'œil, je peux presque voir la moi plus jeune faire tourner indéfiniment son cerceau autour de sa taille.

— J'ai eu des périodes de rémission. Ma mère dit que si on trouve ce qui fonctionne pour moi, mon état finira par se stabiliser.

M. Brinks hoche la tête au-dessus de son yaourt.

— Ça semble logique. Et qu'en dit ton docteur ?

— Lequel ? J'en vois beaucoup.

— Mais tu as un pédiatre ? Quelqu'un qui supervise l'ensemble de tes soins ?

— Je suppose que oui. Ma mère est infirmière ; elle travaillait dans un hôpital autrefois. Donc, c'est elle qui gère tout. J'ai de la chance : certains parents n'en savent pas assez pour remettre en cause l'avis des médecins.

— Pourquoi faut-il remettre en cause l'avis des médecins ? demande M. Brinks avec une curiosité sincère.

Je mets un moment à mâcher ma bouchée de wrap. Je pense à tous les médicaments qu'on m'a prescrits au fil des ans, et qui n'ont rien fait d'autre que déclencher de nouveaux effets secondaires. À tous les docteurs qui m'ont examinée sans m'écouter vraiment. À tous les coups de fil qu'a passés ma mère pour leur dire que mon état ne s'améliorait pas et qu'ils devaient faire quelque chose. Parfois, on devait changer de praticien et espérer que le nouveau nous écouterait.

— On part du principe que les docteurs savent tout, mais c'est faux. Ma mère note mes symptômes depuis des années.

Personne ne connaît ma santé mieux qu'elle. Pourtant, les gens sous-estiment les infirmières.

M. Brinks m'écoute attentivement.

— C'est ce qu'elle pense ?

— C'est ce que je pense.

Il opine et joint le bout de ses doigts devant lui. Il n'a pas encore touché à son troisième yaourt.

— Je ne suis pas expert en maladies auto-immunes. Mais je sais comment aider les élèves à finir le lycée, et je crains que tu sois plutôt mal partie.

Il se retourne vers le bureau derrière lui, attrape son ordinateur portable et appuie sur quelques touches.

— On est bien le 14 novembre ?

Je n'en ai aucune idée. Pour moi, le chiffre de la journée, c'est quatre. Quatre sur dix pour la fatigue et la douleur, quatre sur cinq pour le sommeil et l'appétit. Mais malgré le brouillard dans mon esprit, je me rends compte que j'ai déjà parlé trop librement à M. Brinks. Si ma mère était là, elle me rappellerait que ma santé est une affaire privée. Qu'il existe des lois pour nous protéger de la curiosité et du jugement des gens. Donc, je ne réponds pas. Ce qui n'empêche pas M. Brinks d'enchaîner.

— C'est ça. Donc, on vient de finir la première période de notation. Il y a eu quarante-cinq jours de cours jusqu'ici. Tu sais combien de fois tu es venue au lycée ?

— Je ne vais vraiment pas très bien depuis le début de l'automne.

— Tu es venue dix-huit fois.

J'ai envie de répondre: «Tant que ça?» Mais je me contente de reposer mon wrap et d'acquiescer.

—C'est moins de la moitié, insiste M. Brinks.

—Je me suis donné du mal pour rendre tous les devoirs.

—Je sais. Tous tes professeurs sont d'accord sur ce point. C'est déjà quelque chose.

—D'après ton dossier du collège, je vois que ta mère et toi avez beaucoup déménagé. Je crains que tu aies tellement l'habitude de devoir rattraper les autres que tu ne te rendes pas compte à quel point tes absences répétées nuisent à ton éducation.

J'opine d'un air concerné. Je suis si fatiguée…

—Mais au lycée, c'est différent, poursuit M. Brinks. Ton dossier comptera pour ton inscription en fac. Et puis, d'un point de vue légal, je suis censé signaler les élèves qui manquent trop souvent les cours. Je sais bien que tu ne sèches pas pour le plaisir. Tu rends tes devoirs; ta mère communique régulièrement avec le secrétariat. Mais le résultat est le même: je ne peux pas te noter présente à des cours auxquels tu n'as pas assisté.

—Je ne peux pas faire mieux.

Ma voix se brise. Dans ma frustration, je manque de jeter son dernier yaourt contre la porte.

M. Brinks se radosse à sa chaise et me dévisage. Je pince les lèvres pour ne pas me mettre à pleurer.

—D'accord. C'est bon à savoir. Nous sommes là pour t'aider. Mais il faut que tu comprennes nos limites. Si un élève manque plus de vingt pour cent de ses cours, l'État recommande de le faire redoubler, quels que soient la raison de ses absences et ses résultats aux examens par ailleurs.

— Vous cherchez à me dire quoi ? Que ce n'est plus la peine que je vienne du tout, puisque vous allez me faire redoubler de toute façon ?

J'ai parlé sur un ton beaucoup trop agressif. Ma moitié robotique émet une alarme silencieuse. *Ressaisis-toi.*

— Désolée, c'est juste que... Ça fait beaucoup. Je ne me sens pas très bien.

— C'est une recommandation, pas une obligation. Mais je m'inquiète pour toi, Cara. Y a-t-il quelque chose que tu aimerais me dire ?

Oui. Je voudrais dire à M. Brinks qu'en CE1, j'étais dans le groupe de lecture des Cardinaux et que j'ai fini tous les livres de la bibliothèque scolaire. Que j'ai été la première fille de ma classe qui a réussi à grimper tout en haut de la corde pendant le cours de sport. Qu'une fois, j'ai insisté pour que ma mère m'accompagne à l'école pendant une tempête de neige parce que c'était le Festival de maths et que je refusais de croire qu'il serait annulé.

Puis les migraines ont commencé. Parfois, la douleur était si forte que je vomissais. Et parfois, je vomissais si fort que tout mon corps se mettait à trembler de manière incontrôlable. Certains matins, quand je me réveillais, il me semblait que mes membres brûlaient de l'intérieur, comme si mon sang avait été remplacé par de l'essence. Quand ma mère allumait le plafonnier, la lumière me transperçait le crâne même à travers mes paupières closes.

Je pourrais raconter à M. Brinks ce que ça fait de commencer à manquer les cours de sport. Puis la récréation. Puis les voyages scolaires et les pique-niques de fin d'année. Mais le simple fait d'en parler suffit à me fatiguer.

— Non, c'est tout. (Je me force à sourire.) Mais merci. Ça me fait du bien de savoir que vous êtes là pour m'aider.

— Dans ce cas, cette conversation n'aura pas été inutile, déclare M. Brinks d'un air satisfait.

Je me lève et le sang me monte à la tête. Je dois agripper le bord de la table pour ne pas tomber. M. Brinks me dévisage, inquiet.

— Ça va ? Tu veux que je t'emmène à l'infirmerie ?

Maman ne voudrait pas que j'y aille. Les infirmières scolaires se mêlent toujours de ce qui ne les regarde pas, et leur bureau grouille de microbes. Je n'en ressors jamais en meilleure forme que j'y suis entrée.

— Non, c'est bon, dis-je en lâchant la table pour le prouver.

Et je vacille à peine. M. Brinks hésite.

— Sérieusement, j'insiste en me redressant et en tentant de prendre un air éveillé. J'ai cours de japonais la prochaine heure, et si on veut apprendre une langue, c'est important de pratiquer aussi souvent que possible, pas vrai ?

— C'est ce qu'ont conclu les études scientifiques, oui. (Il lève les mains en signe de reddition.) Je vais me fier à ton jugement, Cara. Après tout, tu gères tes problèmes de santé depuis… Seigneur, tu as été malade la moitié de ta vie.

— Ouais.

Du coin de l'œil, je vois toujours cette version plus jeune de moi qui fait tourner le cerceau autour de sa taille. Mais la consternation de Brinks le fait tomber par terre, et elle baisse la tête, vaincue.

La moitié de ma vie.

Chapitre 3

Je ne sais pas s'il existe des concessionnaires spécialisés dans la vente de voitures pour mères de famille, mais toutes les quadragénaires qui tournent dans le parking du lycée semblent conduire le même SUV bordeaux. Le nôtre est plus cabossé que la moyenne, et il y a un autocollant religieux sur le pare-chocs – souvenir de la personne qui en a fait don à l'association caritative catholique qui nous l'a attribué. J'ouvre la portière et me hisse à l'intérieur en prenant garde à ne pas me cogner où que ce soit. Je ne me sens pas prête à raconter cette journée frustrante ; alors, je souris et attache ma ceinture de sécurité comme si le mouvement ne me faisait pas mal aux épaules.

— Tu as l'air fatiguée, remarque néanmoins ma mère en m'aidant à l'ajuster.

Mes paupières se ferment toutes seules, comme si elles étaient en plomb. Je me force à les rouvrir. Maman tapote mon pilulier sur le tableau de bord et je prends mes comprimés de 15 heures, que je fais descendre avec une gorgée de l'eau minérale dont elle garde toujours une bouteille dans la boîte à gants.

— Ça va.

Mais ma voix est lasse, et je scrute les magasins sur le bord de la route telle une victime d'enlèvement qui tente de mémoriser le chemin pris par son ravisseur. Peut-être qu'elle me laissera me reposer. Je laisse aller ma tête contre l'appuie-tête en espérant très fort.

— Tu ne te ménages pas assez, Cara. Nous en avons déjà discuté.

Sa voix me vrille les tympans. J'ai la migraine.

— J'ai dit que ça allait.

— Je t'ai entendue.

Les rides qui encadrent sa bouche se creusent davantage. Je me force à prendre trois grandes inspirations pour me calmer, et à me souvenir qu'elle ne veut que mon bien.

— Ça me brise le cœur de te voir dans cet état. Tu dois apprendre à te défendre.

— C'est ce que j'ai fait.

Les mots m'échappent avant que je prenne conscience de l'énergie qu'il me faudra pour raconter toute l'histoire.

— Comment ça ? Quelqu'un s'en est pris à toi ? Encore ce prof d'histoire européenne ?

— Maman, on peut en parler plus tard ? Je suis en train de m'endormir.

— Si tu veux.

On roule en silence un moment, mais elle ne peut pas s'empêcher de revenir à la charge.

— J'aime autant te dire que ce n'est pas la vie dont je rêvais.

Mes épaules s'affaissent. Je sais déjà ce qui va suivre.

— Quand j'avais ton âge, moi aussi, j'étais égoïste. C'est normal. Je ne me préoccupais que de patinage.

Je visualise les médailles pendues au montant du lit dans sa chambre. Elle poursuit :

— Je pensais que les applaudissements m'accompagneraient toujours.

Je connais cette histoire par cœur : les compétitions, les blessures. Je l'imagine à mon âge, faisant le tour de la patinoire pour ramasser les dizaines de roses qu'on lui avait jetées.

Maman semble s'arracher à ses souvenirs.

— Mais tout le monde ne peut pas être extraordinaire. Tu n'es peut-être pas une athlète olympique, mais tu es plus forte et plus déterminée que la plupart des adultes que je connais et qui n'ont jamais eu à endurer les mêmes souffrances. Ces pingouins empaillés à ton lycée ne comprennent rien. Ne les écoute pas.

— J'ai été appelée dans le bureau du proviseur adjoint. Il ne voulait pas me passer de savon, juste me dire qu'il s'inquiétait pour moi.

Maman blêmit. Parfois, ses réactions exagérées me fatiguent.

— Je lui ai expliqué mes absences, et parlé un peu de mes problèmes médicaux.

— J'avais déjà fait tout ça, et en détail. Il n'avait pas le droit de te convoquer comme une vulgaire délinquante.

Il ne doit pas avoir beaucoup de travail pour trouver le temps de harceler une élève aussi gravement malade.

—Je te promets qu'il ne m'a pas embêtée. Il se faisait juste du souci.

J'ai envie d'ajouter : *Toi et moi, on a l'habitude, depuis le temps.* Aussi loin que remontent mes souvenirs, nous vivons toutes les deux dans un cocon tissé par l'inquiétude des gens qui nous entourent. Ils sont généreux ; nous sommes reconnaissantes.

Mais ma mère refuse de se calmer.

—C'est à moi qu'il aurait dû en parler. Il n'avait qu'à m'appeler.

Elle descend de voiture en agitant les bras.

—Je vais me répéter encore une fois : tu ne parles de ta santé à personne hors de ma présence, Cara. Tu as besoin que je sois là pour te défendre. J'irai voir M. Brinks avec toi demain – si tu te sens capable d'aller en cours.

—Justement, dis-je en m'efforçant de garder un ton aussi léger que possible. Je *dois* y aller demain. M. Brinks surveille mes absences. Si je manque encore, il risque de ne pas valider mon premier trimestre.

—C'est ce qu'on verra.

Une fois à l'intérieur, ma mère s'installe devant l'ordinateur qui me sert à faire mes devoirs. Les tentacules de son influence virtuelle s'étendent bien au-delà de l'Ohio. Perchée au bord de la chaise, les pieds coincés sous elle et un porte-bloc sur les genoux, elle se met à taper à toute vitesse. J'imagine des icones s'allumer sur des écrans à travers tout le pays, un réseau entier de mères de famille mobilisé juste pour moi. Du coup, je m'inquiète un peu pour M. Brinks. Il ne va pas comprendre ce qui lui tombe dessus.

Je sais qu'il vaut mieux ne pas interrompre ma mère quand elle est lancée – pas même pour lui dire que j'ai des devoirs à faire. Je m'installe au petit bureau à côté d'elle, et elle lance distraitement :

— Bois ton jus. Pilule verte dans une heure.

Elle doit me voir froncer les sourcils du coin de l'œil, car elle interrompt son pianotage frénétique pour tourner la tête vers moi.

— Quoi ?

— La pilule verte m'embrume le cerveau.

— Ne dis pas de bêtises. C'est ce fichu docteur qui t'a mis cette idée dans le crâne. La plupart des effets secondaires sont d'origine psychosomatique. Tu dois prendre tes médicaments, Cara.

— J'ai des devoirs à faire, j'insiste prudemment.

Maman secoue la tête.

— J'entends dans ta voix que tu es congestionnée. Tu porteras l'appareil respiratoire cette nuit.

— Je respire très b…

Elle lève une main pour m'interrompre.

— C'est ce que tu me dis toujours juste avant que je doive t'emmener aux urgences avec une pneumonie.

Elle a raison, je le sais. Mais je déteste l'appareil respiratoire encore plus que ses vidéos. Les deux me donnent l'impression d'aspirer tout l'air de la pièce. Je n'arriverai pas à bien dormir avec le masque en caoutchouc sur le visage et les tubes autour du cou. Et demain, je me traînerai pendant une autre journée de cours avec la marque du bord du masque sous les yeux. Génial.

Maman se tourne de nouveau vers l'ordinateur et, après avoir enfoncé quelques touches, prend sa voix spéciale YouTube.

— Bonjour à tous, chers guerriers de la santé. J'espère que vous allez bien. Derrière moi, vous pouvez apercevoir ma merveilleuse fille. Elle vient de tenir toute une journée au lycée malgré la discrimination et le harcèlement qu'elle a dû affronter de la part du personnel administratif. Vous savez tous comment c'est avec les maladies invisibles : les gens ne se rendent pas compte, ou pire, ils s'en fichent. Et même pas une demi-heure après être rentrée à la maison, ma Cara tente déjà de surmonter la douleur pour faire ses devoirs. Chérie, fais coucou à nos abonnés. Montre-leur comment tu te sens aujourd'hui.

Je me fends d'un grand sourire radieux. Parfois, elle me force à dire : « Hello tout le monde, bonne santé ! », mais il est presque 16 heures, et elle me lâche après avoir levé un pouce pour me féliciter.

— Elle est épatante, n'est-ce pas ? demande-t-elle à l'écran. Qu'est-ce qui vous impressionne le plus chez vos enfants, chers guerriers de la santé ? N'hésitez pas à nous vanter leur courage dans les commentaires pendant qu'on discutera des questions d'assurance. Pour commencer, voici la liste des soins que les urgences sont tenues d'administrer à votre enfant même si vous n'avez pas de couverture santé.

Je suppose que la chaîne de Maman aide des gens. Nous avons passé la barre des cinquante mille abonnés, et nous recevons toujours des tonnes de commentaires. Parfois, elle regarde nos vieilles vidéos, et j'ai un peu de mal à gérer. Je ne sais pas toujours si je me rappelle vraiment une chose ou si je l'ai juste vue à l'écran. Moi dans une blouse d'hôpital imprimée de petits nounours. Moi utilisant un minuscule déambulateur dans l'allée de notre ancienne résidence. Pendant quelque temps après le divorce et le départ de mon père, Maman a refusé de mettre quoi que ce soit sur nous en ligne.

— On ne sait jamais qui peut regarder.

Pas mon père, de toute évidence, vu que nous sommes partout sur Internet à présent.

Quand ma mère a enfin terminé et qu'elle me laisse la place, je me connecte au portail de mon lycée. C'est la première fois de la journée que je me sens comme une élève normale, qui jongle entre ses cours et coche les devoirs faits au fur et à mesure. Certains jeunes apprennent mieux à distance, d'après Maman. Je me souviens de M. Brinks et de son froncement de sourcils. Je pourrais décrocher mon bac en étudiant entièrement à la maison, mais j'aurais l'impression d'abandonner.

Pendant que je remplis mon compte-rendu de lecture pour le cours d'histoire, une notification apparaît en haut de l'écran. Je clique dessus et lis le message que je viens de recevoir.

— Maman ?

Elle arrive en courant.

— Cara, ma chérie, tout va bien ?

— Oui, oui. Pardon de t'avoir inquiétée. Mais regarde, dis-je en désignant l'écran. Le lycée dit qu'ils n'ont pas reçu mon dossier médical.

— Bien sûr que si !

— Ils disent que non, et qu'il fallait l'envoyer au plus tard le 6 septembre.

— C'est du harcèlement. D'abord, M. Brinks te convoque dans son bureau, et maintenant, ça ? C'est de l'abus administratif. Il a dû demander à l'infirmière de t'envoyer ce message dès la seconde où tu es sortie de son bureau.

— Je ne comprends pas.

— Nous sommes des femmes fortes, et certaines personnes n'aiment pas ça.

— Mais mon dossier médical est complet, pas vrai ? (Je songe à tous les docteurs que j'ai consultés au cours de l'année écoulée.) Tu as peut-être oublié de l'envoyer ?

Maman me dévisage, incrédule.

— À qui parles-tu comme ça ?

— Je ne fais que lire le message du lycée.

— Le même lycée dont les responsables te croient trop malade pour aller en cours. Ou peut-être trop paresseuse. Le lycée qui veut te faire redoubler ta première année. Ne me dis pas que tu les crois ?

Elle a raison, je le sais. Au fil des ans, je l'ai vue apporter des centaines de formulaires à différents établissements, tous revêtus des signatures nécessaires. Maman conserve toujours une trace de tout – alors que les administrations ont tendance à perdre les papiers.

— Ce n'est pas ta faute, Cara, poursuit-elle en se radoucissant. Je ne comprends pas qu'on inflige ce genre de bêtise à des enfants malades, qu'on nous fasse perdre autant d'énergie. Dieu merci, j'ai mon groupe de soutien ce soir. Une des autres mères a sûrement vécu quelque chose de similaire ; ça me fera du bien de vider mon sac.

Tous les jeudis, ma mère se réunit avec d'autres parents au centre médical Tri-Point pour parler de mon dossier médical, des défis posés par mon état de santé et de son inquiétude permanente.

Elle éteint l'ordinateur.

— Le lycée de Middlefield nous a suffisamment perturbées pour aujourd'hui. Il faut que tu te reposes.

Dans le reflet sur l'écran, j'ai les traits tirés et une expression abattue. Je sais qu'elle a raison. Je continuerais à m'épuiser jusqu'à me rendre encore plus malade si elle n'était pas là pour me forcer à me ménager. Maintenant que je me suis interrompue et que la fatigue me rattrape, je lui suis reconnaissante.

Maman sort de la pièce et revient avec la pilule verte qu'elle me tend comme une offrande de paix.

— Pourquoi tu n'irais pas t'allonger ? suggère-t-elle.

Je sais que ça ne sert plus à rien de discuter.

Le châle mauve que Maman pose sur mes épaules pèse aussi lourd qu'une défaite. Mais il me tient chaud, et ça me fait du bien.

Avant de partir, ma mère me dit :

— Il reste des légumes sautés dans le frigo. Tâche de manger, s'il te plaît. J'interrogerai les autres sur les possibilités alternatives de scolarisation. Sauf si tu préfères que je reste à la maison ?

— Non, vas-y.

— Envoie-moi un texto si tu as besoin de quoi que ce soit.

Elle s'est maquillée et elle a mis des boucles d'oreilles en argent.

— Merci, Maman.

Je suis sincère. Après tout, elle ne fait que veiller sur moi.

Je m'allonge en fermant les yeux. J'écoute la porte se refermer et la voiture démarrer en crachotant. Il me semble que je vais m'endormir, mais mon corps me surprend en résistant. *Fais au moins tes devoirs*, semble-t-il me dire, même si je suis presque certaine que Maman a emporté l'ordinateur avec elle. Nous n'en avons qu'un seul et elle prend toujours beaucoup de notes, surtout quand son groupe de soutien accueille un invité. Je parie que quand elle avait mon âge, elle ne rendait jamais ses devoirs en retard. C'est une perfectionniste. Je pense aux secrétaires du lycée et à leurs regards entendus, à M. Brinks et à son inquiétude théâtrale. Je pense aux autres élèves qui m'ignorent comme si je n'étais qu'un meuble.

Prouve-leur le contraire, insiste mon corps. Dans un brusque élan d'énergie, je fais quelque chose de complètement fou : je sors de la maison.

Chapitre 4

Je suis certaine que Libby Gilfeather a une clé de chez elle. Moi, je dois sortir en laissant la porte déverrouillée. Je mets un moment à lâcher la poignée et à descendre les quelques marches en ciment. Il n'est que quatre heures et demie, mais le crépuscule tombe déjà, et le vent s'insinue à travers les mailles de mon pull. Si je rentre prendre un blouson, je ne ressortirai probablement pas. Alors, je me convaincs que le froid m'éclaircira les idées, et j'avance. Deux gamins passent sur leur vélo ; le premier précède l'autre qui, penché sur son guidon, pédale de toutes ses forces pour le rattraper.

La bibliothèque se trouve à trois pâtés de maison sur la droite, quatre rues plus loin. Elle doit être ouverte parce que Maman et moi y sommes allées plusieurs fois pour des conférences sur les médecines alternatives, et une fois pour un dépistage de la maladie de Lyme. Je sais qu'il y a des ordinateurs en libre-service.

Propulsée par le vent froid et la possibilité que la réunion de Maman se termine en avance, je marche plus vite que d'habitude. Franchement, je suis un peu excitée d'être dehors toute seule et d'aller quelque part alors qu'il fait presque nuit.

Quand les portes de la bibliothèque coulissent devant moi, je suis pleine d'espoir. À l'intérieur, il fait chaud, et les gens s'affairent mais sans le côté un peu lugubre des hôpitaux. Les ordinateurs sont disposés en U. Je m'installe devant l'un d'eux, et l'écran réclame mon identifiant. Je lève la main comme si j'étais en classe, mais personne ne vient m'aider.

Sur ma gauche, un garçon de mon âge, ou peut-être un peu plus jeune, travaille planqué derrière une énorme pile de magazines scientifiques ; il griffonne sur un bloc-notes en m'ignorant avec soin. En face, une fille est assise sur les genoux de son copain ; elle a les doigts dans ses cheveux et lui les bras autour de sa taille. Ils ressemblent à un puzzle de corde impossible à dénouer. Je ne peux pas m'imaginer dans une position pareille avec quelqu'un.

— Il n'y a pas de prof ici.

Je mets un moment à piger que c'est le jeune mordu de sciences qui vient de me parler – en détachant les syllabes avec soin comme s'il n'était pas certain que je comprenne.

Je me contente de répondre : « Une bibliothécaire ? » comme si je commandais un latte. Ce qui ne doit pas le rassurer sur mes compétences linguistiques.

Il secoue la tête.

— Le soir, elles ne sortent pas de derrière leur comptoir.

— Je ne peux pas me connecter.

— Change de poste.

— Je ne connais pas mon identifiant.

— C'est le numéro sur ta carte de bibliothèque.

Je tapote mes poches.

— Je l'ai perdue.

Le garçon soupire comme s'il allait devoir la remplacer lui-même.

— Va à l'accueil pour demander qu'ils cherchent sur leur ordinateur.

— Merci pour ton aide, dis-je un peu plus sèchement que je ne l'aurais voulu.

Après tout, ce n'est pas sa faute si je n'ai pas de carte de bibliothèque. Il ne me connaît pas ; il ne peut pas savoir qu'à quatorze ans[1], je suis moins autonome qu'une élève de CE1.

Je me dirige ostensiblement vers le comptoir, mais personne ne fait attention à moi. Le couple continue à se tripoter, et le jeune mordu de sciences est toujours absorbé par ses recherches.

Dehors, il fait encore plus froid que tout à l'heure. Je consulte mon téléphone. Je n'arrive pas à croire que j'ai risqué une nouvelle dispute avec Maman pour le plaisir de passer quatre minutes à la bibliothèque municipale. J'entends sa voix dans ma tête. *Cara, novembre, c'est la saison de la grippe et des rhumes. Et toi, tu te rends dans un lieu public pour utiliser un ordinateur sur lequel Dieu seul sait combien de gens ont posé leurs doigts. Tu es immunodéprimée ; ton corps n'est pas armé pour combattre tous ces microbes.*

1. Aux États-Unis, les élèves entrent au lycée une année plus tôt qu'en France. (*NdE*)

Je le sais. Parfois, j'aimerais juste l'oublier. Mais ça ne serait pas bon pour moi : d'où les rappels que m'envoie mon esprit. Mes envies divergent de mes intérêts. Je déteste ça, mais personne n'y peut rien.

Je traverse la rue. Un étau me comprime la poitrine, et j'ai les jambes douloureuses. Ma peau me démange, sans doute à cause des anticorps qui s'affairent pour me défendre. Le creux de mes reins se couvre brusquement de sueur, comme si la température de la rue venait de monter d'un coup. Qu'est-ce qui m'a pris ? Je cherche un endroit où m'asseoir un moment. Je pourrais juste me laisser tomber sur le trottoir.

De l'autre côté de la rue, il y a une boutique appelée *Le Monde de la Céramique*. Par la vitrine, j'aperçois un banc à l'intérieur. Un tintement ponctue mon entrée ; en levant les yeux, je découvre une grappe de cloches d'argile accrochées au-dessus de la porte. Elles tintent de nouveau quand je referme derrière moi. Puis le silence revient. Je m'avance en soulevant un petit nuage de poussière.

— Coucou !

J'entends la femme avant de la voir s'approcher de moi.

— Que puis-je faire pour toi ?

Je suis occupée à regarder autour de moi. Des étagères remplies d'assiettes vernies, de bols et même de maisons minuscules recouvrent trois des murs. Comme sa boutique, la femme est tout en tons de brun et de rose. Son visage est encadré par deux tresses noires, les plus longues que j'aie jamais vues. Par-dessus son pantalon en toile et son pull en polaire rose, elle porte un tablier marron. Ses chaussures de randonnée sont éclaboussées de blanc. Elle a l'air douce et patiente.

— Tu es déjà venue ? demande-t-elle.

Je me force à secouer la tête en m'asseyant sur le banc.

— Eh bien, je suis ravie que tu nous aies trouvés. *Le Monde de la Céramique* est un atelier de poterie. Nous vendons les œuvres d'artistes locaux, mais tu peux aussi créer les tiennes. (Elle désigne les longues tables couvertes de papier brun.) On propose des cours et des stages. On organise même des anniversaires.

Elle se montre aussi amicale et pleine d'enthousiasme que si je réagissais normalement. Je culpabilise qu'elle me prenne pour une cliente.

— Je ne suis pas très douée pour ce genre de chose, dis-je.

— Tu n'es pas très douée pour les anniversaires ?

Elle rit, mais pas d'une façon moqueuse.

Il existe des choses que vous ne racontez pas aux gens que vous venez juste de rencontrer. Sinon, ils trouvent ça triste, et leur pitié s'interpose entre vous tel un lac impossible à traverser à la rame. Donc, je me garde bien de révéler à cette femme que depuis que je suis malade, je n'ai fêté qu'un seul de mes anniversaires. Une association caritative avait financé l'événement. Comme je n'avais pas d'amis de mon âge, on a invité le personnel de l'hôpital chez *Chuck E. Cheese*.

Au lieu de ça, je souris et réponds :

— Non, je veux dire, je ne suis pas douée pour tous les trucs artistiques. Ce que j'essaie de faire ne ressemble jamais à ce que j'avais en tête.

La femme a un geste insouciant.

—Et heureusement ! Ce serait très ennuyeux. C'est ce que je préfère dans la poterie : le résultat me surprend toujours.

Du menton, elle désigne une des tables couvertes de papier brun. Des boules d'argile couleur pêche luisante d'humidité attendent dans de grands récipients en terre cuite.

—Pourquoi tu n'essaierais pas ? Tu pourrais bien te surprendre.

Elle est si positive et si sûre d'elle que je trouverais ça malpoli de répondre : « Non merci, je voudrais juste rester assise. » De toute façon, il ne me reste que quelques minutes avant de devoir rentrer. Je me traîne jusqu'à la table et je m'assois.

—Je m'appelle Manuela, se présente la femme comme si j'avais gagné le droit de le savoir. Cet atelier m'appartient. J'aurais bien ajouté mon prénom sur l'enseigne, mais ça aurait fait beaucoup de M.

Je devine qu'elle dit ça à tout le monde, mais je ris quand même.

—Moi c'est Cara. Votre atelier est très joli. Mais je n'ai pas d'argent sur moi…

Elle m'interrompt.

—On ne paie que pour cuire une pièce dans le kiln. C'est un four dont la température peut monter très haut pour durcir l'argile et fixer la forme d'une œuvre. Tant qu'elle n'est pas cuite, on peut la réutiliser à l'infini : la terre adore qu'on la manipule.

Perchée sur un tabouret, je plonge les mains dans un des récipients. L'argile est fraîche et douce sous mes doigts. Je me demande si Manuela a pitié de moi, ou si elle dit la vérité et si d'autres gens ont déjà travaillé cette boule. S'ils l'ont modelée et étirée entre leurs doigts.

Pendant que je la palpe et la presse sur la table, Manuela met de la musique, un morceau de piano presque hésitant qui me donne l'impression d'être dans un film, avec ma propre bande-son. Je jouerais le rôle d'une fille très indépendante, une artiste dont les sculptures sont présentées dans des galeries.

Pendant quelques minutes, je ne me soucie que de rouler des boudins d'argile dont je tente de faire des membres gracieux. À l'aide d'un des instruments coupants posés sur la table, je taille un nez et des andouillers. Manuela se penche pour mieux voir.

— Ce n'est pas un bol, dis-je sur un ton d'excuse.

— Tu sais qu'on a retrouvé des silhouettes similaires dans des cavernes préhistoriques ?

Je me demande si c'est un compliment, mais elle enchaîne :

— C'est fascinant, non ? De tout temps, l'être humain a cherché à recréer l'image des créatures qui partagent cette terre avec lui. Presque tous les gens qui viennent ici pour la première fois tentent de modeler un animal. Mais je dois dire que ces andouillers sont vraiment réussis.

Le cerf semble me fixer. Dans le film dont je serais l'héroïne, il s'animerait et bondirait hors de ma main. Au lieu de ça, les cloches de l'entrée tintent de nouveau. Je sursaute et crois d'abord que Maman vient me chercher. Mais c'est une vieille femme minuscule qui se faufile à l'intérieur. Je ne lui jette qu'un coup d'œil avant de me mettre à nettoyer la table devant moi.

—Anya ! Comment ça va ? s'écrie Manuela en se précipitant vers la nouvelle venue. Joseph n'est pas avec toi ? Je mets du thé à chauffer ?

Je la regarde entourer la vieille femme d'attentions, et je comprends que ça fait aussi partie de son travail. Quand elle me voit me diriger vers le lavabo pour me laver les mains, elle lance :

—Déjà, *chica* ? Peut-être parce qu'il y a école demain ? Le samedi matin et le dimanche entre 15 heures et 19 heures, c'est atelier libre. Viens avec tes amis, ou fais-t'en de nouveaux ici.

Je sais qu'elle veut dire que je pourrai rencontrer des gens, mais l'espace d'une folle seconde, j'imagine qu'elle me propose de fabriquer tout un troupeau de cerfs en céramique pour vivre parmi eux et gambader dans une forêt de poterie. Je serais enfin la moins fragile de tous.

—Je reviendrai, dis-je en me dirigeant vers la sortie.

Mais je doute de tenir parole. J'entends déjà ma mère : *Tout le monde utilise la même argile. Tu imagines comme ce truc doit grouiller de microbes ?*

Il fait complètement noir à présent. Je presse le pas. Mes mollets hurlent quand je monte le flanc de la colline, et j'ai mal à la poitrine d'avoir trop forcé. C'est ce dont je m'aperçois après avoir piqué un sprint pour couvrir les derniers mètres qui me séparent de la maison. Je m'arrête dans l'allée, la respiration sifflante, avec l'impression que ma cage thoracique va éclater. La voiture n'est pas là, ouf!

J'entre, allume rapidement les lumières, me débarrasse de mes chaussures et m'allonge sur le canapé en tirant une couverture sur moi pour réchauffer ma peau. Je reste là un moment, haletante. Je me félicite : *Tu as réussi. Mais de justesse – tu ne peux pas prendre d'aussi grands risques sans une bonne raison.* Puis je me concentre sur ma respiration pour calmer les battements de mon cœur avant que Maman arrive et sorte son stéthoscope.

J'ai eu le temps de récupérer – enfin, autant que ça m'est possible – quand elle rentre enfin, une demi-heure plus tard que prévu.

— Cara, ma chérie. J'espère que tu ne t'es pas endormie sur le canapé. Tu sais que c'est très mauvais pour ton dos.

— Désolée, Maman. J'ai dû m'assoupir.

Je l'observe, attendant qu'elle remarque un détail minuscule que j'aurais oublié. Zut, j'ai encore de la terre sous les ongles. J'ai eu beau frotter, je n'ai pas réussi à la faire partir.

— Bien sûr que tu t'es assoupie, parce que tu es épuisée ! Je t'avais dit que tu avais besoin de repos.

Elle s'assoit sur l'accoudoir du canapé et écarte les cheveux qui me tombent devant le visage.

— Je suis contente que tu aies fait la sieste, même si ce n'était pas au bon endroit. (Elle pousse un gros soupir.) Désolée pour ma mauvaise humeur de tout à l'heure. On en a parlé pendant la réunion. Je m'inquiète trop. Tes profs… Je suis contente qu'ils se soucient de toi. Mais ils ne te voient que lorsque tu es en forme. Ils ne savent pas ce que c'est de voir les yeux de ton enfant rouler dans leurs orbites, ou de la regarder s'étrangler avec une sonde d'alimentation.

—Je suis désolée, Maman.

Cette fois, je suis sincère.

—Non, ma chérie, c'est moi qui suis désolée. Écoute, j'admire ta détermination à avoir de bons résultats scolaires malgré tes problèmes. Je devrais m'en réjouir. On devrait se réjouir plus souvent, de manière générale.

Elle a un petit gloussement qui lui ressemble si peu que je repousse la couverture lestée pour m'asseoir et la dévisager.

Maman s'est faite belle. Elle porte du mascara, et elle a attaché ses cheveux avec une barrette en argent au lieu de les relever en chignon désordonné comme d'habitude. Mais surtout, elle me semble beaucoup plus légère que d'habitude. Presque insouciante.

—J'ai appris tant de choses ce soir, ma chérie, dit-elle en se penchant vers moi. C'était une séance très inspirante. C'est fou la vitesse à laquelle la science progresse. Je suis ressortie de là gonflée à bloc. On ne doit pas se décourager, Cara Jean. Pas question de baisser les bras devant les M. Brinks de ce monde. En ce moment même, un scientifique penché sur son microscope découvre un traitement efficace contre ta maladie. En attendant qu'un remède soit disponible, on doit veiller du mieux possible sur ta santé.

Nous avons consulté des tas de docteurs. Nous avons demandé une deuxième opinion, puis une troisième et une quatrième. Mais cette fois, Maman semble ivre d'espoir. Ça la rajeunit. Alors, je hoche la tête. Encouragée, elle poursuit :

— Je me suis inscrite à une série d'ateliers. Et on pourra peut-être même participer à une étude ou deux. Dans le groupe, il y a un docteur aux idées très avancées, qui comprend la nécessité de combiner médecine moderne et médecine alternative. Le genre avec qui on peut collaborer.

— Je croyais que c'était un groupe réservé aux parents ?

— Il est passé à la fin de la réunion. Il avait des informations à nous communiquer, et il cherchait des patients susceptibles de participer à une étude clinique. Il a reçu un financement des écoles médicales de Harvard et de Stanford. Je l'ai écouté parler, et franchement, Cara, j'ai eu l'impression qu'un ange chuchotait à mon oreille. J'ai toujours cru que toi et moi, on était condamnées à frapper à d'innombrables portes, à essayer d'innombrables traitements avant de trouver la clé de ta maladie. Eh bien, il se peut qu'on la tienne. Ou que le docteur Eric soit en mesure de nous la fournir.

— Le docteur Eric ?

Maman se dandine et coince une mèche de cheveux derrière son oreille.

— Il a un nom de famille grec super long. Il a dit que docteur Eric serait plus facile à retenir. J'ai trouvé ça très sympathique, cette absence de prétention. Tu sais comment les médecins peuvent être : des dictateurs imbus de leur personne qui croient en savoir davantage au sujet d'une maladie que les gens qui vivent avec tous les jours. Lui, il n'est pas comme ça. Il écoute vraiment.

Elle se lève et commence à arranger les coussins. Son insouciance se dissipe quasiment à vue d'œil.

— Mais je ne me suis pas rendu compte qu'il était si tard. Il faut vraiment que tu ailles te coucher. Et qu'on sorte l'appareil respiratoire.

Je pousse un grognement. Elle lève la main.

— Cara, nous en avons déjà discuté. Pas question de prendre le moindre risque avec cette congestion. D'autant que le docteur Eric pourra peut-être nous recevoir la semaine prochaine.

Plus tard, après m'être brossé les dents et nettoyé le visage, je tente de nouveau de déloger l'argile incrustée sous mes ongles. Sans ça, ma mère finira par la remarquer, et je n'ai toujours pas trouvé d'explication valable.

— Douleur ? demande Maman quand je me glisse dans mon lit.

J'ai eu si peur de me faire prendre que je n'y ai pas réfléchi.

— Trois, réponds-je pour qu'elle ne se rende pas compte combien je me suis épuisée.

Mais mes jambes me font mal d'une façon agréable, une façon qui me dit qu'elles ont accompli quelque chose.

Tu parles. Je n'ai pas fait mes devoirs. Je n'ai pas de carte de bibliothèque. Mon petit cerf est probablement redevenu une boule d'argile informe. Je m'allonge et tente de ne pas me raidir quand Maman passe les élastiques du masque derrière ma tête. Ils tirent le coin de mes yeux et me pincent l'arête du nez.

— Cesse de te débattre, Cara Jean.

Quand je tente de respirer à fond, je sens une odeur de caoutchouc et de menthol.

Je repense à mon incursion en ville, au vent froid qui m'a brûlé les narines et les poumons. Maman allume la machine, qui emplit la pièce de son bourdonnement. Je saisis un coin du drap entre deux doigts et le caresse pour oublier le bruit et la pression. Maman éteint la lumière, et j'imagine que ce n'est pas du coton mais de l'argile entre mes doigts. Je me revois assise sur le tabouret dans l'atelier chaleureux, en train de modeler une forme à partir de rien. Je tente de remplacer les bips de la machine par le tintement des cloches de terre cuite. Alors, je comprends : j'ai bel et bien accompli quelque chose ce soir. Pour la première fois de ma vie, j'ai un secret que Maman ne connaît pas.

Chapitre 5

Le lendemain, j'arrive au lycée sans avoir fait mes devoirs. Aucune alarme ne se déclenche lorsque je pousse la porte de ma salle de cours. Personne ne me dit rien. Alors, j'écoute bien ce que racontent les profs ; je hoche la tête et je souris aux moments appropriés ; je prends même des notes comme s'il y avait la moindre chance que je les relise plus tard.

J'ai l'impression de progresser un peu chaque jour. Je développe de petits trucs : par exemple, je mets mon réveil à 4 heures du matin pour ôter le masque de l'appareil respiratoire, afin que les marques sur mon visage s'estompent avant le début des cours.

Je cesse de me perdre dans les couloirs du lycée, et je commence à partager les petites blagues de mes camarades – notamment leur façon de singer Mme Fontana, la prof de maths qui finit presque toutes ses phrases par « et ainsi de suite ». En écoutant leurs conversations, j'apprends que le café du centre réserve ses soirées du mardi aux ados.

Je grogne en même temps que tous les autres quand M. Brinks case une blague de pirates dans les annonces du matin. Le midi, je fais la queue avec mes camarades pour avoir des beignets de poulet probablement bourrés d'antibiotiques mais vraiment trop bons. Je me lève quand la cloche sonne, et je me souviens de la combinaison de mon casier. Je fais attention en classe, et je contribue aux travaux de groupe.

Mais tout ça m'épuise. Je dois me donner beaucoup de mal pour avoir l'air joyeuse et éveillée. Je ne veux pas fournir à Maman la moindre raison de m'empêcher d'aller en cours. Parfois, le matin, elle fronce les sourcils en prenant ma tension ou affirme que j'ai de la fièvre. Pourtant, quand elle me demande d'évaluer ma douleur, je ne lui donne jamais de chiffre supérieur à deux. Rien qui vaille la peine de me garder à la maison. Au lycée, je me force à marcher d'un pas vif, comme quand je suis rentrée de la bibliothèque. Comme tous les autres adolescents qui m'entourent. Je calque mon allure sur la leur, mais j'ai l'impression d'avoir les veines pleines de sirop d'érable plutôt que de sang.

Chaque jour jusque vers midi, j'ai l'esprit embrumé par les cachets du matin. Je commence à avoir mal à la tête vers 14 heures, et je me mets à compter les minutes jusqu'à ce que je puisse m'allonger. Donc, je tente de profiter à fond des deux heures de répit entre midi et 14 heures. Je me force à saluer au moins trois personnes, et je n'oublie jamais de passer devant le bureau de M. Brinks pour lui prouver que je suis là.

Une fois, j'aperçois le garçon aux magazines scientifiques, celui que j'ai rencontré à la bibliothèque. Il est assis au secrétariat comme s'il avait fait une bêtise et qu'il était convoqué chez le proviseur. Il tient sa tête dans ses mains, et les secrétaires s'affairent autour de lui. Je détourne très vite la tête et laisse le flot d'élèves m'emporter.

Tous les après-midi, en allant rejoindre Maman sur le parking, je cherche trois choses sans danger à lui raconter sur ma journée de cours : Kevin Pike portait un tee-shirt délirant ; il y avait un chien de thérapie à la bibliothèque. Quelque chose de léger qui ne peut pas susciter de controverse. Je tâche de bavarder pendant tout le trajet de retour pour qu'elle cesse de s'inquiéter. Une fois à la maison, je m'assois à la table de la cuisine avec un manuel scolaire, et je me repose les yeux. Je ne fais pas mes devoirs : je n'ai plus d'énergie pour ça.

M. Brinks m'a dit que je ne pouvais pas me permettre de manquer encore les cours, donc, je fais en sorte d'y aller. Mais je ne peux pas tout gérer. Je ne comprends vraiment pas comment font les autres élèves.

Maman continue à enregistrer une vidéo chaque jour ; tout un épisode me montre en train de transpirer sur des exercices d'algèbre, même si je me contente de griffonner dans un cahier et de noircir des carrés de papier quadrillé.

Je ne jette pas mes contrôles ratés. Je les plie en deux pour que mes camarades ne voient pas mes mauvaises notes, et je les glisse tout de suite dans mon sac à dos. Quand M. Cohen me demande de faire signer mon devoir d'histoire européenne par mes parents, j'acquiesce d'un air contrit.

Deux semaines d'affilée, je me réveille, je me rends au lycée où je laisse le courant m'emporter d'une salle à une autre, puis je rentre chez moi. Je ne dirais pas que j'ai des amis, mais il y a des gens à qui je souris chaque fois que je les croise.

Pendant ce temps, le dossier de mes échecs s'épaissit, et les bulletins de notes ne tarderont pas à tomber. Sachant que la fin est proche, je donne tout ce que j'ai. Le mardi précédent Thanksgiving, j'annonce à Maman que j'ai des recherches à effectuer pour mon cours de biologie, même si c'est faux.

— Je dois rédiger un essai sur un pionnier de la science.

— Tu peux prendre l'ordinateur.

— Non, parce que Mme Presley voudrait qu'on apprenne à utiliser d'autres sources.

— Quel genre de sources ? Quand ta prof a besoin d'une info, je te parie qu'elle cherche sur Google ou Wikipédia.

Je secoue la tête, priant en silence pour que Maman n'envoie pas un mail au secrétariat afin de se plaindre des méthodes du professeur Presley. Ma voix ne tremble même pas lorsque je réponds :

— Ce sont justement les sites qu'elle veut qu'on évite. D'après elle, la bibliothèque municipale est très bien fournie en ouvrages scientifiques.

Dans ma tête, Libby Gilfeather lève les sourcils. Où ai-je appris à mentir aussi bien ?

Maman pousse un gros soupir.

— On ira en fin de semaine.

— En fait…

— Cara, pitié, ne me dis pas que tu as attendu la dernière minute pour faire ce devoir. Tu sais ce que je pense de la procrastination.

— Non, non, bien sûr. Mais je me sens en forme aujourd'hui. Je pensais profiter de cette énergie inattendue.

En réalité, je veux juste descendre la rue à pied et m'acheter un chocolat chaud – seule. J'ai un billet de 5 dollars froissé dans la poche, et une liste mentale d'une vingtaine de vagues connaissances avec qui je parviendrais sans doute à échanger quelques phrases.

Maman doit sentir à quel point je veux y aller. Et elle voit bien que je suis en forme. Alors, elle prend son manteau et ses clés.

— Comment dire non dans ces conditions ?

— Tu n'as qu'à me déposer là-bas. Je t'enverrai un texto quand j'aurai fini pour que tu viennes me chercher.

Elle se fige, une manche à demi enfilée. Ses clés tintent contre le plan de travail. Je me crispe. Je suis allée trop loin.

— Enfin, si tu veux. Je sais que tu n'as pas encore enregistré la vidéo de ce soir. Il ne faut pas que tu te sacrifies toujours pour moi.

Ma mère semble réfléchir.

— C'est gentil de dire ça.

Elle jette un coup d'œil à la pendule, puis au tableau blanc sur lequel sont notés mes chiffres quotidiens. Ils sont très stables depuis deux semaines, soit parce que l'activité me fait du bien, soit parce que je sous-évalue systématiquement ma douleur.

— D'accord, lâche-t-elle.

J'ai du mal à en croire mes oreilles.

— Pourquoi pas ? J'en profiterai pour faire les courses au marché bio de Stelton Avenue. Ça devrait te laisser assez de temps pour faire tes recherches.

— Disons, une heure ? je lance sur un ton faussement désinvolte.

— Je peux passer une heure à choisir des fruits et des légumes, oui, acquiesce Maman en souriant.

Mais son inquiétude persiste. En s'arrêtant devant la bibliothèque, elle me dit :

— Envoie-moi un texto si tu commences à te sentir fatiguée. N'attends pas de faire une chute de tension.

Je hoche la tête.

— D'accord. Mais je me sens vraiment bien. (Malgré la culpabilité qui fait battre mon cœur.) Merci, Maman, j'ajoute comme pour compenser mon mensonge.

La baie vitrée sur l'avant du bâtiment évoque une lanterne posée sur l'étagère de Main Street. J'entre et m'approche de la fontaine à eau pour boire, un peu pour me prouver que je peux le faire mais surtout parce que les cachets de l'après-midi m'assèchent la bouche.

Je fais un tour rapide au rayon biologie puis ressors directement. Je sens la bibliothécaire me suivre des yeux. Je m'exhorte au calme. *Détends-toi.* Ce n'est pas comme si j'allais m'asseoir sur les genoux d'un type pour lui lécher les amygdales. Et je ne suis sûrement pas la première ado qui utilise la bibliothèque comme alibi.

Je vais au café de l'autre côté de la rue. On ne peut pas vraiment qualifier ça de rébellion impardonnable. Je ne commande même pas de boisson excitante, juste une tisane.

— Sur place ou à emporter ? demande le serveur.

Je jette un coup d'œil autour de moi. J'imaginais que la salle serait pleine de lycéens, que je m'installerais à la table de filles que je connais et qu'on entamerait une amitié pour la vie. Je me disais qu'elles auraient des noms sophistiqués tels que Cameron et Zoe, et que plus tard, on rirait en repensant à ma fierté d'être sortie toute seule ce jour-là.

Mais je ne vois pas d'autres jeunes. Dans un coin, un groupe de barbus surfent sur leur iPad en jurant. J'aperçois quelques mamans avec une poussette, et une vieille dame qui feuillette un catalogue de jardinerie.

Le serveur doit sentir que je suis un peu perturbée. Il désigne les barbus du menton et lève les yeux au ciel.

— Des joueurs, lâche-t-il en guise d'explication.

Je lui tends mon billet de 5 dollars et lui dis de garder la monnaie comme si je faisais ça tous les jours. Puis je demande :

— Comment tu t'appelles ?

À peine les mots sont-ils sortis de ma bouche que je me rends compte combien ma question est bizarre. Mais je ne peux pas revenir en arrière.

Le serveur se contente de sourire et de pointer du doigt le nom brodé sur son tablier vert : Ivan.

—Ah oui. (Je touche l'endroit sur ma poitrine où serait écrit mon nom si je travaillais ici.) Moi, c'est Cara Jean.

Je bois une grande gorgée de tisane pour me donner une contenance – et je me brûle la langue. Mais j'ai quand même réussi à établir un contact. J'ai acheté un truc à boire ; j'ai tenu une conversation. Une petite, mais quand même.

Deux numéros plus bas dans la rue, *Le Monde de la Céramique* m'appelle, mais je sais que je n'ai pas le temps d'entrer. De toute façon, j'ai dépensé mes 5 dollars au café. Par la vitrine, je vois qu'un atelier est en cours. Des gamines en uniformes de jeannettes doivent chercher à décrocher leur badge de poterie sous l'œil vigilant de Manuela. Je fais coucou de la main, et dans ma tête, j'ajoute une petite croix en face de « Contacts ».

Parce que Manuela agite la main en retour et désigne la vitrine. Mon petit cerf est posé sur l'étagère du haut. Je me rends compte que ses andouillers sont beaucoup trop gros : on dirait deux énormes bougeoirs en équilibre sur sa tête. Mais il a l'air solide avec sa surface vernie. Son corps peut supporter ce poids. Sa forme est devenue permanente.

Je parviens enfin à détacher mon regard de lui pour articuler « Merci », mais Manuela a déjà reporté son attention sur les jeannettes.

De retour à la bibliothèque, je me fais jeter dehors à cause de mon gobelet. Alors, je m'assois sur le banc au pied des marches et je sirote soigneusement ma tisane.

Quand j'ai fini, je jette le gobelet dans une poubelle et je reste là, savourant le froid et me félicitant pour cette minuscule aventure.

Lorsqu'elle déboule en courant presque au coin de la rue, Maman paraît surprise de me trouver là – puis anxieuse. Elle me demande sur quel biologiste j'ai choisi de faire mon devoir, et j'invente un nom : Ivan Nastovsky, et une telle profusion de détails que ça m'inquiète presque. Je suis devenue une excellente menteuse.

Ma pauvre Maman, si gentille et si confiante.

Au lycée, des tas de mes camarades sont absents le mercredi, comme s'ils avaient pris leurs vacances de Thanksgiving avec un jour d'avance. Mais moi, je suis juste à l'heure, et je croise le regard de M. Brinks de l'autre côté du couloir moins bondé que d'habitude.

— Comment ça va, Cara Jean ? demande-t-il, l'air très content de s'être souvenu de mon nom.

Je réponds que je vais bien et m'éloigne avant qu'il puisse me poser d'autres questions.

À la maison, nous commençons à préparer le repas du jeudi. Maman me fait éplucher des pommes de terre, et elle prend des photos de la pile qui grandit. À 16 heures, on sonne à la porte, et nous nous figeons toutes les deux. C'est toujours comme ça : Maman déteste qu'on passe nous voir à l'improviste.

— Cara Jean, monte dans ta chambre, ordonne-t-elle.

— Pourquoi ?

— Obéis, c'est tout, aboie-t-elle.

Je me lève de mon tabouret et me dirige vers l'escalier. Assise sur la marche du haut, je tente d'écouter. Autrefois, je pensais que mon père reviendrait un jour. Quand j'étais si malade qu'on passait des semaines à faire la navette entre la maison et l'hôpital sans voir personne d'autre, je me demandais : *Mais pourquoi il ne prend pas de mes nouvelles ?*

— Oh, merci, c'est si gentil, dit Maman à la personne qui se tient sur le seuil – et je remarque qu'elle utilise la même voix que dans ses vidéos YouTube. Je suis seule avec ma fille cette année, mais nous en ferons bon usage, comme toujours. Transmettez nos remerciements à la paroisse.

J'entends un murmure dehors.

— C'est vraiment adorable, mais ma fille est trop malade pour que nous envisagions une sortie. Son système immunitaire est compromis, et il suffirait d'un microbe... Ah, les voies de Dieu sont impénétrables. Mais merci encore, et que Dieu vous bénisse !

Puis la porte se referme.

J'entends Maman s'affairer dans la cuisine. Comme elle ne m'appelle pas, je finis par redescendre et la trouve en train de ranger des provisions dans le garde-manger. Une énorme dinde occupe l'évier.

— Regarde ça, Cara Jean, dit-elle en désignant des boîtes de haricots verts et de sauce aux airelles, de farce toute prête et de purée instantanée. Des représentants de l'église épiscopale de St. Luc viennent de passer. J'ignore qui leur a donné notre adresse, mais ils voulaient s'assurer qu'on aurait un dîner de Thanksgiving.

— Ouah.

Je ne sais pas quoi dire d'autre.

— Je sais. Nous avons beaucoup de chance.

— Mais, Maman, tu as dit que j'étais trop malade pour sortir.

Je voudrais aussi lui faire remarquer que nous avions assez de nourriture. J'épluche des pommes de terre depuis des heures, et il nous faudra peut-être tout l'hiver pour venir à bout de cette dinde monstrueuse.

— Cara Jean, les gens aiment rendre service. Ça leur fait plaisir de se sentir vertueux.

— Mais…

— Tu aurais voulu aller dîner chez de parfaits inconnus, juste pour leur donner la satisfaction d'avoir fait une bonne action ?

— Non.

J'ai répondu sans réfléchir, mais je suis sincère.

— Tu vois. Ça ne nous coûtait rien d'accepter. On n'aura qu'à congeler les restes. (Maman frappe dans ses mains.) Allez, il faut en finir avec ces patates !

Elle m'embrasse sur l'arrière du crâne et sort son téléphone. Ce doit être l'heure de tourner une petite vidéo. Je fais bien attention à rester hors du champ.

— Joyeux Thanksgiving, chers guerriers de la santé ! Aujourd'hui, nous sommes pleines de gratitude : grâce à un groupe local de paroissiens, demain, Cara Jean et moi nous régalerons d'un assortiment de mets traditionnels. Pourquoi ne pas partager vos recettes préférées dans les commentaires ? Je vais être franche : nous ne pouvons pas toujours nous permettre d'acheter du bio, et vous ? Parfois, mon budget de mère célibataire m'oblige à faire des choix, mais nous nous débrouillons pour nous nourrir le mieux possible. Joyeux Thanksgiving de notre part à toutes les deux, chers guerriers de la santé ! Nous sommes très reconnaissantes pour votre soutien !

Ce soir-là, je monte me coucher de bonne heure, et Maman m'en félicite.

— Je suis très impressionnée par tes choix de ces derniers temps.

— Tu as vu, je ne tousse plus.

— Tu ne tousses plus autant, corrige-t-elle.

— Je pourrais peut-être me passer de l'appareil respiratoire cette nuit ?

— Qu'est-ce qui arrive quand on se réjouit trop vite d'être en forme et qu'on relâche ses efforts ?

Mes épaules s'affaissent.

— D'accord.

— La réponse, s'il te plaît.

Je récite sur un ton morne :

— On retombe malade.

— Exactement. Je sais que c'est difficile. Tu sais que je sais.

Maman parle rarement de sa propre bataille contre le cancer. Ce sont des souvenirs trop douloureux. Pour commencer, elle a dû arrêter sa carrière de patineuse. Elle craint que ce soit héréditaire, et je l'ai entendue demander à mes docteurs si la chimiothérapie qu'elle a subie pourrait être la cause de mes problèmes immunitaires.

— Absolument pas, a répondu le premier.

— C'est médicalement impossible, a affirmé le second.

Mais rien ne suffit à convaincre Maman. Rien ne peut l'empêcher de culpabiliser.

Chapitre 6

Le dimanche soir, Maman découvre dans son dossier spam un mail du lycée l'informant que je suis recalée dans trois matières. N'importe quelle autre mère se mettrait en colère. La mienne aussi – mais pas contre moi.

— D'abord, tu es une jeune fille intelligente et douée. Je voudrais bien que tes profs se montrent un peu plus compréhensifs vis-à-vis de tes difficultés.

J'ai l'impression qu'elle me parle d'un endroit très lointain, ou qu'elle est sous l'eau. Impossible de détacher mon regard de l'écran de l'ordinateur. Je tremble et j'ai la nausée en repensant au dossier qui contient tous mes contrôles ratés. Fermant les yeux, je revois les chiffres inscrits en rouge en haut de la première page. 48, 39, et même un 17. Mais ce n'étaient que des QCM. Et je n'ai pas manqué un seul cours dernièrement. Presque tous mes profs tiennent compte de la participation. Comment est-ce possible d'avoir de plus mauvais résultats en allant au lycée tous les jours qu'en séchant pendant des mois d'affilée ?

Je chuchote en boucle :

— Je ne comprends pas.

Mais c'est faux. Je comprends très bien, et je m'y attendais. C'est juste difficile à avaler quand ça devient officiel.

— Je suis vraiment désolée.

— Arrête ça tout de suite. Tu n'as aucune raison de t'excuser. Quand je pense à ce que tu as souffert, à ce que moi, ta mère, je t'ai regardée endurer… Ces gens sont des bureaucrates, pas des éducateurs. Tu as droit à certains aménagements qu'ils ne te fournissent pas. Au lieu de ça, ce M. Brinks t'a fait tellement peur que tu n'oses plus manquer les cours malgré un problème médical établi. C'est illégal. Je connais mes droits – et les tiens.

Le lendemain après-midi, Maman montre à M. Brinks des vidéos de moi en train de travailler à la maison. Assise à côté d'elle en salle de réunion, je frémis de honte. La voix guillerette de Maman s'élève du minuscule haut-parleur de son téléphone (« Coucou, guerriers de la santé ! ») et le proviseur adjoint lève les sourcils.

— C'est un passe-temps très intéressant, madame Wakely, mais je ne vois pas le rapport avec les difficultés scolaires de Cara.

Nous sommes assis autour d'une table ronde avec un conseiller d'orientation que je ne connais pas, Mme Fontana, ma prof de maths, et M. Cohen, qui enseigne l'histoire européenne. Le professeur Presley n'a pas pu venir, mais je suis recalée aussi dans sa matière. Apparemment, elle a laissé des notes.

— C'est mademoiselle Wakely, merci, et je vous montre ma fille en train d'étudier autant qu'elle peut dans des circonstances extrêmes.

— Mais je ne peux pas noter une vidéo, contre Mme Fontana. À mon grand regret, ajoute-t-elle en me souriant comme si ça pouvait rendre cette torture plus supportable.

M. Brinks lève les mains.

— Vous comprenez notre problème ? Nous savons que Cara doit affronter beaucoup d'obstacles dus à sa santé, même si nous ne disposons que de très peu de détails sur sa condition exacte. Nous voyons bien sa léthargie, et sa difficulté à enchaîner une journée de cours normale. Elle semble souffrir beaucoup, et je ne suis pas un professionnel, mais je la trouve très mince, presque décharnée. Sans parler de son teint très pâle, qui tire vers le jaune.

— Oui, elle a la jaunisse parce que ses reins ne fonctionnent pas correctement. Et la douleur lui coupe parfois l'appétit, explique ma mère. Par moments, elle a l'esprit embrumé et du mal à se concentrer. Cara est en rémission d'un cancer infantile depuis plusieurs années, mais les médicaments qui lui permettent de rester en bonne santé ont des effets secondaires lourds. Voilà sa condition exacte, dit-elle avec du venin dans la voix. C'est une survivante.

Elle me prend la main et la serre très fort.

— Bien sûr, mademoiselle Wakely, intervient le mystérieux conseiller d'orientation. Nous voulons juste aider Cara. Et de la même façon que son corps a eu besoin de temps pour récupérer, peut-être a-t-elle besoin de temps pour rattraper ses camarades sur le plan scolaire.

— Mais j'ai déjà quatorze ans ! je proteste – sans doute inutilement, puisqu'ils doivent connaître mon âge. Du temps, je n'en ai plus beaucoup !

Le conseiller sourit.

— C'est l'impression que tu dois avoir, mais chacun progresse à son rythme.

— Sauf pour les devoirs qui ont une limite imposée, je réplique vivement.

Les deux profs se dandinent, mal à l'aise. Je jette un coup d'œil à Maman et vois un sourire relever légèrement un coin de sa bouche. Elle me presse de nouveau la main.

Le conseiller se penche en avant, son stylo à la main.

— Où veux-tu en venir, Cara ?

— La dernière fois que j'ai vu M. Brinks, il m'a prévenue que si je manquais encore un seul jour de classe, je devrais redoubler. Donc, je me suis forcée à venir. (Je baisse la tête.) Et quand j'abuse de mes forces, mon état s'aggrave. (Je prends une grande inspiration et plante mon regard dans celui du conseiller.) Du coup, je me demande : est-ce qu'il serait possible de me laisser un délai supplémentaire pour rendre certains devoirs, ou un peu plus de temps pour finir certains contrôles ? Juste le temps que mon corps s'habitue au rythme du lycée ?

M. Brinks ressemble à une bouilloire sur le point de se mettre à siffler.

— Qu'est-ce que ça veut dire, s'habituer au rythme du lycée ?

— Je crois que je comprends, intervient Mme Fontana. J'ai un fils qui est en seconde dans un autre établissement. L'an dernier, il a eu du mal à s'ajuster : devoir changer de salle à chaque cours, se lever plus tôt le matin… Et il n'avait pas de problèmes de santé par-dessus le marché.

Je hoche la tête avec gratitude.

— C'est ça. Je suis épuisée quand j'arrive chez moi l'après-midi.

M. Cohen se racle la gorge.

— Je peux te donner plus de temps pour les devoirs à la maison.

Mme Fontana acquiesce. Ma mère pousse un soupir de soulagement et me presse le genou sous la table.

— Mais je m'inquiète pour les examens trimestriels, ajoute M. Cohen.

— Tout à fait, acquiesce M. Brinks. Ces examens nous permettent d'évaluer les progrès globaux des élèves dans chaque matière. Ils sont très importants. Cara, tes professeurs nous ont fait part de la chute libre de tes notes. Donc, nous nous inquiétons tous de ta capacité à te préparer pour ces examens, qui sont obligatoires.

— Cependant, nous n'avons pas encore évoqué la possibilité de soutien scolaire, ajoute Mme Fontana. Le professeur Presley m'a demandé de vous dire que nous sommes toujours disponibles pour aider Cara avant ou après les cours.

Ma mère hoche la tête.

— Merci, nous apprécions beaucoup. Je crains qu'à cause de sa fatigue, Cara n'ait du mal à gérer des journées encore plus longues. Mais ça mérite d'être essayé.

J'opine vigoureusement.

— Je suis prête à tout pour me rattraper.

Le conseiller se frotte les mains.

— Eh bien, cette réunion aura été très productive. Vous m'en voyez ravi ! Bien joué, tout le monde. Au nom de l'administration de ce lycée, je te remercie pour ta franchise et ta bonne volonté, Cara. Revoyons-nous après la fin du trimestre pour réévaluer notre processus de soutien et voir si nous pouvons l'améliorer encore, conclut-il en se tournant vers M. Brinks.

Celui-ci ne semble pas aussi optimiste.

— Nous avons un plan. Espérons que nous parviendrons à le mettre en œuvre.

— Merveilleux, susurre ma mère. Juste une chose : j'aimerais beaucoup que le M. Dunkirk assiste à la prochaine réunion.

M. Dunkirk est le proviseur. Mme Fontana et M. Cohen échangent un regard entendu.

— Je ne doute pas qu'il soit très occupé, mais à ce stade, sa participation me semble nécessaire.

— Bien sûr, s'étrangle M. Brinks. Du moment que son emploi du temps le lui permet.

— Du moment que son emploi du temps le lui permet, singe Maman dans la voiture pendant le trajet du retour.

Je ris parce que c'est la réaction qu'elle espère obtenir, mais j'ai une migraine affreuse. À chaque bosse de la route, une vague de nausée me submerge. Et quand je pense à tous les devoirs qui m'attendent à la maison, c'est pire.

Maman aime considérer que c'est nous deux contre le reste de l'univers. Le problème, c'est que ce n'est pas elle qui doit affronter M. Brinks et mes profs tous les jours au lycée. Elle peut se permettre d'être désagréable : elle a déjà son bac.

— Je suis très fière de la façon dont tu t'es comportée tout à l'heure.

Elle me tapote le genou, et une onde de douleur me traverse le corps.

— Tu t'es bien défendue. Et tu as eu raison de soulever la question des délais arbitraires. Tu as fait preuve de beaucoup de cran et de détermination. Bravo.

— Merci.

Mais je ne peux m'empêcher de grimacer, ce qui ne lui échappe pas.

— Cette réunion t'a épuisée.

Tout m'épuise. Le soir, je me couche à sept heures et demie. Maman m'a fait boire un Gatorade avec mes cachets de l'après-midi, mais je sens quand même mon matelas tanguer sous moi. J'ai un goût amer dans la bouche, et ma gorge me brûle à force d'avaler de la bile. Dire que je suis censée étudier…

J'entends Maman parler au rez-de-chaussée. J'espère qu'elle n'est pas en train d'imiter M. Brinks pour ses abonnés. Je ne distingue pas ses mots, mais sa voix monte, descend et vibre le long de mes nerfs. Une heure plus tard, elle m'apporte mon dîner – du riz et des bananes. Elle allume l'humidificateur dans le coin et la lampe à sel sur ma table de chevet.

—Ma petite guerrière de la santé, murmure-t-elle.

Instinctivement, je repousse le plateau.

—Cara Jean, il faut que tu manges.

Mes yeux se remplissent de larmes, et j'enfouis mon visage dans l'oreiller.

—S'il te plaît, je voudrais juste dormir. Je me sens vraiment mal. Je suis à huit, Maman, dis-je sans qu'elle m'ait rien demandé.

—C'est sans doute le stress. La réunion de tout à l'heure m'a rendue anxieuse. Je suis certaine que c'était tout aussi désagréable pour toi.

Je voudrais répondre que c'est bien pire que désagréable. Une veine palpite sur ma tempe, et je me demande s'il est possible de craquer comme un élastique trop tendu. Maman m'effleure la joue.

—J'ai peur de ce qui se passera si tu vas au lycée demain sans être correctement préparée. Il faudrait peut-être que tu leur prouves combien tu es motivée.

—Maman… Je ne peux pas.

Le simple fait de m'asseoir est douloureux. La lumière pourtant faiblarde de la lampe à sel me poignarde les yeux. *Je croyais que ma santé devait passer en premier?* Mais je suis incapable d'articuler une phrase aussi longue. Alors, je me mets à sangloter et plaque l'oreiller sur mon visage pour étouffer mes larmes. C'est à peine si je sens ma mère remonter le drap sous mon menton, et je ne l'entends pas sortir de la pièce.

Pendant les semaines qui suivent, j'essaie. Je suis trop assommée pour faire mes devoirs après les cachets de l'après-midi, alors je tente de les faire durant la pause de midi. Et je mets mon réveil encore plus tôt pour aller voir Mme Fontana avant le début des cours. Mais la seule matière dans laquelle j'ai la moyenne, c'est le japonais.

Un soir après le dîner, alors que je suis penchée sur mes manuels de cours, Maman évoque la possibilité de l'école à domicile.

— Non. Il n'en est pas question.

— Cara Jean, c'est une solution qu'il nous faut envisager.

Je songe à ma vie déjà si limitée. Je passe plus de temps à parler à Libby Gilfeather dans ma tête qu'à discuter pour de vrai avec n'importe lequel de mes camarades.

— J'ai trouvé de nombreuses ressources. Je pourrais assez facilement obtenir un certificat de qualification. Ça nous permettrait d'établir notre propre planning. Tu fais déjà la plupart de tes devoirs sur l'ordinateur. Ce serait probablement le plus simple. Les jours où tu serais en forme, on en profiterait pour avancer un bon coup. Je sais que tu es intelligente. Mais les mauvais jours comme lundi dernier... on serait libres de te laisser te reposer et récupérer.

Je ne serais libre de rien du tout – encore moins que maintenant. Il y a déjà trop de jours où je ne parle à personne d'autre que ma mère. Je me revois assise sur le banc devant la bibliothèque, quand j'attendais qu'elle vienne me chercher. J'ai adoré sentir l'air froid autour de moi. Sans le lycée, j'étoufferais.

Pourtant, Maman dit que « ça nous permettrait de respirer ».

— Tu pourrais faire les choses à ton rythme, insiste-t-elle en tapotant le dossier posé sur la table entre nous. Ces notes ne reflètent pas tes capacités, Cara Jean.

— Je fais de mon mieux.

— Je sais.

Maman me dévisage sans ciller. Soudain, je comprends – et c'est comme si un bus me percutait de plein fouet.

— Tu crois que je suis idiote.

— Pas du tout.

— Tu penses que je n'en suis pas capable.

— Pas capable de quoi ?

— De suivre au lycée. De réussir à assimiler tout ça, dis-je en désignant mes livres et l'ordinateur d'un grand geste.

Maman mesure ses paroles aussi soigneusement que des cuillerées de médicament.

— Je crois que tu te donnes beaucoup de mal pour rattraper tes camarades, mais que parfois, tu sous-estimes tes problèmes de santé. (Elle se laisse lourdement tomber sur une chaise.) Et j'aimerais pouvoir faire plus pour toi. Certaines familles engagent des profs particuliers. Mais je n'ai pas le budget pour ça, Cara Jean. J'ai déjà du mal à payer les consultations et les médicaments. Je suis désolée. Tu n'as vraiment pas de chance : d'abord ce cancer, puis toutes ces complications. Avoir une mère célibataire sans emploi, c'est la cerise sur le gâteau, pas vrai ?

Je sais que ce n'est pas charitable de ma part, mais je déteste quand Maman fait ça. Quand elle prend quelque chose qui me fait souffrir et qu'elle se l'approprie. Non seulement ça ne me réconforte pas, mais ça m'oblige à cesser de m'apitoyer sur mon sort pour la réconforter, elle.

— Ce n'est pas vrai, Maman. Tu fais de ton mieux, dis-je mécaniquement.

Mais ce soir, le cœur n'y est pas. Je tente de prendre le même ton assuré que pendant la réunion avec les profs, ce ton dont elle a dit être si fière.

— Les examens trimestriels sont dans trois semaines, et j'ai l'intention de les réussir. Je vais tous vous surprendre : toi, M. Brinks et les profs qui ont déjà barré mon nom de leur carnet de notes.

Des tas d'élèves médiocres passent en seconde sans redoubler. Je les croise tous les jours devant leurs casiers.

— Si j'échoue, on reparlera de l'école à domicile.

Je regrette immédiatement cette promesse.

Je règle mon réveil encore plus tôt, et pas seulement pour me libérer du masque en caoutchouc. Je découvre qu'il m'est bien plus facile de comprendre ce que je lis avant que le brouillard des cachets du matin ne s'abatte sur moi. Trois fois par semaine, quand j'ai une séance de soutien scolaire, je suis habillée et prête à partir avant que Maman puisse envisager de ne pas me conduire en avance au lycée. Certains matins, je remplis moi-même le tableau accroché au mur de la cuisine.

Le midi, au lieu de tourner en quête de visages amicaux près desquels m'installer à la cafétéria, je mange discrètement le déjeuner que j'ai emporté à la bibliothèque. Je m'assois près des élèves les plus brillants, et j'écoute leurs révisions de groupe. Puisque je suis dispensée de cours de sport, M. Epps me laisse passer l'heure en salle de maths. Mme Fontana garde un dossier d'exercices supplémentaires sur son bureau juste pour moi.

Je tente d'accomplir le plus de choses possibles avant quatre heures de l'après-midi, le moment où mon corps réglé comme un métronome commence à s'éteindre. Je garde mes devoirs de japonais et de littérature anglaise pour ces heures que je vais passer devant notre ordinateur. J'arrive toujours à décrocher la moyenne (mais pas beaucoup plus) dans ces matières, ce qui me laisse un peu de marge en cas de coupure d'Internet, ou si Maman me force à m'allonger avec une compresse tiède sur les yeux.

Chaque matin où je suis tentée d'éteindre mon réveil et de me rendormir, chaque fois que j'envisage de sauter une séance de soutien, je visualise ce que seraient mes journées sans le lycée, sans mes modestes excursions dans le monde des gens en bonne santé.

Je souffre tout le temps. L'appareil respiratoire ne m'aide pas ; il m'empêche juste de bien dormir pendant les quelques heures où je pourrais le faire.

Puis je tombe vraiment malade – encore plus que d'habitude. J'attrape un de ces virus qui allument un brasier dans votre poitrine. Tout mon corps est douloureux, et j'ai la gorge à vif à force de tousser. Le lundi matin avant mon examen de maths, Mme Fontana tente de me renvoyer à la maison.

— Hé, Cara. Ça va ? s'inquiète-t-elle.

Nous sommes en train de résoudre des équations. J'ai de la fièvre et la nausée. Je suis également morte de soif, mais avaler me fait trop mal.

Je continue à plancher sur le problème. Mme Fontana pose sa main aux doigts écartés sur la feuille.

— Cara, regarde-moi.

Mes yeux se remplissent de larmes. Tout mon visage me semble brûlant et humide.

— Ce ne sont que des allergies saisonnières, dis-je avant de tousser dans le creux de mon coude pour ne pas contaminer ma prof.

Pendant le reste de la journée, je me fais encore plus discrète que d'habitude. Je n'accomplis pas grand-chose. Le soir, Maman n'arrête pas de porter une main à sa bouche comme chaque fois qu'elle s'inquiète.

— Tu sais, Cara Jean, ces examens ne sont pas si importants. Si tu ne peux pas aller au lycée demain, je suis certaine qu'ils te feront passer une épreuve de rattrapage.

Mais ces examens sont mon unique objectif pour le moment, et tout le monde sait que les épreuves de rattrapage sont plus difficiles.

— Inutile. Je me sens bien. Douleur à deux, fatigue à trois.

— Vraiment ? J'aurais dit plus. Je veux au moins que tu te couches de bonne heure.

Maman est tellement fière de moi qu'elle en fait une vidéo.

— Bonjour, guerriers de la santé ! Ici, c'est la vengeance des grosses têtes ! Cara Jean révise à fond pour ses examens trimestriels. Ce soir, je voudrais rendre hommage à sa détermination. Elle travaille si dur ! Ça fait plusieurs semaines qu'elle n'a pas levé le nez de ses manuels. En tant que mère, voici comment je m'efforce de lui fournir le carburant dont son corps et son cerveau ont besoin.

Elle sort du frigo une assiette contenant des tranches de pomme enduites de beurre de tournesol et se tourne vers la caméra avec un sourire éblouissant.

— Les protéines favorisent la concentration et la mémorisation. En revanche, mieux vaut éviter les glucides qui alourdissent et ralentissent. Cet en-cas est parfait d'un point de vue diététique. Et comment trouves-tu le goût, Cara Jean ?

Elle me fait un signe d'encouragement. Je prends un quartier de pomme, et l'odeur des graines de tournesol m'atteint avant même que je morde dedans. Je dois déglutir plusieurs fois pour réussir à avaler. L'espace d'une seconde, je manque de vomir en direct.

— Miam, j'articule soigneusement. Merci, c'était délicieux !

Nous autres les Wakely, nous sommes bonnes actrices. Maman fait semblant de vouloir que je réussisse mes examens trimestriels, et je fais semblant de la croire.

Je monte me coucher peu après 20 heures. Je déballe l'avant-dernière des quatre gélules de DayQuil contre le rhume et la grippe que j'ai trouvées dans la trousse de premier secours sous le lavabo de la salle de bains. Je la prends avec mes cachets du soir, et je fais descendre le tout avec un verre de lait d'amande.

Allongée dans le noir, je ferme les yeux. Mais mon cœur bat trop fort, et mes paumes sont en sueur. Mon sang circule trop vite dans mes veines, et c'est à peine si je supporte le contact du masque en caoutchouc sur mon visage.

Je ne dors pas. Je laisse l'appareil respiratoire allumé jusqu'à ce que j'entende Maman monter l'escalier, et même un peu après par sécurité. Je rabats une couverture par-dessus ma tête pour étouffer mes quintes de toux, et je révise mentalement mes équations. Maman m'a obligée à laisser mes affaires de cours en bas. Quand je n'entends plus un bruit, je déplie les cerfs-volants de papier cachés dans les poches de mon jean et j'utilise la fonction lampe de mon téléphone pour réviser certains des exercices que j'ai faits avec Mme Fontana.

Petit à petit, mes paupières se font lourdes, et mon pouls retrouve son rythme normal. C'est bizarre d'imaginer que je suis la seule personne encore réveillée dans toute la rue.

Puis le ciel s'éclaircit, me faisant regretter de n'avoir pas huit heures de plus pour étudier, voire juste dix minutes pour me reposer.

Dans la salle de bains, je prends appui sur le lavabo et me force à lever les yeux vers le miroir. Instinctivement, je porte une main à ma bouche avec la même expression inquiète que Maman.

Des veines éclatées strient le blanc de mes yeux. Chaque fois que je tousse, il en apparaît d'autres. À force de ne respirer que par la bouche, j'ai les lèvres sèches et craquelées.

Je me douche en inspirant la vapeur à fond, et je prends la dernière gélule de DayQuil avant le petit déjeuner. Je n'inscris rien sur le tableau parce que mes mains tremblent, mais je dis à Maman : « Deux pour la douleur et la fatigue, quatre pour le sommeil et l'appétit. » Elle refuse de noter ces chiffres.

— On ne se ment pas à soi-même quant à son état de santé, Cara Jean. Tu n'as pas l'air bien du tout.

Elle veut provoquer une dispute pour me détourner de mon objectif. Mais je refuse de mordre à l'hameçon. Je bois docilement mon jus vert, et je tends la main pour prendre mes cachets.

Je tâte l'intérieur de ma joue avec ma langue. Il est brûlant. Si Maman prenait ma température, elle filerait immédiatement me faire couler un bain froid. Une fois, dans notre ancien appartement, j'avais tellement de fièvre qu'elle m'a forcée à rester dans l'eau glacée, si longtemps que j'ai fini par casser deux carreaux en me débattant. Ils n'ont jamais été réparés et sont restés là, telles deux dents ébréchées nous rappelant chaque jour à quel point la maladie peut être effrayante. Et son remède tout autant.

Ce matin, je ne peux pas me permettre une scène pareille. Alors, je garde le silence comme si j'étais très concentrée.

Je dois passer deux examens aujourd'hui et deux autres demain. Après l'épreuve de maths, j'aurai deux heures pour relire mes notes de littérature anglaise. Mais j'ai déjà la moyenne dans cette matière. Demain, ce sera la biologie et l'histoire.

Puis je rentrerai chez moi, je ramperai dans l'escalier et je me glisserai dans mon lit. Je demanderai une poche de glace à Maman, et je la mettrai sous mon oreiller pour me rafraîchir la joue. Mais ça ne m'aidera pas de rêver à ça maintenant.

Nous sommes tous assis dans le gymnase, sur des chaises métalliques pliantes munies d'une tablette pour écrire. Le simple fait de rester dans cette position pendant deux heures d'affilée constitue un défi pour certains d'entre nous. Le lycée n'est pas conçu pour les malades chroniques. Il a été inventé pour Libby Gilfeather qui, lorsque j'arrive, est déjà installée au premier rang et passe calmement ses fiches en revue une dernière fois pendant que tous les autres paniquent. Je tente d'imiter son assurance pour me glisser dans mon propre siège. Au lieu de ça, je manque de me casser la figure.

Mais quelques minutes plus tard, j'ai cessé de fantasmer sur la vie de Libby pour m'émerveiller de connaître autant de choses en maths. Mon corps me donne l'impression de tomber en morceaux : j'ai le pouls affolé ; j'y vois trouble et mon nez dégouline. Mais je comprends les chiffres sur la page.

Mme Fontana passe dans les rangs pour nous surveiller. Elle s'arrête près de moi.

— Tu t'en sors, Cara ? me demande-t-elle sur un ton aussi apaisant qu'un drap frais.

Et à ma propre surprise, je réponds :

— Oui.

Je pense à la chanson de Céline Dion, *It's all coming back to me now* : « Ça me revient, maintenant. » Le refrain se répète en boucle dans ma tête. Penchée sur ma feuille, je résous un problème après l'autre, utilisant toutes les règles que je me suis donné tant de mal pour mémoriser et qui affleurent docilement à la surface de mon esprit quand j'ai besoin d'elles.

L'horloge du gymnase égrène les minutes. Mes camarades lui jettent des coups d'œil et griffonnent de plus en plus frénétiquement. Moi aussi, le temps menace de me rattraper, mais pour des raisons différentes. J'ai l'impression d'avoir la gorge pleine de rasoirs. Ma température atteint des sommets.

Quand j'ajuste ma position sur ma chaise, le monde tangue. Je vois de plus en plus trouble. Les chiffres se mettent à danser sur ma copie. Je suis en train de faire les derniers exercices quand ils disparaissent tout à fait. J'agrippe la tablette et me sens basculer en avant. Le plancher en bois du gymnase se précipite à ma rencontre.

Chapitre 7

Très loin, j'entends des gens qui s'agitent. Une fille hurle. Plusieurs, peut-être. Quelqu'un m'attrape par les jambes pour me dégager de mon siège et m'allonge sur le sol. Je sens une pression sur mon cou, et je comprends vaguement que quelqu'un me prend le pouls. J'entends le crépitement d'un talkie-walkie et un raclement de pieds de chaises. Tout près de mon oreille, Mme Fontana murmure des paroles de réconfort.

Je me demande ce que va devenir ma copie. Si je serai disqualifiée. Il me semble que mes camarades me soulèvent, comme les joueurs de l'équipe de foot américain soulèvent leur quarterback après une victoire. Ils ont cru que j'étais insignifiante, mais à moi seule, j'ai interrompu un examen de maths.

Plus tard, à l'hôpital, j'apprends que l'examen a repris après mon évacuation sur un brancard. M. Brinks ne me donne guère de détails. Apparemment, il a dû monter dans l'ambulance avec moi. À présent, assis sur une chaise en plastique aux urgences, il échange des textos avec les secrétaires du lycée.

— Cara, s'il te plaît, ne te soucie pas de tes examens pour le moment, me dit-il sur le ton le plus sincère que je lui ai jamais entendu employer.

Sa cravate est mouillée et toute de travers. J'espère que je ne lui ai pas vomi dessus.

— J'essaie de contacter ta mère. On va la faire venir le plus vite possible, promet-il.

Je sais qu'il tente de m'aider, parce qu'il ne manifeste aucune appréhension à l'idée d'affronter ma mère.

— Je suis vraiment désolée d'avoir causé tous ces problèmes.

Je parle de l'examen, mais aussi de la réunion de l'autre fois, des exigences de Maman et des nombreuses absences qu'il a dû justifier dans le système informatique du lycée.

— Non, non, ne t'en fais pas. On a juste eu peur pour toi.

Je passe l'après-midi dans ce lit d'hôpital. Des docteurs et des infirmières viennent me voir de temps en temps. Ils m'examinent d'un air inquiet tandis que je baisse la tête pour me cacher derrière le rideau de mes cheveux. Comme personne n'arrive à joindre ma mère, ils finissent par appeler une assistante sociale.

— Sais-tu où travaille ta mère, Cara ?

Elle ressemble à la bibliothécaire du lycée, avec des lunettes différentes.

— Elle ne travaille pas, je réponds en m'abstenant de préciser que veiller sur moi est déjà un emploi à plein-temps.

L'assistante sociale baisse les yeux vers M. Brinks.

— Avez-vous souvent des difficultés à joindre Mme Wakely ?

— Mlle Wakely, corrige-t-il. Absolument pas. C'est très inhabituel.

— Bon, nous allons admettre cette jeune fille et lui faire attribuer une chambre. Il nous faudra des informations sur son historique médical. Vous avez accès à son dossier ?

M. Brinks hoche la tête et se lève.

— Bien sûr. Laissez-moi vous mettre en relation avec l'infirmerie du lycée.

Ils sortent tous les deux du petit box fermé par un rideau, me laissant perplexe. Où peut bien se trouver ma mère ? Et a-t-elle fini par transmettre mon dossier à l'administration ?

Un aide-soignant arrive et débloque les freins de mon lit.

— Bonjour, ma belle. Je m'appelle Omar, et je serai ton pilote ce matin. Merci d'attacher ta ceinture de sécurité. Destination : le département de pédiatrie.

Et même si ça me fait mal à la gorge, je ris.

— Quelqu'un pourra prévenir…

Je n'arrive pas à terminer ma phrase.

— On préviendra ton père, bien sûr.

La douleur de ma gorge descend vers ma poitrine.

— Ce n'est pas mon père, c'est le proviseur adjoint de mon lycée.

— Pas de souci. On le préviendra aussi.

Omar me pousse dans le couloir encombré des urgences en clamant :

— Place, place ! Enfant malade à bord.

Et les gens s'écartent pour laisser passer mon lit.

Omar appuie sur le bouton du sixième étage, et je sens l'ascenseur monter. Mon estomac se retourne. J'agrippe la rambarde métallique.

— Ça va ? s'inquiète gentiment l'aide-soignant. Tâche de ne pas vomir ici, sinon, ils devront me donner une prime.

J'essaie d'acquiescer, mais ma tête me fait trop mal. Je tâtonne en quête de mon téléphone pour regarder l'heure. Je dois être en retard pour mes médicaments. Je me masse les tempes et demande :

— Où est mon téléphone ?

— Vous les jeunes, vous ne pouvez pas vous passer de ces trucs. Vous êtes comme des drogués en manque.

Je secoue la tête et frémis.

— Non, ce…

— Il doit être dans un sac avec le reste de tes effets personnels – tes vêtements, tout ça. J'imagine que tu n'es pas allée au lycée en blouse d'hôpital ?

— Bien sûr que non.

— Ah, on ne sait jamais. Vous les ados, vous avez parfois un style bizarre. Hier, les tatouages faciaux étaient à la mode. Aujourd'hui, ça pourrait très bien être les blouses d'hôpital.

Je ris malgré tous les muscles qui m'implorent de ne pas bouger.

Omar se penche en avant et pousse mon lit hors de l'ascenseur. Nous dépassons une petite salle d'attente avec un arc-en-ciel peint sur le mur, et je lutte pour m'asseoir. Je suis presque certaine d'avoir vu le jeune mordu de sciences de la bibliothèque assis là avec un porte-bloc. Mais j'hallucine peut-être.

— Quelle heure est-il ?

— Tu as rendez-vous quelque part ? plaisante Omar. Il est 14 heures.

Ce n'est pas normal que Maman ne réponde pas au téléphone. Et c'est encore moins normal que ce garçon soit ici, à l'hôpital, plutôt qu'en train de passer son examen d'anglais.

Omar manœuvre pour franchir un dernier coin et s'arrête dans une chambre. Il désigne un lit vacant près de la fenêtre.

— Personne d'autre pour le moment. Tu veux le hublot ?

— Non merci.

Je trouve ça égoïste de réclamer un lit plutôt qu'un autre, de la même façon que Maman réclame toujours un box chez *Olive Garden*.

— Très bien, alors je te laisse ici. Des professionnels moins doués que moi vont prendre le relais.

Je dois avoir l'air déçue. Omar verrouille les roues de mon lit, rajuste ma perfusion et démêle les mèches de mes cheveux qui se sont enroulées autour du tube.

— Ça va aller. Pense à commander la crème au chocolat si on te laisse le choix.

Puis il sort d'un pas dansant, me laissant seule dans cette chambre stérile. Et maintenant, que va-t-il se passer ?

Ce qui se passe, c'est que ma mère arrive enfin. Je l'entends dès le moment où les portes de l'ascenseur s'ouvrent au bout du couloir. Je suis sa progression jusqu'au bureau des infirmières.

— Excusez-moi, il paraît que vous détenez ma fille. Cara Jean Wakely se trouve bien dans cette unité ?

Une femme lui répond trop doucement pour que je comprenne ce qu'elle dit. La voix de ma mère, en revanche, porte sans difficulté jusqu'à ma chambre.

— Si, vous la détenez puisque je ne vous ai pas donné la permission de la traiter. Vous l'avez stabilisée ? Je ne vois pas comment vous pouvez lui prodiguer les soins adéquats sans le contexte de tout son historique médical.

Une nouvelle réponse murmurée.

— Cet homme n'a aucune autorité sur mon enfant. C'est son manque total d'empathie qui a provoqué l'effondrement de Cara Jean.

Sa dernière phrase acerbe résonne au moment où M. Brinks pénètre dans ma chambre. Nous nous regardons avec la même expression horrifiée.

— Apparemment, on a réussi à joindre ta mère, lâche-t-il.

— Je suis désolée, je bredouille.

Il secoue la tête.

— Inutile, dit-il en s'approchant de mon lit et en baissant la voix. Je t'en prie, Cara Jean, écoute les conseils des médecins. Pour le reste, on s'arrangera.

Il sort à reculons, et je le vois prendre son courage à deux mains avant de se tourner vers Maman.

— Mademoiselle Wakely. Pour commencer, je tiens à vous dire combien nous sommes soulagés que Cara aille à peu près bien. Faites-moi savoir de quelle façon le lycée peut vous soutenir au mieux toutes les deux. Le bien-être de Cara est notre priorité.

— C'est peut-être votre priorité maintenant, glapit Maman d'une voix qui doit transpercer les tympans de toutes les personnes présentes dans l'unité. Je vous tiens personnellement pour responsable de son état. Avez-vous la moindre idée du rythme punitif qu'elle s'inflige depuis des semaines ?

Face à elle, M. Brinks se laisse invectiver sans broncher.

— Maman, j'appelle dans un chuchotement. Maman, s'il te plaît.

Je répète un peu plus fort. Le proviseur adjoint fait un pas sur le côté. Enfin, ma mère regarde derrière lui et m'aperçoit dans mon lit.

— Oh mon Dieu, Cara Jean !

Elle se précipite vers moi, aussi effrayée qu'en colère.

— Que s'est-il passé ? La secrétaire du lycée m'a dit que tu avais perdu connaissance. Comment te sens-tu maintenant ? Quel est ton niveau de douleur ? Quels médicaments t'ont-ils donnés ?

Au lieu de me serrer dans ses bras ou d'avoir le moindre geste tendre, elle examine la poche de ma perfusion, puis saisit la fiche au pied de mon lit.

— On dirait qu'ils se contentent de te réhydrater, mais ils t'ont mis un moniteur cardiaque. Tu avais des palpitations ? Des signes de paralysie faciale ? Ma chérie, tu te sens désorientée ou pas ?

Maman s'affaire, rajustant le drap d'hôpital sur ma poitrine. Puis elle jette un coup d'œil vers la porte.

— As-tu seulement vu un docteur ?

— Je viens juste d'arriver ici. Et toi aussi, dis-je sur un ton plus accusateur que je ne le voulais.

Toute ma vie, j'ai eu l'impression qu'une laisse me rattachait à ma mère, et que je ne pourrais pas lui échapper même si j'essayais.

— Je n'avais plus de batterie, soupire-t-elle. Pourtant, j'ai rechargé mon téléphone ce matin. Tu m'as vue le brancher dans la voiture. Je ne comprends rien à ces appareils. Mais c'est pour ça que je déteste t'emmener au lycée chaque jour. Ça me terrifie de te laisser là-bas. Quand je pense que tu t'es évanouie pendant que je faisais des courses sans me douter de rien !

— L'examen se passait très bien.

Ma mère me dévisage, stupéfaite.

— Cara Jean, on t'a évacuée en ambulance.

— Je voulais dire que j'étais capable de répondre aux questions.

— Ce n'est pas le problème pour le moment.

— Tu pourrais les appeler et vérifier qu'ils noteront quand même ma copie ? Je sais que j'ai raté l'examen d'anglais, mais j'avais déjà assez de points pour valider la matière. M. Brinks a dit...

— Je ne veux pas entendre parler de M. Brinks.

— Et si on parlait plutôt du résultat des analyses de Cara ?

Une femme en blouse blanche, sans doute la plus grande que j'aie jamais vue, se tient sur le seuil de ma chambre.

— Je suis le docteur Abidi, se présente-t-elle. La pédiatre de service aujourd'hui. Comment te sens-tu, Cara ?

— Beaucoup mieux, merci, je réponds automatiquement.

Elle s'assoit sur le bord de mon lit, étirant ses jambes vers le plateau à roulettes dans le coin. Ses cheveux noirs rassemblés en tresse dans son dos me rappellent Manuela de l'atelier de poterie.

— Que s'est-il passé tout à l'heure ? me demande-t-elle tout bas, comme si la réponse était peut-être quelque chose d'intime.

— Je n'en sais rien.

Elle me dévisage sans ciller. J'entends Maman prendre une inspiration comme avant de réciter la litanie de mes symptômes, mais le docteur Abidi lève une main.

— Juste Cara pour le moment, s'il vous plaît. (Puis, reportant son attention sur moi :) Je sais que tu as beaucoup de problèmes de santé depuis des années, mais concentrons-nous sur aujourd'hui. Que s'est-il passé pour provoquer un évanouissement ?

— J'avais mon examen trimestriel de maths. C'était très important que je le réussisse.

Elle acquiesce et se penche légèrement vers moi.

— D'accord. Et donc…

— Donc, il se peut que je n'aie pas beaucoup dormi ces derniers temps. Voire pas du tout.

Maman ouvre la bouche pour protester.

— Le soir, je montais dans ma chambre, mais au lieu de me coucher, je révisais.

— Toute la nuit ?

— Plus ou moins. Je crois que j'ai un rhume.

— Un rhume ?

— Ou la grippe. J'avais de la fièvre. Mais je ne pouvais pas rester à la maison.

— La plupart des adolescents adorent rester chez eux plutôt que d'aller au lycée. Surtout les jours d'examen.

Je secoue la tête.

— Hier, j'ai commencé à prendre des médicaments contre le rhume. Parce que j'avais mal à la gorge.

Je vois Maman incliner la tête sur le côté et tendre l'oreille. Je baisse les yeux.

— Quel genre de médicaments ?

— Du DayQuil que j'avais trouvé dans l'armoire à pharmacie de ma mère.

— Combien ? demande le docteur Abidi en sortant un calepin de sa poche.

— Je ne sais plus. Quatre ?

— Quatre ? D'un coup ?

— Non. Bien sûr que non. Quatre entre hier soir et ce matin.

Elle griffonne quelque chose.

— D'accord. C'est quand même plus que la dose que je recommanderais. Le DayQuil est un antihistaminique, ce qui pourrait expliquer tes palpitations et ton essoufflement. Tu pratiques beaucoup l'automédication, Cara ?

— Non, jamais. Je voulais juste tenir le coup pendant les deux jours d'examens. Et ce n'était qu'un médicament contre le rhume.

— Vous étiez au courant, mademoiselle Wakely ? interroge le docteur Abidi en levant les yeux.

Maman sursaute.

— Pas du tout. Je suis très pointilleuse en matière de santé. Je ne sais même pas où Cara a trouvé…

— Dans ta salle de bains.

— Alors, je ne sais même pas depuis combien de temps ces gélules étaient là. (Sa voix se fait tranchante.) Et je suis choquée d'apprendre que tu révisais au lieu de dormir. Ce n'est pas du tout son genre de faire des choses dans mon dos, docteur. Pour sa défense, je peux juste vous dire que l'administration de son lycée lui a mis une pression extraordinaire. Je ne suis pas vraiment surprise que ma fille ait compromis sa santé par leur faute, mais je suis déçue par son comportement, et désolée pour le dérangement.

— Il n'est pas question de dérangement, réplique le docteur Abidi. Et nous ne pouvons pas attribuer tous les symptômes de Cara à la prise de quelques DayQuil. Elle est trop maigre et gravement anémiée. Ses analyses de sang révèlent aussi un déséquilibre électrolytique et un taux de globules blancs trop élevé. Sans parler de son niveau de sodium qui crève le plafond, et qui aurait pu provoquer un effondrement à lui seul. Le professeur qui l'accompagnait a mentionné un cancer ?

— C'est le proviseur adjoint de son lycée, celui qui lui a tellement mis la pression. C'était une torture de ne rien pouvoir y faire.

— Quelle sorte de cancer ? insiste le docteur Abidi.

— Un carcinome rénal, une tumeur de Wilms. Cara est en rémission depuis quatre ans.

— Je vois. Bien, ça explique partiellement ces chiffres. Nous avons demandé des informations à l'infirmerie du lycée, mais apparemment, le dossier médical de Cara est incomplet. Donc, en votre absence, nous tâtonnions dans le noir.

— J'ai envoyé tous les papiers nécessaires – plusieurs fois. Nous avons déménagé récemment, et l'ancien lycée de Cara a été dévasté par l'ouragan Michael.

— En effet, c'est un problème. Le secrétariat de son ancien pédiatre aurait peut-être quelque chose ?

— Toute la région a été durement touchée.

— Bon, d'accord. Tâchons de reconstituer son historique le plus fidèlement possible. Ce sera important pour assurer son suivi médical. Il me faudrait au moins la liste de tous les médicaments qu'elle prend en ce moment.

Maman saisit ma main.

— Hormis pour les compléments alimentaires qui lui ont été prescrits, nous avons une approche essentiellement holistique. Nous ne mangeons que des céréales complètes ; nous évitons la viande et les sucres raffinés.

Je lève brusquement la tête, mais Maman me presse la main sans quitter le docteur des yeux.

— Une alimentation saine, c'est toujours une bonne chose, mais certains de ces résultats d'analyses m'inquiètent, avoue cette dernière. Il y a trop d'anomalies. Cara, tu as autre chose à nous dire ? On veut juste t'aider.

Maman me presse de nouveau la main.

— Non, à part que je me sens déjà beaucoup mieux.

— Eh bien, je suis ravie de l'entendre, mais nous allons te garder en observation cette nuit. Et tu vas devoir rester au lit jusqu'à nouvel ordre, pour que ton corps puisse récupérer des événements d'aujourd'hui. Mademoiselle Wakely, votre fille a parlé à une assistante sociale tout à l'heure. Mme Hoffman, dit le docteur Abidi en consultant la fiche au pied du lit. Elle aimerait s'entretenir avec vous, puis avec le conseiller du lycée si vous nous en donnez la permission, de manière que nous travaillions tous en équipe. Il nous faudra également une liste complète des vitamines et autres compléments alimentaires que prend Cara. Vous pouvez juste nous envoyer une photo de chaque flacon. Ça nous permettra peut-être de comprendre ces résultats bizarres.

— Merci, docteur. Nous apprécions l'aide que vous avez apportée à Cara. Tout le monde n'est pas aussi compréhensif. En tant que mère célibataire qui lutte contre ses propres problèmes de santé, je perds parfois courage.

Le docteur Abidi hoche la tête.

— Je vois.

Dès qu'elle est partie, Maman ferme la porte de la chambre. Elle n'a pas besoin de presser ma main : je sais que je dois chuchoter.

—Je suis vraiment désolée, Maman.

—Je ne sais même pas quoi dire. Tes choix récents me font peur. Et maintenant, cette doctoresse qui ne te connaît pas, qui ne comprend pas tout ce que nous avons traversé ces dernières années et qui se permet quand même de me juger…

—Elle ne te jugeait…

—Pour l'amour du ciel, Cara, elle nous a signalées à une assistante sociale ! siffle ma mère. Tu sais ce que ça signifie ? Tout ça parce que j'avais des cachets contre le rhume dans mon armoire à pharmacie !

Elle se met à faire les cent pas, les bras croisés sur la poitrine. Chaque fois qu'elle passe devant mon lit, elle vérifie quelque chose. Elle fait courir un doigt sur l'écran du moniteur cardiaque ; elle tripote la poche de ma perfusion.

—J'ai bien envie de signer une décharge pour te faire sortir et consulter un médecin en qui on peut avoir confiance, mais tu n'imagines pas le chaos que ça engendrerait. Je pensais avoir enfin trouvé une solution, et nous voilà quand même à l'hôpital parce que tu as paniqué à cause d'un examen de maths. Pourtant, j'ai toujours pris soin de toi, Cara, non ?

La question reste suspendue entre nous. Tous mes moniteurs bipent en guise de réponse.

—Ils me laisseront peut-être sortir demain ? je suggère comme si je l'espérais.

Demain, Libby Gilfeather s'assiéra de nouveau au premier rang dans le gymnase, et elle planchera sur ses examens sans incident – sans remarquer que j'ai déjà loupé une bonne partie de mon année.

Une infirmière apporte un plateau-repas – juste du bouillon et des biscuits salés. Maman réclame quelque chose de plus consistant, mais elle répond :

— Le docteur préconise de réintroduire la nourriture solide progressivement.

Je jette un coup d'œil plein de regret à son chariot. D'autres patients ont suivi le conseil d'Omar et commandé la crème au chocolat.

— Ma fille a faim. Ne rien manger ne peut pas lui faire de bien.

L'infirmière a une petite grimace compatissante.

— Ordre du docteur. Mais vous pouvez peut-être descendre à la cafétéria, au rez-de-chaussée. Ils emballent la nourriture pour qu'on puisse l'emporter et remonter tout de suite dans la chambre des malades, dit-elle avec un clin d'œil. Ils font des sandwichs au fromage grillé vraiment délicieux. Moi, je vais continuer ma tournée. Personne ne pourra m'accuser de conspiration alimentaire.

Je la regarde sortir et dis :

— Les gens sont vraiment adorables ici.

— Ils peuvent. Pour le prix qu'ils vont facturer à notre assurance, ils devraient se conduire comme des saints, réplique ma mère en fouillant dans son sac. Un sandwich au fromage grillé, ça te tente ? Avec du pain complet, et de l'avocat s'ils en ont ?

J'acquiesce avidement.

— Et peut-être un dessert ?

Maman désigne ma perfusion.

— C'est de l'eau sucrée. Ils ne se rendent pas compte. On aura de la chance si tu ne fais pas une réaction hyperglycémique. Qu'est-ce que tu aurais voulu ?

— L'aide-soignant m'a recommandé la crème au chocolat.

— Et ils prétendent guérir les gens… Je verrai s'ils ont une version sans sucre.

— Merci, Maman.

Elle hoche la tête.

— Je reviens tout de suite. Mais j'insiste, Cara Jean : si l'assistante sociale, une infirmière ou même le docteur Abidi repasse, tu ne leur dis rien en mon absence. C'est bien compris ?

— Oui, Maman.

— Les gens ont toujours l'air gentil, mais souvent, ils dissimulent leurs véritables intentions.

C'est la première fois depuis ce matin que je me retrouve seule. J'en profite pour réfléchir à mes examens. Il existe peut-être un service de soutien scolaire dont je pourrais bénéficier. Ou une possibilité de rattrapage pour raison médicale. Si l'assistante sociale repasse, je lui demanderai. Une hospitalisation doit compter autant qu'un mot d'un médecin, et M. Brinks était avec moi dans l'ambulance.

Dans ma tête, je dresse une liste de questions à poser au docteur Abidi. Sans Maman pour me réduire au silence, je lui demanderais pourquoi je suis toujours aussi fatiguée, pourquoi j'ai autant de migraines. Et si elle a vu des patients dans la même situation que moi se rétablir complètement. Je me rends compte que Maman et moi cherchons toujours des moyens de gérer mes symptômes, de les empêcher de s'aggraver. Comme si nous ne pouvions même pas envisager la possibilité que je guérisse.

Mais personne ne vient me voir. Ni la doctoresse bienveillante, ni l'infirmière sympa, ni l'assistante sociale qui s'inquiétait pour moi. Je reste allongée dans mon lit au milieu d'un tas de machines, et j'attends le retour de Maman qui va décider ce qu'on fera ensuite.

Chapitre 8

Après que le docteur Abidi m'a déclarée en état de sortir, l'hôpital entame la procédure de décharge le lendemain à 13 heures, pendant que mes camarades assis à des bureaux branlants cochent les cases d'un QCM d'histoire.

— Le docteur Abidi vous prescrit un repos complet pendant au moins trois jours, me dit l'infirmière.

— Je peux retourner au lycée ?

— Pas à moins qu'ils vous acceptent dans votre lit, réplique-t-elle sur le ton de quelqu'un qui se retient de lever les yeux au ciel. Et elle veut que vous preniez rendez-vous pour une visite de suivi lundi matin.

Près de moi, Maman hoche la tête. L'infirmière lui tend une carte de visite.

— Elle vous recevra à son cabinet. Quand vous appellerez son secrétariat, précisez que Cara est une patiente de l'hôpital. D'ici là, elle vous a fait une ordonnance d'antibiotiques, et elle vous recommande de prendre du Gatorade pour vous hydrater, et de la poudre hyperprotéinée pour les apports caloriques, dit-elle en remettant l'ordonnance à Maman. La pharmacie de l'hôpital vous fournira les antibiotiques, et vous trouverez le reste dans n'importe quel supermarché. Vous avez des questions ?

— Je voudrais une copie des analyses de ma fille, réclame Maman.

L'infirmière lève les yeux vers elle.

— Pourquoi ?

— Je n'ai pas à me justifier. Je veux une copie de ses analyses, c'est tout.

— Ça va prendre quelques minutes.

Ma mère hausse les épaules.

— Pas de problème, on va attendre. J'imagine que vous êtes très occupée, dit-elle avec un sourire conciliant. Vous travaillez en pédiatrie depuis combien de temps ? Moi, j'étais en unité de soins coronariens.

— Presque quinze ans.

— Dans le même hôpital ? Ouahou. Incroyable.

L'infirmière se détend.

— Merci. Vous aussi, vous êtes infirmière ?

— Je l'étais il y a longtemps, puis j'ai eu un enfant et perdu un mari. Enfin, ce n'était pas une grosse perte pour être honnête. Je n'ai plus beaucoup de temps et d'énergie à consacrer à d'autres patients que ma fille. Mais j'admire les gens qui s'occupent des enfants des autres.

La nouvelle meilleure amie de Maman acquiesce avec un sourire.

— Je vous fais la copie tout de suite.

— Merci, j'apprécie beaucoup. Je suis sûre que vous êtes débordée.

— Pas de problème.

Je secoue la tête. Maman fait toujours ça : elle charme les gens dans tous les secrétariats, toutes les salles d'attente.

— Quoi ? dit-elle en écartant les mains et en ouvrant de grands yeux innocents.

Mais quand le docteur Abidi passe sa tête par l'entrebâillement de la porte, elle lui jette à peine un coup d'œil.

— Ah, j'espérais bien vous attraper avant votre départ. Mon infirmière en chef est en train de photocopier la fiche de Cara. J'espère qu'on va pouvoir instaurer un meilleur suivi et garder des traces de tout son parcours médical.

Maman se force à sourire.

— Ne vous en faites pas, je suis très organisée. (Je pense à notre table de salle à manger couverte de dossiers et de chemises en carton.) Il vaut mieux, car les administrations ont tendance à égarer les documents.

— Quand ils ne sont pas détruits par une inondation. (Le docteur Abidi tourne son attention vers moi.) Comment te sens-tu, Cara ?

— Super bien, dis-je en levant le pouce comme je le fais pour les abonnés de la chaîne YouTube de Maman.

— Ravie de l'entendre. Mais tu ne prends plus de médicaments sans ordonnance, d'accord ? Quand tu viendras à mon bureau, apporte tous les suppléments que tu prends en ce moment ; on fera le point et on verra ce qu'il faut peut-être remplacer. Et je vais réclamer un fauteuil roulant pour te faire descendre. Tu dois vraiment te ménager.

— Je peux marcher. Sincèrement.

Mais Maman en a déjà réquisitionné un dans le couloir.

— Cara Jean, tu dois écouter le docteur Abidi. Merci, docteur.

Sa copine infirmière s'approche et lui tend un protège-document qui contient une copie de ma fiche.

— On va appeler un aide-soignant pour te pousser.

Mais quand il arrive, Maman refuse de lui laisser les commandes et se contente de lui fourrer son sac dans les bras. Il n'a pas franchement l'air ravi de servir de porteur. Je m'affaisse dans le fauteuil roulant. Je suis gênée pour moi et pour lui, gênée du spectacle qu'offre notre procession à travers l'unité pédiatrique.

— Cara Jean, ma chérie, comment tu te sens ? demande la voix de Maman au-dessus de ma tête.

— Bien, merci.

Elle m'arrête près du sapin de Noël géant. Je dois me tordre le cou pour voir l'étoile à son sommet. Je me demande vaguement où ils ont trouvé un arbre aussi grand, et s'ils l'ont apporté depuis la ferme sur le toit d'une ambulance. Chaque boule fait la taille d'un pamplemousse, et je vois mon reflet à leur surface – mon visage déformé par l'arrondi et rouge d'embarras.

— Je suis garée de l'autre côté. Ce gentil monsieur va rester avec toi pendant que j'irai chercher la voiture. Si tu as des vertiges ou que tu te sens mal, fais-lui signe. Merci de rester avec ma fille, monsieur. Ce n'est pas toujours facile de nous débrouiller seules.

— Pas de souci, madame.

Maman s'élance sa clé à la main, telle l'héroïne d'une série télé qui se passerait dans un hôpital.

— Désolée pour ma mère.

Ce que je veux réellement dire, c'est : Désolée qu'elle fasse autant d'histoires.

— Pas de souci, grogne l'aide-soignant.

Omar me manque. Lui, il aurait trouvé une plaisanterie à faire.

L'accueil a des parois vitrées ; le soleil qui passe au travers forme des taches sur la moquette bleue. Il a l'air de faire bon dehors, mais je sais que c'est juste une impression. Parfois, il me semble que Maman est comme ça aussi : glaciale à l'extérieur, chaleureuse à l'intérieur.

Une fois qu'on est rentrées, elle appelle le lycée et annonce à la secrétaire que je serai absente au moins jusqu'en début de semaine prochaine. C'est sur un ton très professionnel et un peu sec qu'elle aborde le sujet qui me préoccupe.

— J'aimerais prendre rendez-vous avec le proviseur pour discuter de la meilleure façon dont Cara pourrait finir ses examens. Mais pas tout de suite, à cause de ses problèmes de santé. Nous avons vu ce qui se passe quand nous lui mettons trop de pression, et d'après les docteurs, elle se trouve à un stade critique de son rétablissement.

Après avoir raccroché, elle se frotte les mains.

— Tu as entendu comme j'ai géré ?

— Merci, dis-je sincèrement, en me promettant d'être un peu plus coopérative à l'avenir. Tu dois être fatiguée, Maman. Tu as à peine dormi la nuit dernière.

Elle hausse les épaules et se met à remplir mon pilulier en plastique. Quand elle me tend trois cachets, je fronce le nez. Mais je sais qu'elle n'a pas pu oublier les avertissements du docteur Abidi au sujet des suppléments qu'elle me donne. Après tout, elle a une formation d'infirmière.

— En parlant de dormir...

Elle hoche la tête pour m'encourager à faire descendre les cachets avec une rasade du Gatorade qu'on vient d'acheter.

— Ta place est en haut, dans ton lit.

— Je pourrais peut-être me reposer sur le canapé du salon ?

— Ça ne serait pas aussi confortable. Je vais t'aider à monter.

Mais je tiens debout toute seule, et elle se contente de me suivre dans l'escalier avec la boîte à outils qu'elle vient de prendre sous l'évier de la cuisine.

— Et pas question de réviser, lance-t-elle. Tôt ou tard, on devra discuter du fait que tu m'as menti.

Puis elle sort un tournevis et s'attaque aux gonds de la porte de ma chambre.

— Qu'est-ce que tu fais ? je proteste sur un ton hostile qui me fait culpabiliser immédiatement.

Je devrais lui être reconnaissante de s'occuper aussi bien de moi.

— Tu devras mériter cette porte. On trouvera un moyen. Pour l'instant, tu sors à peine de l'hôpital, et je ne peux pas prendre le risque que tu tombes dans le coma parce que tu m'as caché tes mauvais choix.

— Maman, par pitié ! Je te promets que…

— Pas question. Et tu n'es pas en état de t'agiter. Je ne veux plus entendre un mot de ta part.

De toute façon, il n'y a rien à ajouter. J'éprouve une pointe de satisfaction à la regarder plier les genoux sous le poids du battant et se débattre avec lui dans l'escalier. Par l'ouverture, je vois que mes stores sont déjà baissés devant mes fenêtres telles des paupières closes.

Libby Gilfeather a dû cartonner à ses examens. Le jeune mordu de sciences, les filles qui déjeunent à la bibliothèque – à cette heure-ci, tous mes camarades doivent sortir du lycée en se réjouissant des vacances imminentes. Jusqu'à ce que je découvre le sapin dans le hall d'entrée de l'hôpital, je ne m'étais même pas aperçue que Noël était si proche.

Je tente d'imaginer les cases du calendrier, de compter les jours avant que le lycée ferme jusqu'à début janvier. Je suis perdue, épuisée, et je ne comprends pas pourquoi. Je n'ai pratiquement fait que dormir depuis hier matin. Mais alors que je tente de mettre de l'ordre dans mes pensées, le brouillard familier s'étend sur moi telle une lourde couverture, et je sombre dans le sommeil.

Je me réveille brièvement. Deux silhouettes se tiennent sur le seuil de ma chambre. Je crois d'abord que je suis retournée à l'hôpital, puis je me souviens que ma mère a enlevé la porte. J'ai comme du coton dans la bouche.

— Rendors-toi, Cara Jean.

La voix de Maman est forte et pleine d'assurance. Je mets une minute à comprendre l'émotion qui émane d'elle : elle est heureuse. Mon cœur fait un bond dans ma poitrine. Et si cette silhouette aux larges épaules qui se tient près d'elle était mon père ?

Bien entendu, ce n'est pas lui. Quelques heures plus tard, je me réveille dans le noir et je les entends rire et parler en bas. Même si on est très jeune au moment du divorce, je crois qu'on reconnaît toujours la voix de son père, ne serait-ce qu'à sa vibration familière. Mais quand j'entends cet homme, je ne ressens rien du tout. Sa voix grinçante monte et descend comme un vieil ascenseur décrépit.

Je passe un sweat autour de mes épaules et descends en me tenant à la rampe. Pourtant, quand elle me voit, Maman lève la tête et s'écrie « Cara Jean ! » d'un air inquiet. Elle se tient devant l'ordinateur en compagnie d'un type en blouse blanche. L'écran affiche une photo de moi endormie, et l'espace d'une seconde paniquée, je songe qu'elle a peut-être installé une caméra de surveillance dans ma chambre, comme si retirer la porte n'était pas une précaution suffisante.

Puis je remarque la rambarde métallique, les tubes et les moniteurs, et je comprends que c'est une photo de moi à l'hôpital. Je ne devrais pas m'étonner : Maman a dû enregistrer un épisode là-bas. Après tout, elle s'efforce d'aider les autres familles dans la même situation que nous. Je tente de me raisonner. Si je trouve ça bizarre, c'est juste parce que je ne m'y attendais pas.

De la même façon que je ne m'attendais pas à me retrouver face à un inconnu dans ma cuisine, alors que je suis en pyjama.

— Cara Jean, commence Maman, qui s'est remise de sa surprise initiale. Ravie de te voir réveillée, même si j'aurais préféré que tu m'appelles de ta chambre. Je serais montée t'apporter tout ce que tu voulais.

Derrière elle, Blouse Blanche réduit plusieurs fenêtres sur le bureau de l'ordinateur et clique pour sauvegarder.

— Tu as faim ? demande Maman en se dirigeant vers la cuisinière. Il reste des pâtes, ça te dit ?

— Non, merci.

— Il faut que tu reprennes des forces.

Blouse Blanche a une voix de pub pour des céréales. Il se lève et agrippe maladroitement le dossier de la chaise devant lui. Je le fixe des yeux en attendant la suite.

— Cara Jean, dit Maman de sa voix la plus apaisante, je t'ai parlé du docteur Eric. Il a eu la gentillesse de venir à la maison pour te voir en personne.

— Et pour manger des pâtes.

— Cara Jean ! aboie Maman.

Mais le type se contente de glousser.

— Évidemment. Je n'allais pas refuser une invitation d'une aussi bonne cuisinière. Et un repas chaud ne pouvait pas lui faire de mal non plus. (Il se penche vers moi et poursuit sur un ton de conspirateur :) Mon petit doigt me dit que ta mère passe tellement de temps à s'occuper de toi qu'elle en oublie de s'occuper d'elle.

Il a des cheveux noirs striés de fils d'argent, retenus en chignon dans sa nuque, et des prunelles d'un bleu clair très vif. Sous sa blouse blanche, j'aperçois un col roulé également bleu. Une femme a dû le lui offrir en disant qu'il était assorti à ses yeux.

Je me demande quel genre de docteur porte des cols roulés. Et les cheveux longs.

— Ma mère et moi, on s'occupe l'une de l'autre, je réplique.

Mais quand je tends les mains pour prendre le saladier, mon bracelet d'hôpital glisse le long de mon poignet. Je me sens mise à nu et honteuse.

— Le docteur Eric a eu la gentillesse de regarder ta fiche.

J'acquiesce et avale une bouchée de pâtes, essentiellement pour ne pas avoir à le remercier. Je ne sais pas pourquoi, mais ce type me donne la chair de poule. Quand ma mère me jette un regard d'avertissement, ses mots résonnent dans ma tête : *« Les gens aiment rendre service. »*

Je me concentre sur mon dîner et tente d'enfiler un rigatoni sur chaque dent de ma fourchette. Le docteur Eric s'assoit face à moi, de l'autre côté de la table.

— Cara, tu ne vas pas bien du tout. Et en même temps, tu as beaucoup de chance que ta mère ait une formation médicale. Entre ça et son propre cancer, elle est mieux placée que n'importe qui pour défendre tes intérêts auprès du corps médical. Sans ça, je frémis de penser à la qualité de vie que tu aurais. Tu n'en as sans doute pas l'impression, mais tu es une petite veinarde.

Je continue à hocher la tête mais jette un coup d'œil à l'ordinateur. Le docteur Eric se penche en avant et tapote la table près de mon assiette.

—Ce sera ta dernière prise de gluten avant un bon moment. On va réviser ton alimentation.

Maman et moi révisons déjà mon alimentation tous les ans. Je mâche mes pâtes plus lentement, pour les savourer pendant que je peux encore. Je me demande si ce serait malpoli de monter me recoucher.

—Ta mère t'a beaucoup parlé de moi ? demande le docteur Eric avec un sourire qui révèle des dents d'une blancheur peu naturelle.

Je regarde Maman en quête d'un indice. Elle se sèche les mains avec un torchon et nous rejoint à table.

—Oh, j'étais si excitée après notre rencontre ! Cara Jean pourra te le dire. Il me semblait que c'était Dieu qui t'avait mis sur mon chemin, dit-elle en s'essuyant les yeux. Comme si un ange était intervenu en ma faveur.

—Ah ah ! s'exclame le docteur Eric en frappant dans ses mains, ce qui nous fait sursauter toutes les deux. Tout s'explique. Cara, je vais être franc avec toi. Je ne sais pas faire autrement, c'est un de mes plus gros défauts. Je sens que tu te méfies de moi. Et j'avoue que je me sens un peu blessé.

Maman porte une main à sa bouche.

— Pas vexé, se hâte-t-il de préciser. Je vois que tu es une jeune fille polie et bien élevée. Mais j'ai l'habitude que les gens me fassent confiance.

Il rajuste les revers de sa blouse.

— Cela dit, d'après ce que m'a raconté ta mère, je comprends tout à fait ta réaction. Vous cherchez des réponses depuis longtemps, pas vrai ? (Il attend que j'opine avant de poursuivre :) Et les gens vous ont toujours déçues, surtout les médecins.

Il sourit à Maman, qui ferme les yeux et pince les lèvres comme si acquiescer était trop douloureux.

— Ta mère se trompe.

Maman rouvre brusquement les yeux.

— Je ne fais pas de miracles. Aucun docteur ne peut en faire. Mais je suis très bon dans mon domaine, et on va réussir à trouver les causes de ta maladie. Tu m'entends ? Vous n'êtes plus seules toutes les deux.

Sur ces mots, il tend une main et la pose sur une des miennes. Je me fige et tente de me persuader que si j'ai la chair de poule, c'est parce que ma fièvre est de retour.

— Tu veux aller mieux, Cara ? demande le docteur Eric.

Maman se lève brusquement et entreprend de débarrasser.

— Bien sûr qu'elle veut aller mieux. Quelle question !

— Désolé, Shaylene. Tu te donnes tant de mal. Mais j'ai l'impression que Cara aimerait répondre par elle-même. Pas vrai ? lance-t-il en me dévisageant.

Ma chair de poule reflue un peu. Ce n'est pas souvent que les gens comprennent ça.

— Oui. Et, oui, je veux aller mieux.

— Pourquoi ?

Je lève les sourcils.

— Oh, je sais bien que personne ne veut être malade, glousse le docteur Eric face à ma réaction. Mais comment imagines-tu ta vie si tu étais bien portante ? Tu dois visualiser les choses pour qu'elles se réalisent. C'est très important pour ta santé.

— Je veux aller au lycée.

C'est tout ce qui me vient à l'esprit.

Le docteur Eric hoche la tête.

— L'éducation est un but admirable.

— Ce n'est pas juste pour l'éducation, dis-je sans réfléchir. (Mais puisque je suis lancée, autant continuer.) Je ne veux pas étudier à la maison. Je veux aller en cours, me faire des amis, aller à des soirées pyjama. Et prendre des cours de poterie à l'atelier près de la bibliothèque. Je crois que je serais douée.

— De la poterie ? répète Maman, stupéfaite. Qu'est-ce que tu y connais ?

— Rien, j'ai juste vu l'atelier quand on est passées devant en voiture, réponds-je, le cœur battant la chamade, en luttant pour que ma voix ne trahisse pas ma fébrilité. Puis je l'ai cherché sur Internet.

— Je trouve ça formidable, affirme le docteur Eric. C'est une très belle vision, Cara. On va travailler ensemble pour qu'elle devienne réalité. Mais des soirées pyjama et des cours de poterie, ça fait beaucoup pour une jeune fille aussi malade, tu comprends ? La plupart des docteurs te diraient de te concentrer sur la gestion de la douleur et d'être reconnaissante de ne plus avoir de cancer.

Je le sais bien. Mes joues s'empourprent. J'ai honte d'en vouloir autant.

Le docteur Eric lève un doigt.

— Mais... Shaylene, écoute bien toi aussi. Je pense que ce sont des objectifs tout à fait envisageables. Tu m'entends, Cara ? Tout à fait envisageables.

Il me sourit, et je m'autorise à lui sourire en retour. Je suis si fatiguée que je n'ai peut-être plus les idées très claires. J'ai dû mal le juger au premier abord.

Il se lève et s'approche du comptoir pour prendre mon dossier.

— Je vais étudier tout ça. On tâchera de te basculer sur un protocole d'essai, des médicaments pas encore commercialisés par des fabricants corrompus qui gagnent des fortunes en exploitant les malades comme toi.

Je ne sais pas trop ce que je suis censée répondre. Je me contente d'un : « Merci. » C'est bon d'avoir enfin un docteur qui comprend ce que je veux, et qui est prêt à ignorer ma mère pour que je l'obtienne.

Chapitre 9

Le docteur Eric ne plaisantait pas quand il a dit que retrouver la santé me coûterait cher. Quelques jours plus tard, Maman et moi examinons le budget prévisionnel de mon traitement. J'ai déjà fait une prise de sang. Le docteur Eric nous a apporté un tapis de course pliant et a chronométré mes tentatives de course. Il sait que je peux à peine trottiner, que je n'ai jamais eu mes règles et que mes ganglions lymphatiques gonflent tous les soirs. Il a vu les cicatrices que les sondes d'alimentation ont laissées sur mon ventre et celle que j'ai au creux du coude, là où la piqûre d'une perfusion s'est infectée autrefois d'après Maman.

Il s'avère que le suivi quotidien, le protocole pharmaceutique et les éventuelles transfusions de plasma pourraient coûter plus de 30 000 dollars. Sans parler de ma rate. J'ai tendance à considérer les organes comme des pièces indispensables : si les vôtres ne fonctionnent pas, vous avez besoin d'une greffe. Mais d'après le docteur Eric, ma rate interfère avec ma santé parce que mes anticorps ciblent mes plaquettes sanguines, ce qui affecte mon système immunitaire.

Maman parcourt la colonne de chiffres du bout d'un doigt. Je demande :

— L'assurance prendra combien en charge ?

Elle secoue la tête et se mord la lèvre.

— Rien du tout, parce que la pratique du docteur Eric se base sur des médecines alternatives.

— Mais la médecine classique a échoué à me guérir. Nous avons tout essayé sans résultat.

— Peu importe. Les compagnies d'assurances punissent les gens qui osent s'aventurer hors des sentiers battus. Pour elles, leurs bénéfices importent davantage que la santé des patients. (Elle soupire.) Mais j'ai pensé à quelque chose. Viens voir.

Elle m'entraîne vers l'ordinateur.

— On pourra modifier les détails si tu veux, mais ça te donnera une idée générale. Je crois que ça pourrait nous aider. En fait… je crois que c'est notre seule chance.

Elle tape une adresse Internet et ouvre plusieurs fenêtres. La photo de l'autre soir apparaît : moi dans mon lit d'hôpital la semaine dernière, l'air pathétique. Elle me met tout aussi mal à l'aise la seconde fois.

Maman doit croire que je me suis habituée à ce genre d'images. Il existe sans doute plus de photos de moi à l'hôpital que de photos de moi en train de faire un truc normal. Mes albums de bébé ressemblent à un dossier médical. Parfois, je me demande pourquoi Maman les garde. Moi, enveloppée de tubes dans un berceau métallique. Moi, âgée d'environ un an et demi, tenant à peine sur mes jambes et traînant un pied à perfusion géant dans un couloir stérile. Elle doit se dire que toutes les enfances méritent qu'on en conserve une trace.

Au-dessus de la photo la plus récente s'étend une bannière « Guérir Cara ». Au-dessous, une barre d'objectif flanquée d'un montant : $ 50 000, et un texte expliquant pourquoi nous avons besoin de cet argent.

« Cara Jean Wakely a passé la plus grande partie de sa vie à faire des allers et retours à l'hôpital, d'abord pour vaincre le monstre d'un cancer infantile, puis pour lutter au quotidien contre une maladie chronique. Comme tous les adolescents, elle nourrit des espoirs et des rêves. Elle souhaite être libérée de ses symptômes handicapants et du spectre d'une défaillance d'organe. Toutefois, ses douleurs permanentes et autres problèmes médicaux l'empêchent d'aller régulièrement au lycée et de préparer son avenir. Sa mère, Shaylene, l'élève seule ; elle a dû renoncer à une carrière prometteuse dans le domaine de la santé pour s'occuper de sa fille. Confrontée à des factures de plus en plus lourdes et à une banqueroute imminente, cette famille courageuse appréciera toute l'aide financière que vous pourrez lui apporter.

Merci d'avance pour votre soutien.

Layla McKinnon

(de la part de Cara et de sa mère) »

— Qui est Layla McKinnon ? je demande en parcourant le reste de la page.

— Tu veux que je décrive tes symptômes ? Tu serais d'accord pour que j'ajoute des photos ? Je pense qu'il faut montrer le pire, pour que les gens se rendent compte que nous avons vraiment besoin de cet argent.

— Maman, qui est Layla McKinnon ?

Elle reporte son attention sur l'ordinateur et clique sur d'autres images pour les ouvrir.

— Une amie de mon groupe de soutien parental. Elle m'aide à rédiger.

— On dirait plutôt les mots du docteur Eric.

— Eh bien, ce n'est pas lui qui les a écrits, aboie Maman. Il ne peut pas se mêler de ça ; ce serait contraire à la déontologie.

Je hausse les épaules.

— D'accord.

— Donc, tu es d'accord pour faire une collecte de fonds ? Le contenu du site te convient ? demande-t-elle, pleine d'espoir.

— Ben… oui.

Je suis surprise qu'elle ait cru que je m'y opposerais. Et quand bien même, jamais elle ne renoncerait à un projet parce que je m'y oppose. Quand Maman a une idée en tête, elle est comme un bulldozer. La seule chose à faire, c'est s'écarter de son chemin.

— Est-ce que les gens du lycée vont le voir ?

— C'est possible, mais ça m'étonnerait. Nous visons un public d'adultes. Il faut une carte de crédit pour faire un don.

Je ne suis même pas certaine que mes camarades me reconnaîtraient. Ils doivent se souvenir de moi comme de la fille qui s'est évanouie au milieu d'un examen de maths.

— On va retourner discuter avec M. Brinks ?

— Ton proviseur adjoint ? demande Maman pour gagner du temps – je connais toutes ses tactiques. Non. J'ai pris rendez-vous avec ton proviseur et le conseiller du lycée. Ils seront davantage en mesure de nous aider.

— Tu comptes y aller sans moi ?

Elle se retourne, pose une main dans mon dos et le frotte en un mouvement apaisant.

— Tu te souviens de ce qu'a dit le docteur Eric : on veut juste que tu reprennes des forces. Pour ça, mieux vaut t'éviter les distractions inutiles. (Du menton, elle désigne l'écran.) Par chance, selon Layla, c'est le meilleur moment pour lancer un appel aux dons. Les gens sont plus sensibles aux causes caritatives pendant les fêtes, et s'ils veulent bénéficier de la déduction fiscale sur l'année en cours, ils doivent donner avant le 1er janvier.

— C'est presque Noël, non ? On est quoi, le 22 décembre ?

Elle sourit et me tapote la main.

— Le 23.

Je dois être la fille la plus ingrate du monde. *Avec tout ce qu'elle fait pour moi...*

— Je ne t'ai même pas acheté de cadeau.

— Oh, Cara Jean, ma chérie... Je m'en fiche. Franchement, avec ton hospitalisation, je n'ai même pas eu le courage de faire un sapin cette année. La santé, c'est le meilleur cadeau dont on puisse rêver.

Mais je ne peux pas le lui offrir.

— Tu pourrais me conduire en ville ? Juste pour une heure ? Ou peut-être deux ? Tu n'auras qu'à aller faire les courses, ou des recherches sur les collectes de fonds à la bibliothèque.

Maman rit.

— Pardon ? Tu me donnes des devoirs, maintenant ? Où veux-tu aller pendant ce temps ? Tu sais, on ne va pas faire grand-chose pour Noël cette année. On n'a pas les moyens.

— Je sais.

Mais je sais aussi qu'on le fêtera quand même d'une façon ou d'une autre. Le matin du 25, on écoutera les chœurs de gospels à la télé. Elle fera des pommes au four ; j'ouvrirai mes cadeaux et j'aurai beau m'extasier, elle m'expliquera la larme à l'œil qu'elle aurait voulu pouvoir faire beaucoup plus.

— S'il te plaît, Maman. C'est important pour moi.

— Est-ce que ça va me coûter quelque chose ?

— Pas du tout. Sinon, ce ne serait pas un cadeau de Noël.

Elle hésite.

— Et si tu n'étais pas en état ? On ne peut pas se permettre de retourner aux urgences, Cara Jean. Surtout alors que je suis disponible pour veiller sur toi. Et s'il t'arrivait quelque chose ? Après la dernière fois, les gens me prendraient pour une mère irresponsable.

— Tu n'as qu'à me déposer au café et m'y récupérer deux heures plus tard. Je vais prendre toutes mes pilules maintenant, et j'emporterai du thé vert dans une Thermos au cas où j'aurais froid.

— Mieux vaut garder la grosse bleue pour plus tard : il te fait toujours somnoler. Je veux que tu sois capable de m'appeler à l'aide en cas de besoin.

— D'accord, ça me va.

— Ton téléphone est chargé ?

— La batterie est pleine.

— Je pourrais juste t'accompagner, tu sais. Peu importe la surprise, c'est le geste qui compte.

Je ne fais pas exprès de jeter un coup d'œil à l'ordinateur. Je ne veux pas faire de chantage à Maman, ce serait moche. Mais ça marche. Elle suit mon regard jusqu'à la page affichée à l'écran et réfléchit une minute.

— D'accord, deux heures. J'espère qu'il n'y aura pas trop de gens qui feront leurs achats à la dernière minute.

Je monte dans ma chambre et prends un peu de temps pour me préparer. Je ne me suis pas brossé les cheveux depuis plusieurs jours. Je troque mon legging contre un autre un peu moins fatigué, et j'enfile un pull doudou dont j'espère qu'il évoquera des vacances au ski plutôt que le magasin de l'Armée du salut. J'attrape un billet de 10 dollars et deux de 1 dans le tiroir du haut de ma commode, puis je mets un peu de gloss.

En haut de l'escalier, la tête me tourne légèrement, mais c'est sans doute l'excitation. Je n'ai pas mis les pieds dehors depuis ma sortie de l'hôpital. Je ne dois pas être tout à fait guérie de mon virus, parce que les jours se confondent plus que d'habitude. J'ai passé la dernière semaine entre mon lit et le canapé, ne parlant qu'à Maman et au docteur Eric quand il passe à la maison.

Je descends et trouve Maman assise devant l'ordinateur, la joue appuyée sur une main. Elle prend une grande inspiration et appuie sur un bouton.

— C'est parti, lâche-t-elle. Le site est en ligne.

Deux heures de liberté contre ma permission de faire une collecte de fonds sur Internet. Mais je suis certaine qu'elle ne considère pas ça comme une transaction.

Dans Main Street, des couronnes de houx sont accrochées à tous les lampadaires. Une scène de Nativité occupe la pelouse devant l'église catholique ; les statues sont agenouillées autour d'une mangeoire vide. Des guirlandes lumineuses brillent dans la plupart des vitrines. J'évite de regarder celles qui clignotent pour qu'elles ne me donnent pas la migraine. Les trottoirs grouillent de gens, mais la plupart d'entre eux portent des plats de traiteur plutôt que des paquets cadeaux. On dirait *Un conte de Noël* façon publicité pour *Domino's Pizza*.

— Ma parole, mais tout le monde est de sortie ce soir, commente Maman en se garant devant le café. Ici, tu es sûre ? Tu te souviens que le café irrite ton système digestif ?

— Maman… Sois sage ou je préviens le Père Noël.

— D'accord, d'accord. *Target* m'appelle. On se retrouve ici dans deux heures. Ne sois pas en retard.

Je reste plantée devant le café, frissonnant dans le froid, jusqu'à ce que je voie ses feux arrière disparaître au coin d'une rue.

Le Monde de la Céramique est l'un des commerces les plus animés du quartier. Je m'en réjouis pour Manuela, même si cette affluence me stresse – je n'ai pas le temps d'attendre qu'un siège se libère autour de la table. Dans sa vitrine, elle a créé une usine de jouets en céramique. C'est magique : il y a une maison de poupées, un petit train et même un diable à ressort. Je croyais qu'elle avait jeté mon cerf, mais je l'aperçois dans un des wagons ouverts du petit train, coincé entre une girafe et un éléphant.

Manuela me repère tout de suite.

— Mais c'est ma petite biche ! Je savais que tu reviendrais. Tu as vu que ton ami a rejoint le cirque ?

C'est comme si je venais de boire une gorgée du thé vert que je transporte. Une douce chaleur se répand dans ma poitrine. Mes yeux me piquent. C'est si bon de me sentir la bienvenue !

— Oui, je l'ai vu. Merci de l'avoir cuit. Votre déco de Noël est merveilleuse, j'adore.

Dans le fond de l'atelier, elle a dressé une table avec du chocolat chaud et des cookies, et elle a tendu des guirlandes lumineuses – qui ne clignotent pas – un peu partout. Les clients sont nombreux ; elle doit courir dans tous les sens pour les aider. Ses tresses attachées par des rubans rouges sont à moitié défaites.

— J'ai apporté de l'argent cette fois, dis-je tout bas. Vous prenez combien par pièce ?

— Ne t'en fais pas. Fabrique quelque chose, et on verra. Qu'est-ce que tu aimerais faire ?

— Un cadeau pour ma mère.

— Excellente idée. Tu penses à quoi ? Un vide-poches ? Un bol ? Peut-être un collier de perles ?

— Pourquoi pas un vase ?

— Parfait ! Et ce sera d'autant mieux qu'après le lui avoir offert, il faudra y mettre des fleurs de temps en temps – un cadeau qui en engendre d'autres. Le problème, c'est que…

— Ça coûte cher ?

— Non, mais c'est difficile à réaliser. Si tu suivais mes cours de céramique – et tu devrais le faire –, ce serait la leçon numéro trois sur quatre. Tu es douée, mais tu as quand même besoin d'apprendre les bases. Tu as combien de temps ?

— Deux heures et 12 dollars.

Manuela réfléchit, puis claque des doigts.

— Je suis un génie. Je ne dis pas ça pour t'impressionner, c'est juste la vérité. J'ai quelques vases bruts, que j'ai fabriqués pour m'entraîner. Je ne peux pas me laisser dépasser par mes clients, tu vois ? Mais je n'ai jamais le temps de les peindre. Ce n'est pas la partie que je préfère. Je trouve même ça un peu ennuyeux. La couleur ne change pas la forme, et moi, ce que j'aime, c'est manipuler la glaise. Je crois que tu es pareille.

» Bref, voilà ce que je te propose. Fabrique-moi un autre cerf. Il me reste un wagon vide, et ce serait mieux que les deux soient identiques. Puis tu pourras peindre un de mes vases bruts en choisissant les couleurs préférées de ta mère, et je te montrerai comment faire un joli effet ombré. Qu'est-ce que tu en dis ?

— Merci. Je suis sérieuse.

Avec une telle générosité, je ne comprends pas comment Manuela ne fait pas faillite.

— Pas trop sérieuse, j'espère. Moi, je ne le serai que le temps de te faire mon discours d'introduction. Ouvre grand tes oreilles, petite biche. (J'acquiesce avidement.) Tout ce que tu introduis dans le monde finit par te revenir sous une forme ou une autre. J'en suis convaincue.

Puis elle se dirige vers les étagères du fond en distribuant des conseils à ses autres clients au passage.

Je pose le premier cerf devant moi pour pouvoir le copier au mieux. Je fabrique un autre mâle, avec des bois étroits et l'air éveillé. Pendant que je modèle ses pattes, Manuela m'apporte un vase brut.

— Que penses-tu de celui-là ? Je le trouve gracieux, et c'est la bonne taille pour poser sur une table de cuisine. Il ira très bien avec des œillets ou des roses, et peut-être des tournesols de temps en temps.

— Il est parfait. Je vais le peindre avec des couleurs de coucher de soleil.

Elle m'aide à assembler une palette de rouges, d'oranges, de jaunes et de dorés.

— Prends aussi du bleu marine pour évoquer la nuit qui approche, me conseille-t-elle. Ou qui se dissipe, si on pense à un lever de soleil.

Elle me montre comment fondre les teintes les unes aux autres pour créer une progression naturelle.

— Mauvaise nouvelle pour les elfes du Père Noël… Tu es prête ? Ne panique pas.

Un instant, je crains que le vase coûte plus de 12 dollars. C'est sûrement le cas. Manuela croit peut-être que je suis une de ces ados qui se baladent avec une carte de crédit en poche pour les urgences.

Mais je me trompe.

— Il faut huit heures pour cuire un vase.

Je m'interromps, le pinceau en l'air.

— Cela dit, je vais remplir le kiln ce soir, et demain matin à l'ouverture, je n'aurai plus qu'à le vider, annonce-t-elle joyeusement.

Mon expression l'arrête.

— Je sais que les gens sont très occupés à cette période de l'année. Tu t'en vas peut-être demain pour les fêtes ? Ou tu habites trop loin pour repasser avant Noël ?

— Non, non. Je peux venir à pied.

— Fabuleux. Problème résolu, dit-elle, soulagée.

— En fait, non, pas vraiment. Marcher n'est pas toujours une possibilité pour moi.

— Ah bon ? C'est vrai, ça faisait longtemps depuis ta première visite. Ton cerf se sentait un peu seul, mais on était persuadés que tu reviendrais. Tu vas bien ?

— Oui, oui. Merci. Je trouverai une solution. Même si je ne peux repasser qu'après Noël. Ce sera un cadeau du Nouvel An.

Manuela fronce le nez. Elle n'approuve pas.

— Vous avez déjà fait beaucoup pour moi. Je vous suis très reconnaissante.

J'ouvre la poche de devant de mon sac à dos et lui tends mes 12 dollars.

— Ne sois pas ridicule. Garde tes sous. Tu m'as fabriqué un cerf tout neuf.

— Sérieusement, vous devez laisser les clients vous payer. Je parie que vous distribuez le chocolat chaud gratuitement.

Elle me dévisage comme si c'était une évidence.

— Faire payer du chocolat chaud, ce serait un sacrilège de Noël. Mais les gens me donnent toujours des tas de conseils pour mieux gérer l'atelier. Je sais que je dois faire un effort. Pour commencer, j'ai décidé de me créer une mailing list, histoire de pouvoir envoyer des bons de réduction et le planning des cours, ce genre de choses. Tu veux t'inscrire ?

J'écris mon nom sur la liste qu'elle me tend, puis mon adresse en me concentrant pour me souvenir du code postal. Je trace mes initiales au feutre noir sous le vase, et je touche la tête de mon second cerf pour qu'il me porte chance. Enfin, je nettoie mon espace de travail avec un grand sourire aux lèvres. Ce n'est pas la faute de Manuela si je me suis mal organisée. Je ne veux pas qu'elle culpabilise.

Mon sourire flanche quand ma mère se gare devant le café avec dix minutes d'avance et me trouve assise au bord du trottoir. Je n'essayais pas de me faire écraser ni rien : je pensais juste qu'apporter ma Thermos dans un débit de boissons serait plutôt malpoli.

— Cara Jean, tu vas attraper froid assise par terre !

— Vraiment ? Je dois avoir peur des trottoirs en plus de tout le reste ?

Parfois, je suis si frustrée par toutes mes limitations ! Je sens poindre une migraine entre mes tempes.

— Mais qu'est-ce qui te prend ?

— Rien.

Je la vois me détailler, essayant de deviner où j'ai planqué mon cadeau. J'ai à la fois envie de sortir de la voiture dans laquelle je viens de m'installer et de pleurer sur son épaule. Je me mets à renifler.

— J'ai tout raté. J'avais un plan, mais il a échoué. Je ne suis même pas capable de mener à bien une tâche simple.

Des larmes brûlantes ruissellent sur mes joues, et je me sens encore plus mal.

— Cara Jean, je ne t'ai pas demandé de me faire un cadeau.

— Je sais, Maman.

— Donc, je ne vois pas pourquoi tu es fâchée contre moi. Tu as voulu venir en ville ; je t'ai amenée en ville.

— Je sais aussi.

Je prends de grandes inspirations pour retrouver le calme que j'éprouvais à l'atelier de poterie.

— Je n'ai jamais rien fait qui te pousse à croire que j'accordais de l'importance aux choses matérielles. J'essaie d'être la meilleure mère possible et de subvenir à tous nos besoins. Notre vie est difficile, mais il y a beaucoup d'amour dans notre maison. Tu sais que les gens sont toujours stressés pendant les fêtes ; des tas d'études psychologiques l'ont démontré. Mais c'est un luxe que notre petite famille ne peut pas se permettre. Les épreuves traversées nous ont appris ce qui compte vraiment.

— Maman ! Arrête de me parler comme si j'étais une de tes abonnés !

Les mots ont à peine jailli de ma bouche que je voudrais les ravaler. Les vitres sont déjà couvertes de buée à cause du froid dehors, et la température chute brusquement à l'intérieur de l'habitacle. Je pince les lèvres et cherche une meilleure façon de m'exprimer. Mais il n'existe pas de bonne manière de dire à votre mère que vous en avez assez d'entendre combien elle est admirable de s'occuper de vous et de vos énormes problèmes.

Nous roulons en silence et entrons dans la maison sans échanger un mot. Nous n'avons jamais assisté à des obsèques ensemble, mais j'imagine que le retour ressemblerait à ça. Je monte l'escalier voûtée sous le poids de ma culpabilité et de mon chagrin. En m'asseyant sur le bord de mon lit pour ôter mes bottes, je me souviens de la philosophie de Manuela. « *Tout ce que tu introduis dans le monde finit par te revenir sous une forme ou une autre.* » Elle considérerait sans doute que je viens de commettre un sacrilège de Noël. Un peu comme si j'avais craché dans le chocolat chaud de Maman.

Je redescends tout aussi lentement, en répétant mon discours dans ma tête. Ma mère est dans la cuisine ; assise devant l'ordinateur, elle me tourne le dos quand je me lance.

— Maman, j'ai été injuste. Je suis désolée. Pardon. (Ma voix d'abord tremblante se raffermit au fur et à mesure.) C'est vrai que tu n'attends jamais de cadeaux de ma part. Mais tu t'occupes si bien de moi que je voulais t'offrir quelque chose de spécial.

Elle garde le silence et ne se retourne pas. Alors, je poursuis :

— Et je trouve que ta chaîne est une super idée. Elle aide les gens. Je suis reconnaissante à tes abonnés, qui sont comme une grande famille que tu nous aurais créée…

Je continue à parler dans le vide jusqu'à ce que Maman lève une main pour m'interrompre et tende un doigt tremblant vers l'écran.

— Regarde ça, Cara Jean.

Elle désigne la barre de donations du site Guérir Cara – qui n'est plus vierge, mais partiellement verte sur la gauche. Nous avons récolté 4 000 dollars en l'espace de trois heures.

Chapitre 10

— Quatre mille dollars, souffle Maman alors qu'un nouveau message apparaît à l'écran et que la barre verte grandit d'une fraction.

— Quatre mille vingt-cinq, je rectifie tandis que le nouveau chiffre s'affiche.

Quelque part, quelqu'un vient de nous faire un don.

— C'est une blague, non ?

Qui sont ces gens qui, par une froide soirée d'hiver, parcourent des sites caritatifs et envoient de l'argent à de parfaites inconnues ? Comment peuvent-ils se le permettre ?

Une série de messages se déroule sous la barre de donations. « Courage, Cara ! J'espère que tu vas vite te rétablir ! Joyeux Noël à toi et à ta mère ! » Certaines personnes promettent de prier pour nous. D'autres nous enjoignent à nous tourner vers Jésus. Mon commentaire préféré dit juste : « Nous sommes avec vous. » Je ne reconnais aucun des noms.

Assises dans notre cuisine, Maman et moi regardons la liste s'allonger et la barre verte grandir peu à peu. J'avoue que ça fait du bien, un peu comme si tous ces inconnus venaient de m'envelopper d'une couverture douce et chaude. Maman renifle, tend la main pour prendre une boîte de Kleenex sur le comptoir et la pose sur ses genoux. Je demande sur un ton hésitant :

— Ça va aller ?

Je ne sais pas si elle est toujours fâchée contre moi.

— Les gens sont si gentils, dit-elle en se tamponnant les yeux.

Ça me fait bizarre de rester là à fixer l'écran, un peu comme si je tendais la main pour mendier dans la rue. Alors, je me lève et je m'affaire dans la cuisine. Je sors une boîte de soupe du placard et coupe des légumes pour faire une salade. Dans le frigo, je trouve de la pâte à pain toute prête.

Maman me jette un coup d'œil.

— Évite le gluten, Cara Jean. Tu sais que ça te donne des réactions inflammatoires.

Parfois, j'ai juste envie d'un truc simple et normal comme du pain tout juste sorti du four, tartiné de vrai beurre qui fond. Mais je remets la pâte au frigo en me demandant quand ma mère compte l'utiliser. Peut-être que quand je suis au lycée, elle se goinfre de glucides et d'autres trucs mauvais pour la santé.

Pour l'heure, elle semble hypnotisée par l'écran. Une fois de temps en temps, elle hoquette de surprise ou fait claquer sa langue. J'essaie de deviner à quel montant correspond chaque petit bruit. Quand le repas est prêt, elle ne vient même pas s'installer à table : elle prend son bol de soupe sur ses genoux.

— On doit faire un épisode là-dessus, dit-elle en agitant sa cuillère. Et surtout retenir la leçon : il faut réclamer de l'aide plus souvent. C'est une chose que j'ai oublié de t'enseigner mais qui est cruciale, surtout dans notre situation.

Parfois, l'univers vous gratifie de toutes sortes de miracles. Le lendemain, en me réveillant pour réchauffer mon épaulière au micro-ondes, je découvre une délicate dentelle de givre, drapée sur les branches nues de tous les arbres. Et quelques heures plus tard, avant que le soleil paresseux de décembre soit complètement levé, j'entends le grondement d'un moteur dans notre allée. Quelqu'un descend de voiture et se dirige vers la porte d'entrée. Pensant que c'est la pharmacie qui nous apporte mes médicaments, je ne me donne pas la peine de regarder par la fenêtre.

Puis mon cerveau achève de se réveiller, et je me souviens de la collecte de fonds. L'espace d'un instant, j'imagine qu'un livreur vient de déposer des sacs de billets sous notre porche – une solution à nos problèmes comme on pourrait en voir dans un dessin animé. Bien entendu, ça ne marche pas ainsi. Mais qu'est-ce que j'en sais, au fond ? C'est bien la première fois qu'on me fait cadeau de presque 5 000 dollars.

Ma mère dort encore. Je descends furtivement l'escalier et ouvre la porte en prenant garde à ne pas faire de bruit. Quand mes yeux se posent sur le paquet, je comprends tout de suite que c'est Manuela qui vient de le déposer. L'objet cylindrique est enveloppé du même papier brun qui recouvre les tables de l'atelier, et attaché avec le même ruban rouge que Manuela porte dans ses cheveux. Un message est scotché dessus. « Joyeuses fêtes ! Parfois, le Père Noël a besoin d'un coup de main. »

Et bien que les marches soient glacées, je dois m'asseoir là et y rester un moment pour que mes sanglots ne réveillent pas Maman. Manuela ne récolte pas les adresses des ados malades ou égarées pour se faire une liste d'adresses pour son mailing : depuis le début, elle avait l'intention de m'apporter le vase.

Certaines personnes font de leur existence un cadeau pour le monde entier. Une fois rétablie, j'ai bien l'intention de devenir l'une d'entre elles.

Le froid me pousse à me réfugier à l'intérieur, et je me hâte d'aller déposer le vase de Maman sous notre petit sapin.

Quand Maman descend vers 10 heures, les yeux bouffis et une couverture drapée sur les épaules, elle panique à l'idée de m'avoir laissée seule si longtemps.

— Tu aurais dû me réveiller. Mon Dieu. Comment te sens-tu ? Donne-moi les chiffres.

Elle fonce vers le tableau blanc.

— Cara Jean, sérieusement ! s'exclame-t-elle en tapotant les cases vides. Tu as noté ta température, et c'est tout !

Je hausse les épaules.

— Je me sens bien. J'ai pris mes cachets, mais utiliser le tensiomètre toute seule me stresse, et j'ai pensé que ce serait contre-productif. Regarde comme le jardin est beau.

Elle jette à peine un coup d'œil par la fenêtre.

— Douleur ? Fatigue ?

— Et toi ? je réplique. Tu as veillé tard.

Elle s'approche de l'ordinateur et remue la souris pour allumer l'écran.

— Jésus Marie Joseph ! Cara Jean, tu as vu le total ?

— Non.

Elle me fait signe de la rejoindre, puis se frappe la poitrine et lève un doigt vers le plafond.

— Alléluia ! Soixante-treize mille vingt-trois dollars.

Elle pousse un cri de joie et pirouette sur elle-même.

— Cara Jean, dis-moi que je ne rêve pas !

Je m'assois sur une chaise.

— On dirait bien que non, Maman.

Elle clique sur différents boutons, et des graphiques apparaissent à l'écran.

— Je me demande bien pourquoi on n'a pas fait ça plus tôt. Tous ces Noël où on a dû se priver…

— Les gens étaient déjà très généreux avant.

J'hésite à lui rappeler que notre voiture, mes vêtements et même notre dernier dîner de Thanksgiving nous ont été offerts.

— Pas vrai ?

— C'est bien d'être reconnaissante, acquiesce très vite Maman. Mais les dons en argent… c'est autre chose. Ça te permet de déterminer tes propres besoins et de faire tes propres choix. Ça pourrait nous rendre un peu de liberté. Tu vois tous ces gens qui croient à ta guérison, Cara ? Ça ne te donne pas des ailes ?

Je ne réponds pas. Au bout d'un moment, je finis par demander :

— Qu'est-ce qu'on fait aujourd'hui ?

Maman me jette un regard perplexe, comme si elle avait oublié la date.

— Pour le réveillon ? je précise.

— Il faut absolument fêter ça. Mais d'abord, j'ai des coups de fil à passer. (Elle se détourne pour fouiller dans le frigo.) Le docteur Eric viendra peut-être – je m'inquiète que tu n'aies toujours pas récupéré complètement. Je sais que des gens de la paroisse baptiste ont prévu de nous rendre visite plus tard. Et après ça, on devrait se faire plaisir. Allons dîner au restaurant.

— Tu es sérieuse ?

Maman et moi, on ne mange jamais à l'extérieur. D'abord, c'est rare qu'il y ait quelque chose qui me convienne sur le menu. Et puis, pour le prix d'un bon repas au restaurant, on peut remplir notre frigo pour une semaine.

— Tout à fait. On va se reposer et profiter d'une merveilleuse journée après la visite du docteur Eric.

— Il n'a pas de famille à lui ? Des gens avec qui passer Noël ?

— Je suis sûre que si, mais je remercie le ciel pour son dévouement. Tu te rends compte, toutes ces bénédictions qui ont atterri sur notre paillasson, s'émerveille Maman.

Et je ne peux m'empêcher de sourire en repensant à la livraison de Manuela.

Maman me glisse deux cachets dans la main.

— N'oublie pas de boire. Et au cas où le docteur Eric n'aurait pas de famille, on devrait peut-être lui demander de se joindre à nous pour le dîner.

Il se trouve que le docteur Eric n'a pas de famille dans le coin, et voilà comment nous nous retrouvons assises face à lui dans un box du chinois local le soir du réveillon de Noël. Il est encore tôt, même pas 17 heures, mais il doit retourner au travail à 18 heures : d'autres patients l'attendent.

Maman trouve toutes ses blagues hilarantes et écoute d'un air fasciné le répertoire apparemment inépuisable d'anecdotes dans lesquelles il tient le rôle du docteur héroïque. Il nous parle de la fois où il s'est rendu en Guinée pour distribuer des moustiquaires et combattre la malaria. Il nous raconte comment il sillonne les bas quartiers de Cleveland à bord d'une camionnette pour distribuer des seringues à des drogués, à condition qu'ils acceptent un sandwich avec.

Il laisse ma mère commander pour nous trois, et elle rayonne quand il la félicite d'avoir choisi du riz complet, du poulet et des légumes vapeur. Il réclame de la sauce de sésame sans glutamate de sodium sur le côté, et Maman lui demande son avis sur l'acupuncture. C'est comme si je n'étais pas là, ce qui me convient tout à fait. Pour une fois, c'est reposant de ne pas être au centre de l'attention. Et ça m'amuse de voir ma mère flirter.

Tandis que le docteur Eric vante avec éloquence les mérites de la médecine asiatique dans notre restaurant chinois, je me demande ce que les autres clients pensent de nous. Nous prennent-ils pour une famille ? Savent-ils que nous avons choisi cet endroit parce que ma mère pense que la cuisine chinoise est celle qui respecte le mieux le régime cétogène sans gluten ?

— Tant qu'à dépenser l'argent que des inconnus nous ont donné pour financer mon traitement, on ne pourrait pas manger au resto italien une fois de temps en temps ? je lance.

Ma mère se fige, sa cuillère à mi-chemin de sa bouche.

— Mais enfin Cara Jean, qu'est-ce qui te prend ? Je suis désolée, Eric. Depuis quelque temps, elle a des sautes d'humeur inexplicables. Je n'arrive plus à suivre.

Je les fixe du regard, craignant soudain qu'ils n'aient lu dans mon esprit. La moquette bordeaux semble onduler sous mes pieds. On dirait que les murs respirent. Je n'ai aucun endroit où me réfugier.

— Pas grave. Si ça te pose un problème, Cara, ça ne me dérange pas de payer l'addition.

Le docteur Eric se penche vers moi. Son visage est luisant, rond et blême comme une lune. Il incline la tête sur le côté, et j'ai peur que ses lèvres tombent de sa figure.

— Cara ? Tu m'entends ?

— Sa voix est pâteuse, non ? s'affole Maman.

Je prends conscience que j'ai la bouche grande ouverte, et quand je tente de la refermer avec ma main, je me bave sur les doigts.

— Vous entendez ce que je pense, ou j'ai parlé tout haut ?

Ma propre voix me paraît lointaine et déformée, comme si j'étais tombée au fond d'un puits.

— Tout va bien, Cara ? Non, ça ne va pas, déclare le docteur Eric.

Il allume la lampe miniature suspendue à son porte-clés et me braque le rayon dans les yeux. Je proteste mollement.

— Hé, ça fait mal.

— Seigneur.

Ma mère manque de renverser sa soupe en se penchant pour me saisir le bras.

— Elle a les pupilles dilatées, constate le docteur Eric. Qu'est-ce qu'elle a pris ? Cara Jean, qu'est-ce que tu as pris ?

— La pilule verte. Et la grosse bleue.

Je surprends le coup d'œil désapprobateur qu'il lance à ma mère.

— Il me faut les noms, dit-il sèchement.

Autour de nous, les clients qui nous prenaient peut-être pour une famille doivent penser qu'on est une famille à problèmes, maintenant.

La serveuse s'approche d'un pas vif.

— Tout va bien ? s'enquiert-elle nerveusement. La jeune fille se sent mal ?

— Je peux avoir des nouilles grillées ? je claironne en désignant les plats remplis de nourriture désespérément saine, comme pour mettre Maman au défi de m'arrêter.

— Plus bas, siffle Maman tandis que la serveuse repart vers la cuisine. Eric, je peux te fournir une liste de noms. Elle prend surtout des compléments alimentaires, et jamais je ne lui demanderais de retenir des noms barbares à rallonge. Ce n'est pas elle qui a une formation médicale.

Le docteur Eric lève ses mains pareilles à deux étoiles de mer charnues.

— Je voulais juste aider. Cara, dit-il en reportant son attention sur moi. Cara, tu nous entends ? (Sans me laisser le temps de répondre, il enchaîne :) Comment est son pouls ?

— Un peu lent, répond Maman sur un ton sec. C'est peut-être une attaque cérébrale ? Cara Jean, est-ce que tu sens de drôles d'odeurs ? Tu es engourdie ?

— Ce n'est pas une attaque cérébrale, la détrompe le docteur Eric. Elle fait une surdose de médicaments, Shaylene. Regarde-la. Cara, tu as bien dit que tu avais pris une pilule verte et une bleue ?

Ses mains-étoiles de mer s'agitent au-dessus de son téléphone. Une de leurs branches parcourt une liste de médicaments organisés par couleurs.

— Oh non, je marmonne.

— Non, tu n'as pas pris une pilule verte et une bleue ?

La serveuse revient avec mes nouilles, et nous nous taisons le temps qu'elle pose le plat devant moi.

— Tout va bien ? demande-t-elle de nouveau, sur le ton de celle qui veut désespérément que la réponse soit positive.

— Oui, ne vous en faites pas, répond Maman sans aucune conviction.

Je baisse les yeux vers les nouilles et décide qu'elles feront office de récompense. Je dois convaincre Maman et le docteur Eric de se calmer : après tout, c'est le réveillon de

Noël. On devrait tous être paisibles et gais. Alors, j'énonce lentement et soigneusement :

— Tout va bien. Joyeuses nouilles.

Le docteur Eric pousse un gros soupir.

— Merci, dit-il à la serveuse, qui détale sans demander son reste. (Il reporte son attention sur moi.) Donc, tu as pris une pilule bleue et une verte ?

— Oh non, je répète.

Les nouilles grasses et croustillantes se cassent dans ma bouche. Ce sont les meilleures que j'aie jamais mangées.

— Oh non quoi ? demandent Maman et le docteur Eric à l'unisson.

— J'en ai pris deux.

— Oui, c'est ça. Une verte et une bleue.

— Non, deux de chaque.

J'avale les morceaux de nouilles. Mes souvenirs sont limpides comme de l'eau de roche à présent. Je me revois debout au comptoir de la cuisine, en train d'admirer la lumière matinale qui filtre à travers les arbres givrés. Je prends les deux cachets en mettant de l'eau à chauffer pour mon thé. Puis, une fois réveillée vers 10 heures, Maman trouve que j'ai mauvaise mine, et elle me tend deux autres cachets avec un verre d'eau.

— J'en ai pris deux de chaque.

Chapitre 11

Ils se débrouillent pour me ramener à la voiture avec nos plats sans glutamate de sodium emballés dans des boîtes en carton blanc. Du moins, je suppose. De mon point de vue, je suis assise au *China Moon Chef*, en train de défier ma mère du regard sous une lanterne en papier clignotante. Je cligne des yeux et la minute d'après, je suis assise à notre table de cuisine, mon manteau encore boutonné sur le dos, et je dévore le contenu d'un des cartons avec une fourchette en plastique.

J'entends mes bruits de mastication. L'intérieur de ma bouche est tout sec, comme si on en avait absorbé toute l'humidité avec un coton. J'entends Maman et le docteur Eric se disputer dans la pièce d'à côté.

— Elle a quatorze ans, rappelle l'homme au chignon à la femme qui est bien placée pour le savoir, puisque c'est elle qui m'a donné la vie.

— Exact. Et elle souffre d'une maladie chronique depuis plus de la moitié de ce laps de temps. Je ne suis pas juste une mère célibataire : je suis la seule personne qui s'occupe d'elle. Cara Jean doit prendre sa santé en main pour que tout ne retombe pas sur moi. Parce que j'ai ma propre douleur et mes propres dommages nerveux à gérer, dit ma mère d'une voix tremblante. Tu ne te rends pas compte de la charge que c'est.

— Je compatis, répond le docteur Eric sur un ton pas du tout compatissant. Mais la prise de médicaments aussi lourds nécessite un minimum de supervision, tu n'es pas d'accord ?

Il baisse la voix. J'entends ma mère renifler, puis je capte quelques bribes de phrases : « overdose », « compromis », « se faire remarquer en public », et l'horrible « Service de protection de l'enfance ». Immédiatement, ma mère hurle comme un loup à la pleine lune.

— Je ne veux pas t'expliquer comment élever ta fille, déclare le docteur Eric tout en lui expliquant comment élever sa fille. Mais d'autres gens risquent de le faire, surtout ceux qui ont investi dans le traitement de Cara.

— Qu'est-ce que ça veut dire ? aboie ma mère.

J'abandonne le reste des nouilles grillées pour attaquer un plat de poulet épicé avec des châtaignes d'eau et des mini-épis de maïs. Un instant, je culpabilise comme si je mangeais des bébés. J'imagine une maman épi de maïs agitant ses feuilles dans son chagrin, et je pense : *La pauvre* avant de me mettre à glousser sans pouvoir m'arrêter.

Pendant que je massacre honteusement des familles de légumes, le docteur Eric explique à Maman :

— Ça veut dire que tous les donneurs de ta campagne se sentiront investis dans la guérison de Cara. D'un côté, c'est super : c'est exactement ce qu'on veut. Mais de l'autre, ces gens estimeront avoir le droit de commenter tes choix. Imagine ce qui se serait passé si on avait dû appeler une ambulance, et que les analyses avaient révélé une surdose. La loi ne t'oblige pas à tenir le père de Cara informé quant à son traitement ?

Ma fourchette s'immobilise à mi-chemin de ma bouche tandis que j'attends la réponse de ma mère.

— Pas du tout. Je te l'ai déjà dit, j'élève Cara seule.

— Plus maintenant. Quatre-vingt-dix pour cent de ces donneurs auront une opinion et ne se gêneront pas pour l'exprimer. Tu verras. Tu ne peux pas leur fournir de prétexte pour s'en mêler. Jusqu'ici, tu as fait les bons choix. Cara n'a pas besoin d'être hospitalisée, elle a besoin d'un traitement sur mesure. Mais tu dois me laisser m'en charger. Tu te donnes beaucoup de mal pour elle, et tu as accompli énormément, mais tu as besoin d'aide. Je sais combien c'est difficile de traiter avec les assurances, facile de se noyer dans les sables mouvants des factures et des remboursements. Personne ne veut que vous couliez toutes les deux. Poursuis la campagne de donations, elle t'apportera la liberté financière. Je ne te ferai pas payer mes soins, juste les médicaments. Tout ce que je veux, c'est que Cara guérisse. Ce sera une récompense bien suffisante.

Bien entendu, Maman fond en larmes, et le docteur Eric lui murmure des paroles apaisantes. Elle se ressaisit pour citer un de ses mantras préférés depuis quelque temps.

— Dès que j'accepte un miracle, l'univers me gratifie d'un autre. Je ne sais pas comment te remercier.

— Fais-moi juste confiance.

La peur me noue le ventre. Ils ont l'air si sérieux ! Je voudrais rappeler à ma mère qu'aujourd'hui était censé être une journée reposante, où on aurait écouté des chants de Noël et où on se serait pelotonnées sur le canapé pour regarder *La vie est belle*.

Au lieu de ça, je l'entends dire dans la pièce voisine :

— Bien sûr que je te fais confiance. On te fait confiance toutes les deux, promet-elle solennellement à cet homme qu'elle connaît depuis quelques semaines à peine.

Je voudrais protester, mais ma bouche est pleine de riz que j'ai oublié de mâcher.

— Excellent. Bon, je vais vérifier que notre patiente est stable avant de rentrer.

Soudain, je comprends que le nœud dans mon ventre n'est pas forcément de la peur ou de l'anxiété. Le docteur Eric me trouve penchée au-dessus de l'évier, en train de vomir des nouilles plus du tout joyeuses.

— C'est sans doute ce qui pouvait arriver de mieux, lance-t-il à Maman. Ça va la purger. Qu'elle boive beaucoup, et qu'elle se repose. Et ne la gronde pas : c'est Noël.

Il m'adresse un sourire indulgent, comme si je venais de piquer de l'alcool dans le bar familial ou autre bêtise du même acabit.

— Je suis vraiment désolée, Maman.

Son expression indique clairement qu'elle attend des excuses. Je viens de gâcher le réveillon.

— Viens t'installer sur le canapé, dit-elle sur un ton las en passant un bras autour de ma taille pour me guider jusqu'au salon. Je vais t'apporter une bassine. Comment te sens-tu ? Ton regard semble un peu moins trouble.

J'ai mal à la gorge d'avoir vomi.

— Je crains d'avoir chassé le docteur Eric.

— Il devait rendre visite à des patients. Je l'avais juste invité à dîner par gentillesse. Il était inutile de te donner autant de mal pour monopoliser l'attention.

— Je ne voulais pas…

Je renonce et n'achève pas ma phrase. À quoi bon ?

Maman continue à s'affairer autour de moi. Elle m'apporte un linge humide et le pose sur mon front. Je lutte pour m'asseoir, et la pièce penche vers la gauche.

— Je vais débarrasser dans la cuisine.

Maman rit tristement.

— Je m'en occupe. Tâche plutôt de dormir. Les gens de la paroisse doivent passer ; je vais faire un peu de ménage avant leur arrivée.

— C'est le réveillon de Noël !

— Ils veulent nous apporter un vrai repas de fête. Ne t'en fais pas, raille-t-elle, j'éviterai de mentionner ton amour des nouilles chinoises.

Elle glisse des coussins derrière mon dos pour me caler et allume la télé. Il me semble qu'elle ne me pardonnera jamais ; pourtant, elle met la chaîne qui diffuse des vieux films avec le son en sourdine. Dehors, le givre fond en coulant le long des vitres. Maman a l'air de croire que j'ai fait exprès de prendre trop de cachets. Un instant, je me demande si je n'ai pas agi inconsciemment, mue par un ressentiment étouffé. Mais non.

On sonne à la porte. J'imagine que ça va être comme pour Thanksgiving, que les gens de la paroisse se contenteront de déposer la nourriture sans que j'aie besoin de les voir. Je lutte pour ne pas m'assoupir au cas où Maman voudrait que je monte me cacher dans ma chambre. Cela dit, je crois bien que j'en serais incapable – ou alors, en me traînant. Mon corps me paraît lourd et engourdi.

Pour une raison que je ne m'explique pas, Maman fait entrer les visiteurs, qui semblent être exclusivement des visiteuses. Elles s'arrêtent dans le salon, l'air gêné, et me dévisagent comme si j'étais l'enfant Jésus dans sa mangeoire. Je croasse :

— Joyeux Noël.

— Ne t'agite pas, Cara Jean. Tu dois te reposer.

Maman semble beaucoup moins rancunière et plus dévouée devant les dames de la paroisse. Elle les entraîne vers la cuisine. Et quand je l'aperçois en queue de la petite procession, je crois d'abord que j'hallucine. Le garçon de la bibliothèque – le jeune mordu de sciences. Je l'avais déjà revu à l'hôpital. Aujourd'hui, il porte un pull torsadé rouge et des chaussettes vertes à losanges que son pantalon du dimanche un peu trop court révèle à chacun de ses pas. Je suis hypnotisée par leur motif. J'imagine qu'il a beaucoup grandi depuis l'année dernière, mais que sa mère a quand même insisté pour qu'il « s'habille bien » parce que c'était Noël.

Après m'avoir dépassée, il me jette un coup d'œil pardessus son épaule, et je lis de l'inquiétude dans ses yeux.

Je dois avoir du vomi séché dans les cheveux ou sur mon sweat. Derrière lui, Maman fait coulisser la lourde porte en bois qui sépare le salon de la cuisine, et il rétrécit par l'ouverture jusqu'à disparaître complètement.

J'entends Maman dire à ces gens combien nous sommes reconnaissantes pour leur visite.

— Cara Jean n'est pas en forme ce soir, mais elle se sent bénie par la grâce du Seigneur en ce jour de fête.

À la télé, Tiny Tim s'aide de ses béquilles pour traverser son humble cuisine sous le regard du vieux Scrooge et le mien. Dans la pièce voisine, des voix récitent une prière à l'unisson. Quand elles ont fini, je suis horrifiée d'entendre Maman parler de la campagne Guérir Cara. Elle décrit le traitement que les dons permettront de financer, et je frémis à l'idée que ces dames si charitables nous voient comme des personnes cupides ou ingrates.

— C'est un miracle, tout comme votre générosité ou le simple fait d'avoir un Noël de plus à passer avec ma fille. Cela seul prouve que la grâce de Dieu est avec nous.

— Amen, je murmure.

Puis mon cœur bondit dans ma gorge comme la lourde porte de bois glisse légèrement sur le côté.

— Ça va ? demande le jeune mordu de sciences en jetant un coup d'œil par la fente.

Ses capacités d'observation devraient lui indiquer que non.

— Il me semble t'avoir entendu dire quelque chose. Cara, c'est ça ?

Il a peut-être senti que je raillais la religion, à moins que j'aie toujours une voix pâteuse et qu'il ait compris autre chose. Comme je ne réponds pas, il insiste :

— Tu veux que je t'envoie ta mère ?

Instinctivement, je secoue la tête. Il se faufile dans le salon, laissant la porte ouverte derrière lui tel l'œil vigilant d'un surveillant.

— On va au même lycée, lance-t-il – et pour la seconde fois de la journée, je me demande si les gens peuvent lire dans mes pensées. Tu manques souvent les cours.

Je me souviens que ça m'ennuyait beaucoup il n'y a pas si longtemps. Le garçon se mord la lèvre et reprend :

— Ma mère propose à la tienne d'organiser des séances de tutorat.

Je me demande vaguement pourquoi sa mère a besoin de soutien scolaire. Elle a passé l'âge, non ? Puis il précise :

— J'espère que tu me laisseras t'aider. Je suis très bon élève, et pour entrer à la National Honor Society[1], je dois effectuer un certain nombre d'heures de travaux d'intérêt général.

Mon corps est mou et flasque comme du blanc d'œuf figé sur le canapé, mais mon visage se durcit, et c'est très soigneusement que j'articule :

— Non, merci.

Je me souviens avec quelle morgue il m'a parlé à la bibliothèque. Dans la cuisine, ma mère a déjà vendu ma dignité

1. Association américaine qui regroupe des élèves du secondaire sélectionnés sur des critères d'excellence morale et scolaire, ainsi que sur les services rendus à la communauté. (*NdT*)

pour une dinde congelée ; elle disserte de long en large sur ma maladie dans l'espoir d'obtenir le soutien financier de la paroisse baptiste. Inutile de donner à ce garçon une raison supplémentaire de me prendre de haut.

— Tu n'as pas à te sentir gênée, me dit-il.

— Je ne suis pas gênée, j'aboie en remontant la manche de mon sweat pour dissimuler une tache de vomi.

— Moi si, avoue-t-il en faisant un pas vers moi. Tu as déjà beaucoup de soucis, qu'est-ce que ça peut te faire que j'entre à la NHS ou pas ?

Je secoue lentement la tête.

— Rien du tout, j'imagine. Par contre, je sais que tu te soucies de ta scolarité. Tu étais malade comme un chien l'autre jour, encore plus que maintenant, et tu es quand même venue passer l'examen de maths. C'était super courageux de ta part.

— Comment es-tu au courant pour mon examen de maths ?

— Tout le monde est au courant. Ta tête a fait « crac » en heurtant le sol du gymnase. Je me suis tordu le cou pour voir ce qui se passait, même si on nous avait dit de regarder uniquement notre copie. Ce bruit, c'était… « crac », répète-t-il en giflant sa cuisse. Puis je t'ai vue allongée par terre, entourée par des pages et des pages de problèmes de maths. C'était surréaliste. Les gens se plaignent tout le temps que « cet examen va les tuer », mais ils exagèrent. Pas toi. Ne parlons même pas du fait que tu beuglais du Céline Dion quand les ambulanciers t'ont emmenée.

Je me force à m'asseoir.

— Attends. Tu es sérieux ?

Le gamin part d'un petit rire malicieux.

— *Is it all coming back to you ?* chantonne-t-il. Ça te revient, maintenant ?

— C'est ce qui t'a donné envie de m'aider ?

— Non, c'est ce qui m'a donné envie de te connaître. C'est la NHS qui m'a donné envie de t'aider.

Il s'avance et se perche sur un des accoudoirs du canapé.

— Mais le truc, c'est que j'en suis parfaitement capable, et que tu ne devrais pas laisser tes préjugés m'empêcher de le faire. J'explique très bien les choses – sauf peut-être l'autre jour à la bibliothèque.

J'imagine que c'est la meilleure excuse que je tirerai de lui.

— Ma mère refusera probablement.

— Je ne veux pas sortir avec toi : juste t'aider à travailler ton algèbre.

Je voudrais m'enfoncer dans les coussins du canapé et disparaître. Je ferme les yeux, mais quand je les rouvre, le garçon est toujours assis là, et il me dévisage sans la moindre honte.

— Ce n'est pas ce que je voulais dire. Maman a des idées bien arrêtées sur mon éducation. Elle pense que je travaille trop dur, et que ça nuit à ma santé. Du coup, elle ne veut pas que j'étudie.

Je m'attends à ce qu'il déclare que ma mère est géniale, et que ce serait super si elle pouvait convaincre la sienne de le laisser se tourner les pouces lui aussi. Au lieu de ça, il hoche la tête.

— Tu as peut-être besoin de travailler moins et plus efficacement.

— Peut-être, je concède du bout des lèvres.

— Écoute, ma mère va organiser ça. Personne ne peut rien refuser à Giselle Barnes, surtout si ça concerne l'entrée de son fils chéri à la NHS. Même indirectement. Tu verras : ta mère va nous raccompagner à la porte en disant « Je ne sais pas comment vous remercier ». (Il fait un geste vers la cuisine.) Et la mienne fera comme si une idée venait juste de lui traverser l'esprit. « Si vous y tenez vraiment... Mon fils Xavier est un élève brillant. » Et une minute plus tard, l'affaire sera conclue.

— Tu as vraiment confiance en ta mère et ses capacités de persuasion.

Xavier remonte ses lunettes sur son nez et se fend d'un large sourire. Le volume des voix augmente légèrement dans la pièce voisine, puis la porte s'ouvre en grand, et les dames de la paroisse se déversent dans le salon.

— Oh, elle est réveillée. Coucou, Cara ! Bon réveillon de Noël, ma chérie. Xavier, dis-moi que tu ne l'as pas trop embêtée.

La femme que je présume être Giselle Barnes a réellement l'air d'une force de la nature. Pour commencer, elle pourrait jouer l'héroïne dans un film d'Hollywood, ou au moins dans une série télé. Elle doit mesurer un mètre quatre-vingts, et son afro naturelle la fait paraître encore plus grande. Ses bottines en cuir doré sont assorties à ses gants. Elle parle en agitant une main comme pour souligner les mots les plus importants.

Un peu en retrait du groupe, Maman me fixe, ses yeux lançant des signaux d'avertissement. Je sais ce qu'elle veut : que je me tienne correctement et que j'évite de vomir sur les dames de la paroisse.

— Il est à l'âge où on commence à s'intéresser aux filles, poursuit Mme Barnes.

Xavier se lève d'un bond et bat précipitamment en retraite, comme pour dire « Ce n'est pas du tout ce que vous croyez ! ». Maman se hâte de prendre sa place sur l'accoudoir et me saisit la main.

— Justement, on parlait de la possibilité que je donne des cours à votre fille, madame Wakely, lance Xavier.

Maman sourit et presse ma main.

— C'est très gentil de ta part. Mais comme tu peux le voir, Cara Jean n'est pas en état d'étudier pour le moment.

— Mon offre sera toujours valable quand elle ira mieux. On est ensemble dans quelques matières, et je serai ravi de l'aider, déclare Xavier sur un ton plein d'assurance.

Les dames de la paroisse émettent un murmure d'approbation.

Mme Barnes frappe dans ses mains gantées de cuir doré.

— C'est merveilleux d'assister à la naissance d'une amitié. Mais le réveillon de Noël, c'est sacré. Mesdames – et monsieur, ajoute-t-elle en pressant l'épaule de son fils, laissons les Wakely profiter d'une soirée paisible en famille pour célébrer la naissance du Seigneur Jésus-Christ notre sauveur.

— Cara et moi avons apprécié votre visite, plus que vous ne pouvez l'imaginer. On se sent parfois si seul dans ce genre de combat… Mais vous êtes bien placée pour le savoir. (Mme Barnes opine.) Et bien entendu, nous vous sommes très reconnaissantes pour votre générosité. Vous avez vraiment pensé à tout et pourvu à chacun de nos besoins, voire au-delà. Dieu est grand. Si jamais nous pouvons aider à notre tour, n'hésitez pas à nous le faire savoir. Par exemple, si Xavier a besoin qu'on le conduise à l'hôpital pour son traitement, je l'emmènerai volontiers.

Le gamin évite soigneusement mon regard.

— C'est très gentil à vous, répond sa mère, mais je ne voudrais pas ajouter à votre fardeau. Réfléchissez à sa proposition. (Elle baisse la voix, mais tout le monde dans la pièce peut quand même l'entendre dire :) Les enfants ont besoin de se sentir utiles. Je crois qu'il est important de servir son prochain, que ça nous élève. Donner des cours à Cara élèverait Xavier sur plus d'un plan, et l'aiderait à entrer à la NHS.

— Vraiment ?

— Oui. Le lycée l'a nommé pour ses résultats scolaires.

Les autres dames de la paroisse gloussent à l'unisson.

— Vous êtes fière de lui, constate ma mère.

— En effet. Je ne peux pas m'empêcher de vanter ses qualités. Organisons quelque chose après les vacances. (Mme Barnes fourre son téléphone dans la main de ma mère.) Entrez votre numéro.

À ma grande surprise, Maman s'exécute docilement.

— D'ici là, prends soin de toi, Cara Jean, me dit Mme Barnes. Porte-toi bien, et profite de ce délicieux repas, préparé par les meilleures cuisinières de l'Ohio.

— Cuisinières ? s'exclame une autre dame sur un ton incrédule. Tu veux dire, les meilleurs chefs !

Je ne me souviens pas de la dernière fois où autant de gens ont éclaté de rire ensemble sous notre toit. J'ai mal aux joues à force de sourire.

Ma mère rend son téléphone à Mme Barnes et se fige quand celle-ci appuie sur un bouton pour l'appeler.

— Je n'entends pas sonner le vôtre. (Elle baisse les yeux vers l'écran.) Oh, vous avez oublié un chiffre. Heureusement que j'ai vérifié.

— Oui, heureusement, dit Maman en reprenant le téléphone pour rectifier.

— Dieu merci, j'ajoute.

Xavier me fixe en remuant les sourcils, et soudain, j'ai l'impression qu'il comprend tout.

Si tel est le cas, c'est vraiment un miracle de Noël.

Chapitre 12

Il s'avère que Xavier Barnes comprend réellement tout, ou presque. Les équations du second degré, la mitose et la méiose, les pentamètres iambiques, l'ironie dramatique. Étudier avec lui, c'est comme regarder le tournoi des champions de *Jeopardy!* sauf que le seul gagnant est un ado noir tout maigre qui mordille la gomme de son crayon à papier et ne compose jamais ses réponses sous forme de questions : il formule tout ce qu'il dit comme une réponse. Et même si je suis persuadée qu'à la base, il a offert de m'aider pour entrer à la NHS, je vois aussi combien il prend plaisir à partager ses connaissances. Il se considère comme un expert dans la plupart des matières.

En revanche, il n'est pas très doué pour les blagues. Mme Barnes a appelé trois fois pour organiser une séance de tutorat ; avec tout le temps que ça a pris, il aurait pu travailler un peu son humour.

Au lieu de m'envoyer un texto pour me dire qu'il est chez moi, il sonne à la porte. Son sac de bouquins est si lourd qu'il a besoin d'aide pour le traîner jusqu'au salon, et alors qu'on est en train de disséquer l'intrigue d'*Antigone* depuis une bonne demi-heure, il me lance :

— Tu n'as qu'à m'appeler X. Après tout, je le serai peut-être un jour.

— Tu seras peut-être quoi ?

— Laisse tomber.

J'admets que je n'ai pas l'habitude d'être dans mon salon avec un garçon pendant que ma mère cherche des recettes compatibles avec un régime cétogène dans la pièce d'à côté. Je crois d'abord que je suis trop bête pour comprendre, ou que le brouillard habituel a envahi mon cerveau sans que je m'en rende compte.

— Désolée, je ne pige pas.

Xavier s'agite sur sa chaise et mordille frénétiquement sa gomme.

— C'est bon, oublie.

— Non, explique-moi. Je veux savoir.

Ce garçon qui sait tout ne comprend-il pas que je n'ai pas l'habitude de bavarder avec les gens de mon âge, et encore moins sur mon canapé ?

Il pousse un grognement.

— Je voulais dire, X comme ex-petit ami. Parce que je pourrais être le tien un jour.

— On ne sort même pas ensemble, et tu veux déjà qu'on ait rompu ? dis-je sur un ton plus blessé que je ne l'aurais voulu.

— Mais non. C'était juste une blague, Cara. (Il se masse les tempes.) Revenons à l'histoire édifiante de cette fille qu'on a jetée en prison et qui va se pendre.

— Hé ! Tu viens de me gâcher la fin !

— Cara Jean, sérieusement ? C'est une tragédie grecque. Tu pensais quoi, qu'elle allait déménager à Seattle pour ouvrir un café ?

— Tu peux m'appeler Cara. Ma mère est la seule qui utilise mes deux prénoms.

— D'accord, acquiesce-t-il sur un ton désinvolte comme s'il n'était pas à une syllabe près. Apparemment, tu as du mal à te concentrer. On va faire une pause et se lever pour une série de *jumping jacks*.

— Pardon ?

Mais il est absolument sérieux, comme je peux le constater en le voyant se lever du canapé et s'accroupir pour échauffer ses tendons.

— Allez, bouge – avant que je change d'avis et que je décide qu'on devrait plutôt faire des *burpees*.

— Tu n'es pas là pour me donner des cours de gym, je lui rappelle. De toute façon, je suis dispensée de sport.

— Ouais, ouais. Moi aussi, Miss Cerveau. Mais ça ne te condamne pas à rester assise sur ce canapé en laissant tes muscles s'atrophier. Et ça n'annule pas non plus les bénéfices de l'activité physique sur tes capacités cognitives. Allez, dix sauts avec écart.

Je me lève en grognant et lui fais face. On tente de synchroniser nos sauts, mais j'ai une fraction de retard sur lui, de sorte que le claquement de mes mains résonne comme l'écho du sien. Le verdict ne tarde pas à tomber :

— Tu es nulle. Comment tu te sens ?

Bête et déjà essoufflée, mais je refuse de l'admettre.

— Mieux réveillée, non ? insiste Xavier.

— Un peu, je lâche à contrecœur. Et maintenant, on fait quoi ?

— On se rassoit. C'était juste une minipause pour faire repartir nos neurones.

— Tu étudies toujours de cette façon ?

— Parfois. Surtout les mauvais jours, quand j'ai du mal à me concentrer.

— Tu as des mauvais jours, toi ? Pourquoi ?

Il lève un doigt pour m'intimer le silence.

— Je crois que ta mère t'appelle dans la cuisine.

Je tends l'oreille, guettant un ton familier dans la voix de Maman tandis qu'elle ouvre et ferme des portes, puis fait fonctionner l'un ou l'autre appareil électroménager.

— Non, elle doit être en train d'enregistrer une vidéo.

— Quel genre de vidéo ?

Bizarrement, ça me gêne plus de lui parler de ça que de faire des sauts avec écart devant lui. Je prends une grande inspiration.

— Ma mère a une chaîne YouTube. Elle s'en sert pour informer les autres familles dont un enfant a une maladie chronique. Apparemment, elle filme une recette de cuisine pour l'épisode d'aujourd'hui.

Xavier semble réfléchir.

— C'est cool, finit-il par lâcher. Elle s'appelle comment, cette chaîne ?

Je marmonne :

— Cara et les Guerriers de la Santé.

— Hein ?

Je répète plus fort.

— Je vois. On dirait le nom d'un groupe de rock. J'imagine que ça parle surtout de trucs de femmes blanches, mais pourquoi pas.

Je fronce les sourcils.

— C'est quoi, des trucs de femmes blanches ?

— Tu sais bien. Huiles essentielles. Nettoyants ménagers sans produits chimiques. Ce genre de choses.

Je ne peux m'empêcher de glousser avec lui.

— C'est tout à fait ça.

— Tu fais parfois des apparitions ?

— Il arrive que ce soit nécessaire, oui.

— J'ignorais que je fréquentais une star de YouTube.

— Ne dis pas ça. Quand elle a commencé, j'avais à peine huit ans.

— C'est dingue. Toute ton enfance archivée en ligne…

Je n'avais jamais vu les choses sous cet angle.

— Ce sont surtout des séjours à l'hôpital. (Puis je frémis parce qu'on dirait que je veux me faire plaindre.) Mais j'imagine que c'était le plus important. Et toi ? je demande sur un ton désinvolte en le revoyant perché sur une des chaises en plastique des urgences, le visage crispé par la douleur.

— Quoi, moi ? répond Xavier en passant mes livres de cours en revue. Il faut vraiment qu'on dresse un plan pour cet essai.

— Un jour, je t'ai vu à l'hôpital.

— Hein ? (Il prend l'air choqué et ouvre ostensiblement la version poche des *Pièces thébaines* en cassant le dos.) Donc, tu dois traiter de l'ironie dramatique.

— Je suis sûre que c'était toi.

— J'en doute. Oh, j'y étais peut-être pour faire du bénévolat.

— Sûrement pas. Tu avais une aiguille plantée dans le bras, comme si tu recevais une transfusion ou un truc du genre.

— Je faisais peut-être un don de sang.

Xavier tape doucement le dos du livre sur la table. Je le dévisage, mais il fixe du regard un point derrière ma tête.

On travaille encore un peu plus de deux heures, en s'interrompant quatre fois pour faire des sauts avec écart.

— Tu t'améliores, commente Xavier.

Et ça me fait rire, parce que c'est un très mauvais menteur.

— Je te contacterai par texto pour qu'on organise la prochaine séance, me dit-il sur un ton très professionnel. D'ici là, finis le premier jet de ton essai pour qu'on puisse le relire ensemble.

— Tu me donnes des devoirs ?

— Tu croyais quoi, que ça allait être l'Académie de la Glande ? On doit te préparer pour les examens, histoire que tu n'aies plus besoin d'interludes musicaux pour détourner l'attention de tes défaillances scolaires.

— Hé, j'étais en train de tout déchirer en maths !

— *It's all coming back to me now*, se met-il à chanter en rangeant ses affaires.

Il me laisse les livres qu'il a apportés. Quand sa mère signale son arrivée en klaxonnant, il me fait signe de ne pas me lever du canapé. Ma mère le raccompagne, ferme la porte derrière lui et s'y adosse comme si elle venait de se débarrasser d'un intrus.

— Maintenant, donne-moi tes chiffres, exige-t-elle. Les vrais, s'il te plaît.

— Maman, je me sens bien.

Fermant les yeux, j'imagine tous mes muscles roses d'oxygène et renforcés par l'exercice. J'ai enfin un ami.

Xavier Barnes n'est pas mon seul visiteur. Mais le docteur Eric vient à des heures étranges, parfois deux ou trois fois dans la même journée. Il note beaucoup de choses et m'apporte souvent de nouveaux compléments alimentaires à essayer. Maman et lui passent aussi beaucoup de temps devant l'ordinateur, à créer des graphiques pour suivre mon évolution et à garder un œil sur la campagne Guérir Cara.

Je remarque d'autres changements minuscules. Maman s'est mise à acheter du shampoing et de l'après-shampoing de marque, et maintenant, elle se fait un brushing chaque matin. Parfois, mon téléphone bipe pour signaler que j'ai reçu une pub du *Monde de la Céramique* ou un texto de Xavier – un lien vers un article ou un mème littéraire ridicule.

Et puis, il y a le vase. Quand elle l'a découvert le matin de Noël, Maman s'est extasiée comme je l'espérais, et elle m'a bombardée de questions sur sa fabrication. J'ai fini par admettre que c'était l'œuvre de Manuela.

— Moi, je me suis contentée de le peindre en choisissant des couleurs qui te plairaient.

Le visage de Maman s'est assombri.

— Je ne comprends pas. Pourquoi cette Manuela a-t-elle fait ça ? C'est quelqu'un que tu connais ? Une amie du lycée ?

— Non, c'est une adulte. (Consciente que ça allait l'alarmer davantage, j'ai ajouté :) La propriétaire de l'atelier de poterie.

— Oh, une stratégie marketing pour accrocher de nouveaux clients, a acquiescé Maman avec un geste de la main. Je peux comprendre. Après tout, ça fonctionne, non ? C'est là-bas que tu voudrais prendre des cours ?

Ma mère considère beaucoup de choses comme des tentatives d'arnaque. Mais le matin de Noël, elle a levé le vase dans la lumière et dit :

— Il est vraiment magnifique, Cara Jean. J'adore les couleurs que tu as choisies, et tu les as appliquées avec une telle précision ! Bravo.

Le lendemain, elle a placé le vase bien en évidence sur la table de la cuisine, où il trône depuis. Et la fois suivante où elle est passée à la pharmacie, elle est revenue avec un bouquet de fleurs. C'était la première fois de ma vie qu'elle s'en achetait.

— Huit dollars, a-t-elle dit pour se justifier. Mais ça met de la gaieté dans la maison, non ?

Bref, aucun changement cataclysmique, mais plein de détails positifs.

Quand Maman et le docteur Eric me révèlent le contenu du prochain épisode de la chaîne YouTube, je me concentre sur les pétales des fleurs. Ils veulent présenter Guérir Cara aux abonnés de Maman. Ils m'expliquent que c'est naturel de combiner ces deux sources de soutien.

— Notre chaîne s'est toujours distinguée par sa franchise, Cara Jean, ajoute Maman.

— D'accord, mais pourquoi vous me demandez mon avis ?

— Parce que nous sommes une équipe, ma chérie.

Je voudrais répliquer qu'elle a recruté un nouveau membre sans mon accord, mais je me contente d'attendre la suite en silence.

Le docteur Eric prend la relève.

— Tu n'as probablement pas remarqué la violence de tes sautes d'humeur ces derniers temps. Ne le prends pas mal, Cara. Ce n'est pas une critique. Il s'agit d'une réaction biologique normale au stress incroyable que ton corps a subi, sans parler de la pression scolaire que t'a mise ton lycée. Et des perturbations hormonales qui surviennent chez tous les adolescents même en bonne santé. Bref, tu n'es pas responsable de ces sautes d'humeur.

Maman fixe ses mains du regard pendant qu'il m'explique combien je suis difficile à vivre.

— Nous aimerions que tu t'impliques davantage dans la chaîne des Guerriers de la Santé. Que tu sois plus active.

— Ce serait logique, j'acquiesce.

Maman lève la tête, les yeux écarquillés. Pourquoi semble-t-elle aussi surprise ? Ce n'est pas comme si elle m'avait déjà laissée m'opposer à ses projets.

— Tant que je serai en état de le faire, j'ajoute.

— Si tu ne l'es pas, ce n'est pas grave. On ne te demandera pas l'impossible, promet-elle.

— D'accord.

Elle semble tellement soulagée ! Peut-être que le docteur Eric a raison, et que je suis devenue vraiment invivable ces derniers temps.

— C'est merveilleux, Cara Jean. J'apprécie ta bonne volonté. J'ai l'intention de mettre la vidéo en ligne d'ici après-demain. Le docteur Eric m'aide à la préparer avec un procédé qu'on appelle un story-board.

— Tes vidéos sont toujours super, Maman, je lui assure. Tes abonnés apprécient ta spontanéité.

Nous n'en reparlons pas jusqu'à ce qu'elle me réveille au milieu de la nuit pour tourner. Elle a insisté pour que je porte l'appareil respiratoire, mais utilisé une pipette pour ajouter quelques gouttes d'une des décoctions du docteur Eric dans le réservoir. D'après elle, l'huile essentielle de menthe poivrée devrait me dégager les poumons. Mais ça brûle, et après m'être réveillée deux fois les mains crispées sur le masque, j'ai fini par le retirer.

Quand Maman m'arrache à un profond sommeil, mon premier réflexe est de culpabiliser.

— Je suis désolée, dis-je tandis que mes yeux s'ajustent à la lumière électrique.

Mais elle me demande juste comment je me sens, comme si c'était parfaitement normal de me réveiller au milieu de la nuit pour vérifier.

— Pas bien du tout. J'ai tellement mal, dis-je d'une voix si geignarde que j'ai du mal à la reconnaître.

— Où ça ? Tu veux que j'aille faire chauffer ton coussin de lavande ? demande gentiment Maman.

Je me force à opiner. Il me semble que les os de mon visage ont durci, et qu'ils se briseront si je remue trop la tête.

— Partout.

Mes orbites me brûlent, et la lumière me transperce les yeux. Je tâtonne sur ma table de chevet pour éteindre ma lampe, mais la pénombre ne revient pas. C'est alors que je remarque le projecteur au-dessus de la caméra installée sur un trépied dans un coin de ma chambre.

— C'est pour faire quoi ? je croasse.

— Ne t'occupe pas de ça pour le moment. Contente-toi de respirer à fond.

Plisser les yeux est douloureux, mais je le fais quand même, et je distingue la lumière rouge du voyant d'enregistrement.

— Tu es en train de filmer ! glapis-je.

Maman ajuste la lourde couverture sur ma poitrine et dit avec fermeté :

— Cara Jean, tu as très gentiment accepté de participer au prochain épisode. J'étais juste montée pour installer le matériel. Et c'est une chance : sans ça, qui sait combien de temps tu aurais continué à souffrir ? (Sans me laisser le temps de répondre, elle enchaîne :) Je pense que tu fais une réaction allergique. Je vais te donner des antihistaminiques pour la contrer. Ils sont dans ma chambre. J'ai besoin que tu t'allonges et que tu te concentres sur ta respiration le temps que j'aille les chercher. Je reviens tout de suite.

Elle a pris sa voix d'infirmière, ce qui m'indique qu'elle a peur. Les yeux clos, je bouge le moins possible et compte les secondes jusqu'à ce que je l'entende s'approcher de nouveau de mon lit.

— Ne te laisse pas aller, Cara Jean. Respire plus profondément, ordonne-t-elle.

Je l'entends tirer la fermeture Éclair de la trousse dans laquelle elle garde les médicaments que je n'ai pas le droit de toucher. Les flacons en plastique s'entrechoquent pendant qu'elle fouille à la recherche de celui qu'elle veut.

— D'accord, on va essayer quelque chose, Cara Jean. Tu peux avaler une petite gorgée d'eau ? Je voudrais te donner un relaxant musculaire.

Faute de pouvoir acquiescer, j'entrouvre les lèvres pour avaler la première capsule, puis la laisse me soulever la tête pour boire.

— Très bien. Maintenant, je vais te donner quelque chose pour la douleur, mais il faut que tu m'écoutes. Tu m'entends, Cara Jean ?

Chaque mouvement amplifie la souffrance, alors je chuchote « Oui » d'une voix sépulcrale, comme si j'étais un fantôme revenu hanter ma mère après que tous ses efforts ont échoué à me sauver.

— Tu ne dois pas avaler ce cachet. Je vais le glisser sous ta langue, et tu devras le laisser fondre. Ne le suce pas, ne le mâche pas. Je sais que tu as mal et que tu veux que ça s'arrête, mais pour que le médicament fonctionne, il faut suivre les instructions, tu comprends ?

— Oui.

Elle me tapote la joue d'une main. J'ouvre la bouche et colle ma langue contre mon palais. Elle introduit soigneusement le cachet dessous, comme si c'était un rituel religieux. Il est un peu plus gros qu'un Tic Tac, et il a une texture poreuse.

— Voilà. Maintenant, laisse ta bouche se refermer naturellement. Cale tes épaules sur les oreillers ; on va respirer à fond.

À chaque inspiration, il me semble que mon visage va éclater en morceaux.

— Tu es en train de fournir de l'oxygène à tes cellules sanguines pour qu'elles puissent diffuser le médicament dans tout ton corps, m'assure Maman. Tu vas peut-être avoir la tête qui tourne un peu, mais c'est normal, ça veut dire que ça fonctionne. Si tu te sens fatiguée, laisse-toi aller.

— Tu peux mettre un oreiller sur ma figure ?

Mes paupières sont lourdes, mes sinus douloureux, et je dois faire un gros effort pour articuler. Maman sursaute.

— Pardon ?

— Un oreiller. Sur ma figure.

Ce serait comme un nuage frais qui étoufferait les hurlements de mes nerfs torturés. Je tente de lever un bras pour en attraper un sous ma tête, mais la couverture lestée m'emprisonne.

Suit une longue pause durant laquelle j'entends Maman réfléchir.

— Je préfère que ton buste reste surélevé au cas où tu vomirais. Tu comprends ? (Comme je ne réponds pas tout de suite, elle répète plus fort.) TU COMPRENDS ?

Mais j'insiste de ma voix spectrale :

— Un oreiller.

Elle soupire.

— D'accord, j'ai compris. Je reviens.

Je la sens se lever. Je l'entends se diriger vers sa chambre, puis revenir. Elle se penche et dépose quelque chose de léger sur ma poitrine.

— Je n'aime pas que tu bloques tes voies respiratoires, dit-elle tandis que je dégage une main pour tirer le coussin sur mon visage. Tu vas sans doute dormir un peu plus profondément que d'habitude. Tu ne te sentiras peut-être pas toi-même. Et si on se contentait de te couvrir les yeux ? C'est là que ta douleur semble se concentrer.

Je n'ai pas l'énergie de protester. Je me laisse faire tandis qu'elle déplace le coussin vers le haut de ma tête. L'étau de douleur qui me comprime le crâne s'est changé en pulsation sourde. Ma peau me picote. Ça signifie peut-être que le médicament fait effet. Je visualise la sensation comme un film argenté que je tente de suivre jusqu'à un puits d'engourdissement.

— Je vais laisser ta porte ouverte, dit ma mère sur un ton rassurant.

Je n'ai pas la force de lui rappeler qu'elle me l'a confisquée il y a des semaines.

— Appelle si tu as besoin de moi.

Puis elle hésite. Un instant, je crois qu'elle va s'excuser pour la porte, pour l'huile essentielle, pour s'être montrée si sévère avec moi alors que j'ai tellement mal. Mais elle se contente de dire :

— Je suis juste à côté.

Toute la pièce semble pousser un soupir de soulagement quand elle sort.

Je force mes paupières de plomb à s'entrouvrir juste assez pour la voir disparaître, puis je tourne légèrement la tête vers le coin de ma chambre. Le voyant rouge est toujours allumé. Alors, je plaque l'oreiller sur mon visage pour m'endormir sans que la caméra puisse le filmer.

Chapitre 13

— D'accord, Cara, on la refait encore une fois. Ne dévie pas du sujet, et ne laisse pas tes phrases en suspens. Tu t'adresses à nos abonnés, qui t'ont pratiquement vue grandir. Inutile de te sentir gênée.

Sauf que j'ai à peine la force de tenir ma tête droite pour regarder l'objectif. Quand je parle, j'entends ma propre voix mais avec un temps de décalage. Mes lèvres me picotent, et ma langue me semble trop grosse pour ma bouche.

— Sois naturelle, m'exhorte Maman.

Un filet de bave coule au coin de mes lèvres.

— Bonjour, guerriers… de la santé. Je voulais vous remercier pour tous les vœux que vous nous avez envoyés pour Noël.

— Très bien, bon début, me félicite Maman en éteignant la caméra. Si je peux me permettre une petite remarque… Tu manges tes mots. Au lieu de « pour Noël », on entend « pouël ». En temps normal, je laisserais passer.

Mais Noël est une fête sacrée pour beaucoup de gens, et je ne voudrais pas qu'ils croient qu'on se moque d'eux, tu comprends ?

Pas vraiment. Il me semble que mon cerveau s'est changé en une flaque de sirop d'érable à travers laquelle mes pensées ont du mal à se frayer un chemin.

— Je me sens poisseuse, j'annonce à ma mère.

— Je ne vois pas ce que tu veux dire, se contente-t-elle de répondre avant de lever de nouveau la caméra pour filmer.

— IciCaraJeanmerciàtouslesguerriersdelasantépourleurs bonsvœuxetleursprièrespendantlesfêtes.

Maman lève le pouce. Je me force à ralentir mon débit.

— Le mois dernier a été difficile pour nous. L'administration de mon lycée m'a harcelée parce que je manquais trop souvent les cours, et j'ai fini à l'hôpital. Mon docteur continue à faire des tas de tests. Nous cherchons une combinaison de médicaments qui…

J'ai oublié ce que je voulais dire. Je fixe Maman, les yeux écarquillés, avant de lâcher :

— … me permettra de retrouver une vie plus ou moins normale.

Je m'interromps de nouveau, pensant qu'elle va arrêter de filmer, mais elle me fait signe de continuer.

— J'ai lu tous vos commentaires ; c'était inspirant. Et une amie de ma mère… (elle braque son index sur moi) … qui est aussi la mienne, a créé une campagne de dons en ligne pour nous aider à faire face aux dépenses médicales.

(Je me souviens du vase dans la cuisine, et des livres de Xavier au salon.) Cette année commence vraiment bien. Merci à tous pour votre soutien.

Je lève les yeux et attends que Maman éteigne la caméra, mais elle n'en fait rien.

— Comment te sens-tu, Cara Jean ? lance-t-elle.

— Très fatiguée.

— Mais à part ça ?

— Je tourne au ralenti aujourd'hui.

— Et moralement ? Tu es déterminée ?

— Oui.

— Alors, dis-le. (Elle me fait un signe du menton.) Comment te sens-tu, Cara Jean ?

— Je me sens déterminée, je répète avec ma plus belle voix de guerrière de la santé.

— Fan-tas-tique, énonce Maman. Félicitations, ma chérie. Je sais que c'était difficile pour toi ce matin, mais tu as combattu ta léthargie et fait ce que tu avais à faire.

— Je peux voir la vidéo ? je demande en rajustant le bonnet que j'ai enfoncé sur ma tête parce que Maman ne m'a pas laissé le temps de démêler mes cheveux.

— Oh, ma puce, je dois encore faire le montage. Ça va prendre un bon moment.

Pourtant, la vidéo est en ligne quelques heures plus tard. Je la découvre pendant que Maman est au salon en train de téléphoner, probablement au docteur Eric. Sur l'écran de l'ordinateur, mes photos de bébé défilent, suivies par d'autres plus récentes qui me montrent à divers stades de la conscience. La chanson des frères Jonas sur le diabète sert de bande-son. De temps en temps, les paroles s'affichent pour souligner combien j'ai l'air pathétique dans mon lit d'hôpital.

Waiting for a cure, but none of them are sure (Nous attendons un remède, mais aucun d'eux n'est infaillible) accompagne un cliché de notre collection de médicaments, dont les étiquettes ont été floutées pour respecter mon intimité. Puis vient une photo du docteur Eric en train de prendre ma tension. On ne voit pas son visage, juste les revers de sa blouse blanche et le stéthoscope autour de son cou.

Je ne me souviens pas d'avoir vu Maman prendre les suivantes. Sur la plupart d'entre elles, je suis allongée les yeux fermés, ou le regard fixe et vitreux. Le moment qui me met le plus mal à l'aise, c'est quand l'objectif zoome sur ma mère se penchant vers moi. Je reconnais le pull qu'elle portait la nuit dernière. Elle lève les yeux, fait semblant de remarquer la caméra pour la première fois et s'adresse directement à ses abonnés.

— Chuuut. Cara Jean s'est enfin endormie. Allons parler dans la cuisine.

L'instant d'après, on la voit perchée sur un de nos tabourets avec une boîte à chaussures remplie de médicaments et une pile de papiers – essentiellement des enveloppes portant le tampon « FACTURE MÉDICALE ».

— Je vais être honnête, chers guerriers de la santé. Cet hiver a été terrible. Les symptômes de Cara Jean empirent malgré plusieurs interventions et des soins continus. Je me sens impuissante, et je culpabilise de ne rien pouvoir faire pour elle. Cara Jean est une adolescente à présent, une fille brillante qui rêve d'aller au lycée normalement et qui est très triste de ne pas pouvoir. Elle a tant de rêves et d'ambitions ! Comme moi autrefois.

Un sourire courageux et tragique passe brièvement sur son visage. Elle lève le menton.

— Et aujourd'hui encore. Une lueur d'espoir est récemment apparue dans notre vie. Nous avons trouvé un nouveau docteur qui a développé un protocole spécialement pour Cara, à la pointe de la recherche sur les déficiences immunitaires. Nous avons beaucoup de chance qu'il s'intéresse à son cas. Mais son temps, ses compétences et les médicaments nécessaires coûtent de l'argent – qui vient s'ajouter à toutes les autres dépenses incompressibles quand vous avez un enfant malade. Nous avons la chance qu'une bonne amie ait pris l'initiative de lancer une collecte de fonds pendant les fêtes. Les dons à la campagne Guérir Cara ont déjà dépassé mes rêves les plus fous. Les gens ont été si généreux !

» Malheureusement, le coût du traitement est encore plus élevé. Cela fait bien longtemps que votre soutien émotionnel est pour nous source de courage et d'inspiration, chers guerriers de la santé. Au point qu'il m'est difficile de vous en demander davantage. Mais si vous avez jamais eu envie de nous aider d'une façon plus concrète… la voilà. Ne cliquez sur le lien ci-dessous que si vous pouvez vous le permettre. Et ne vous en faites pas : quoi qu'il arrive, Cara

Jean et moi continuerons à vous parler de famille, de foi et des manières d'affronter la maladie ensemble. Ma fille le dit elle-même…

J'apparais à l'écran, échevelée et au bord du délire, pour rugir :

— Je me sens déterminée !

En résumé, cette vidéo, c'est quatre minutes de Maman jouant la sainte patronne des mères martyres, plus quelques aperçus de moi qui donneront à nos abonnés l'impression que je décline rapidement ou que je me suis mise à sniffer de la colle. La musique des frères Jonas enfle de nouveau tandis que l'adresse Internet de la collecte s'affiche sur l'écran, clignotant telle une main tendue. Je clique sur le lien, et mon souffle s'étrangle dans ma gorge.

L'objectif a changé.

Désormais, ma guérison vaut 300 000 dollars.

Chapitre 14

Le lendemain matin, je tente de me sortir ce chiffre exorbitant de l'esprit afin de me préparer pour ma séance de tutorat. Xavier Barnes se donne la peine de venir chez moi et de m'aider à étudier ; le moins que je puisse faire, c'est me rendre présentable pour l'accueillir. Je commence par mettre un jogging haut et bas assortis, crains d'avoir l'air ringarde et le troque contre un legging avec une tunique en velours bleu canard. Mais l'encolure bateau découvre mes épaules ; si je me penche en avant, elle bâillera sans doute un peu trop.

Un jean, c'est une bonne idée : plus habillé qu'un pyjama tout en restant décontracté. J'enfile celui qui a les genoux déchirés, avec une chemise en flanelle. D'un autre côté… La fois où elle est venue, la mère de Xavier était si élégante avec ses accessoires dorés et son beau manteau ! Si c'est ça son idée de la féminité, mon look grunge risque de lui faire croire que je ne prends pas nos séances au sérieux.

Je finis par arrêter mon choix sur un legging et un sweat à fleurs bordé de dentelle. Puis je me regarde dans le miroir, et je me dis que j'aimerais bien pouvoir changer de visage aussi facilement que de tenue. Mes yeux sont injectés de sang depuis ma bataille contre l'appareil respiratoire l'autre nuit, et j'ai réussi à perdre encore un peu de poids depuis Noël.

Du coup, quand Xavier me salue d'un : « Ouah, tu as une sale gueule aujourd'hui ! », je me sens ridicule d'avoir fait autant d'efforts. Si je m'étais habillée grunge, j'aurais pu répondre que c'était l'effet recherché. Au lieu de ça, je tire maladroitement sur le bas de mon sweat en me rappelant qu'il porte des pulls torsadés et des chaussettes à losanges. Qu'il est super maigre lui aussi, et pas bien grand. Que quand il réfléchit intensément, il cligne des yeux et fronce le nez, ce qui le fait ressembler à la taupe du *Vent dans les saules*. Qu'il a tendance à parler sur un ton sentencieux, à discourir trop longuement et à rire de ses propres blagues.

Je me force à ouvrir la porte plus grand pour qu'il entre se mettre à l'abri du froid.

— Ma styliste n'est pas encore rentrée de congés, dis-je.

Et parce que Xavier Barnes est un vrai ringard, il me répond en mimant un pistolet de deux doigts tendus.

— Je ne parlais pas de tes fringues. Ton sweat est très… botanique. Mais tu n'as pas l'air en forme.

Ça fait longtemps que j'attendais d'avoir un ami. Je ne veux pas perdre notre temps ensemble à me plaindre. Alors, je lui dis que je vais bien, et je me détourne pour clore le sujet.

Nous nous installons, et il me demande si mon premier jet est prêt. Je dégaine mon classeur.

— J'espère que tu as le cœur bien accroché.

— Ne t'en fais pas pour ça.

— Je te présente l'essai le plus complet et le mieux tourné jamais écrit sur la pièce *Antigone*.

Il s'esclaffe.

— Tu es sûre de toi ? Personne n'a jamais rien écrit d'intéressant sur cette tragédie grecque archi connue ?

Je gifle mon brouillon.

— Pas d'aussi intéressant, non.

On se marre tous les deux, puis on se met au travail. Xavier me montre le truc qu'il utilise pour fluidifier la transition entre les paragraphes, et je lui explique comment je rédige mes conclusions pour éviter les redondances.

Quand on a terminé avec l'anglais, il lance :

— D'accord, Miss Cerveau. On passe aux maths. Je t'ai apporté des problèmes de factorisation par x.

Je pousse un gros soupir.

— Ne fais pas semblant d'être fatiguée, ou j'ordonne une tournée générale de pompes.

— De *jumping jacks*.

— Pas question. Tu maîtrises déjà. Je dois te donner un nouvel exercice. Tu verras : le temps que j'en aie fini avec toi, tu auras aussi l'équivalence des cours de gym que tu as manqués !

S'il m'oblige à faire une seule pompe, je risque de me remettre à vomir. Paniquée, je le dévisage. Il tend une main et la pose doucement sur mon bras.

— Cara, tu es sûre que ça va ? Tu as l'air de souffrir beaucoup.

Au lieu de lui répondre, je ravale la boule dans ma gorge. J'ai l'impression que nous sommes assis dans une boule à neige. Tout est silencieux, et des points minuscules tourbillonnent autour de nous – les secrets que nous ne nous sommes pas encore révélés. Mais il suffirait d'une bonne secousse pour que je lui raconte tout.

— Merci, dis-je avec une émotion sincère avant d'attraper mon manuel d'algèbre et de l'ouvrir au bon chapitre. Je ne suis pas en état de faire des pompes, c'est tout.

Xavier fléchit un bras chétif.

— C'est vraiment dommage. Et moi qui avais mis mon plus beau gilet sans manches pour que tu puisses admirer mes biceps !

Je ris si fort que Maman accourt avec sa trousse magique et son stéthoscope. Du coup, je redouble d'hilarité.

— On ne dirait pas que vous êtes en train d'étudier, décrète Maman.

Puis elle m'ordonne de me calmer. Un peu moins hystérique que moi, Xavier lui répond :

— Toutes mes excuses, madame Wakely. On n'a pas fait exprès de dérailler.

— Je sais que les vacances de Noël ne sont pas encore finies et que les jeunes ont besoin de s'amuser, mais vous m'avez fait peur.

Maman me presse la main et en profite pour vérifier subrepticement que mon pouls ne s'est pas emballé.

— Cara Jean a dû te raconter la frayeur qu'elle m'a faite l'autre soir.

— On en parlait justement, dis-je, espérant qu'elle retournera à la cuisine pour regarder augmenter le compteur des dons.

Raté.

— Elle a fait une réaction allergique très violente. Et l'idée que ça se reproduise, qu'elle puisse de nouveau souffrir autant... Désolée d'avoir fait irruption comme ça, Xavier. Je ne peux pas vous aider avec vos devoirs de maths. Mais si tu l'avais vue se griffer le visage...

Elle me lève le menton et désigne les égratignures sur mes joues.

— Tu vois, là ? C'est affreux, non ?

Je fronce le nez et la repousse.

— Maman, s'il te plaît.

— Elle déteste que je fasse des histoires.

— Dans ce cas, vous devriez peut-être éviter d'en faire, suggère Xavier avec un grand sourire que ma mère ne peut pas s'empêcher de lui rendre.

Elle sort en promettant de nous apporter quelque chose à grignoter pour notre prochaine pause. Une fois qu'elle a disparu, Xavier siffle tout bas et tapote la table avec son crayon à papier pendant que j'entreprends de résoudre des équations.

— Hé ben. On dirait que la nuit a été difficile. Tu ne veux pas en parler ?

Je grimace.

— Qu'est-ce qui te fait dire ça ?

Et je me remets aussitôt au travail.

— Tu es allergique à quoi ?

Je lève brièvement les yeux vers lui, avance la mâchoire inférieure et souffle vers le haut pour chasser ma frange qui me tombe dans les yeux.

— À presque tout. Mais là, c'était juste un nouveau médicament, j'ajoute pour ne pas l'intriguer avec un nouveau mystère à résoudre.

Je sens que Xavier me fixe du regard.

— Ça n'a pas l'air de t'avoir beaucoup aidée. Qu'en dit ton docteur ? interroge-t-il prudemment.

Dans ma tête, je revois le docteur Eric. Je l'entends évoquer mes sautes d'humeur et faire remarquer que nous n'avons jamais tenté d'éradiquer la maladie : juste de traiter ses symptômes. Son point de vue n'est pas inintéressant, mais je ne suis pas censée en discuter avec Xavier Barnes. Alors, je garde le silence et me concentre sur mes problèmes de maths. Ceux-là, au moins, je suis sûre qu'il existe un moyen de les résoudre.

— En fait…, poursuit Xavier. Il est possible que tu m'aies vu à l'hôpital, comme tu me l'as dit l'autre jour. J'y vais assez souvent.

— Pour donner du sang ?

— Non. Mais parfois, pour en recevoir.

Je hoche la tête comme si je voyais très bien. Je sens qu'il hésite, et je ne veux pas l'interrompre de crainte qu'il décide de ne pas me parler en fin de compte. En silence, j'attends qu'il secoue la boule à neige.

— Tu sais ce qu'est l'anémie à hématies falciformes ? (Devinant que non, il explique :) C'est une maladie génétique qui affecte les globules rouges. Une partie des miens ont une forme de croissant ; quand ils se déplacent dans mes vaisseaux sanguins, ils risquent de s'accrocher les uns aux autres et de former une sorte de bouchon, ce qui provoque des raideurs et me fait beaucoup souffrir. Donc, moi aussi, je manque souvent les cours, lâche-t-il sur un ton désinvolte, comme si ce n'était pas une révélation importante.

— Je suis vraiment désolée. (Je me giflerais. Je déteste quand les gens me disent ça.) Tu es malade depuis quand ?

— Depuis toujours. La plupart des hôpitaux testent les bébés afro-américains, donc, mes parents le savaient dès le début. J'ai commencé à faire des crises de douleur vers l'âge de deux ans.

Je revois sa mère forcer la mienne à lui donner son numéro de téléphone. Difficile de l'imaginer ralentissant pour quelque raison que ce soit.

— Tu as dit que c'était génétique. Tes parents l'ont aussi ?

— Non, ils sont porteurs sains. Mais on pense que mon grand-oncle l'avait. (Xavier s'agite sur le canapé et reporte son attention sur le manuel d'algèbre.) Bref, ce n'est pas important. Je voulais juste que tu saches que je comprends ce que tu traverses. Et que si je t'interroge sur des trucs médicaux, ce n'est pas par curiosité malsaine, mais seulement pour comprendre.

— Tu veux me guérir, P'tit Génie ?

— Disons que si je découvre accidentellement un remède pour ta maladie en cherchant pour la mienne, je ne le jetterai pas à la poubelle.

— Merci. C'est la chose la plus gentille qu'on m'ait jamais dite.

— Bon, ça suffit. Tu dois apprendre un peu d'algèbre, histoire de pouvoir apporter quelque chose à cette relation.

On se penche de nouveau sur nos équations, et je tente de ne pas me laisser distraire par le fait qu'un garçon vient de parler de notre relation. Mais moi aussi, je sens qu'il y a quelque chose entre nous, même si ce n'est pas d'ordre romantique.

Un peu plus tard, pendant qu'on grignote les tranches de pommes que Maman vient de nous apporter, je lance :

— Tu prends beaucoup de médicaments ?

— Pas trop. Je privilégie certains aliments qui ont des propriétés anti-inflammatoires. Et je dois veiller à boire beaucoup. C'est super important.

Je soupire.

— Pareil pour moi. C'est pour ça que tu es si petit ? je lui demande avec un coup d'œil en coin.

— Ne te gêne surtout pas, vise directement la jugulaire, proteste-t-il. Je suis entre deux poussées de croissance, c'est tout. (Il fléchit de nouveau ses biceps.) Mais… ouais, probablement.

— Et il n'existe pas de remède.

— Je ne l'ai pas encore trouvé. Ne me bouscule pas, plaisante-t-il. (Puis il redevient sérieux.) C'est une condition qui se gère. Mes parents ont toujours fait en sorte que je comprenne ce qui se passait dans mon corps, même quand j'étais tout petit. Ça rend les crises un peu moins effrayantes. Le plus dur, c'est de ne pas pouvoir les anticiper. Je sais que je peux diminuer le risque qu'elles se produisent, mais en même temps, il faut bien que je vive ma vie, pas vrai ? Le stress est un déclencheur. Le froid aussi.

— Tu as une collecte de fonds ?

Il croque dans une tranche de pomme.

— Une quoi ?

— Un appel aux dons, pour payer tes frais médicaux.

— Non, j'ai une assurance. Pourquoi vous n'en avez pas, ta mère et toi ?

Je devine que j'ai dit quelque chose qu'il ne fallait pas, et je tente de me rattraper.

— Bien sûr qu'on en a une. Mais tu sais ce que c'est. Les franchises sont élevées, et le nouveau docteur que ma mère m'a déniché, il a l'air super, mais je crois qu'il n'est pas conventionné, j'improvise, reprenant des termes que j'ai entendu Maman utiliser dans ses vidéos.

Pourtant, Xavier semble troublé. Je désigne les piles de livres sur la table basse.

— Et si on étudiait au lieu de ressasser nos soucis de santé ?

Notre séance s'achève sans qu'on en ait reparlé. Xavier n'a pas l'air vexé, mais je culpabilise un peu d'avoir changé de sujet si abruptement. Je décide de lui envoyer un texto. *Merci pour le coup de main*, dis-je avec une éloquence éblouissante. Puis, tout de suite après : *Et pour la conversation.*

Je cache mon portable sous mon oreiller et me force à descendre pour ne pas rester assise là à attendre sa réponse.

Maman est au téléphone. Elle fait les cent pas dans la cuisine, en s'arrêtant parfois devant le comptoir pour noter quelque chose dans un de ses petits carnets. Je l'entends dire :

— Oui, je comprends. J'apprécie beaucoup. (Puis :) Nous nous sentons vraiment bienvenues. Tout le monde nous a beaucoup soutenues, surtout en cette période de fêtes.

Je tends la main pour prendre son stylo et écris : « Qui est-ce ? » Mais Maman secoue la tête et porte un doigt à ses lèvres pour m'intimer de garder le silence.

— Je ne sais pas trop, dit-elle en baissant la voix et en se dirigeant vers la salle à manger.

Je m'assois à la table de la cuisine et fais semblant de lire mon manuel de biologie, mais en fait, je tends l'oreille pour écouter la conversation.

— Vous devez comprendre que Cara Jean est très malade. Elle a de bons jours et des mauvais. Pas de problème pour vous fournir des photos et de vieilles vidéos de famille, mais accueillir une équipe de tournage, c'est trop nous demander en ce moment.

J'ai du mal à en croire mes oreilles. À ma connaissance, jamais Maman n'a refusé qu'on nous filme. Je me souviens qu'une fois, quand j'étais petite, tous nos voisins se sont cotisés pour nous envoyer à Disney World. Quelqu'un d'une association caritative nous a accompagnées pour faire un reportage ; à la fin, je l'appelais oncle Allen.

— Absolument. Et j'en ai d'autres que je n'ai jamais diffusées. Je voulais que la présentation de la campagne reste brève, mais je trouve important de raconter notre histoire.

Maman fait une pause pour écouter, puis se dépêche de répondre :

— Merci ! De la part d'un professionnel comme vous, ça me touche beaucoup. Je vais vous envoyer tout ce que j'ai. Dites-moi si ça vous convient et si je peux faire autre chose. Ce genre de publicité pour notre cause est un vrai cadeau, j'en ai bien conscience.

Elle raccroche et fait une petite pirouette.

— Devine à qui je parlais, Cara Jean ?

Comme je ne suis pas censée avoir écouté, je secoue la tête.

— C'était un journaliste de l'antenne locale de Channel 7 Sunshine. Ils veulent parler de la campagne Guérir Cara, débite-t-elle joyeusement. Tu te rends compte ?

J'ouvre de grands yeux en m'efforçant d'assimiler la nouvelle.

— Cara Jean, on va passer à la télé !

Chapitre 15

Quand Xavier a répondu à mon texto, il n'avait aucune idée du fait qu'il s'adressait à une future star de la télé. Je trouve son message en remontant dans ma chambre pour échapper à la frénésie planificatrice de Maman. *Pas de problème. Ça me fait plaisir.* Puis : *Tu fais quoi pour te distraire ?*

Je me réjouis de m'être découvert un passe-temps, ne serait-ce que pour pouvoir répondre sans mentir : *En ce moment, je m'intéresse à la poterie. Il y a un atelier en ville. La propriétaire est une amie.*

Tu parles du Monde de la Céramique *?* demande Xavier.

Je m'écrie tout haut :

— Ouiii !

Puis je tape : *Exactement.*

Je vois les trois petits points clignoter sur l'écran de mon téléphone, indiquant que Xavier réfléchit. D'accord, il réfléchit tout le temps – mais à cet instant précis, il réfléchit à ce qu'il va m'écrire. *On devrait y aller ensemble un de ces quatre.* Je suis super excitée, et aussi un peu nauséeuse.

Les trois petits points se remettent à clignoter, et un instant, je crains qu'il ait changé d'avis. Ce qui me fait prendre conscience que j'ai envie qu'il m'apprécie, même si je ne suis pas encore certaine que ce soit réciproque. Puis un message apparaît à l'écran. *Pour fêter la fin de tes examens de rattrapage, par exemple.* Et je comprends qu'il fait marche arrière par prudence.

Je commence à taper : *C'est dans trop longtemps, allons-y avant.* Mais ça ne me ressemble pas du tout. Alors, j'efface et remplace par un simple : *Bonne idée.*

Quand Maman me demande de descendre, je glisse de nouveau mon téléphone sous mon oreiller. Non pas pour éviter d'avoir l'air trop empressée avec le P'tit Génie, mais parce que je ne veux pas que ma mère me fasse une remarque chaque fois qu'il bipera. Je veux garder cet échange pour moi le plus longtemps possible.

Je la trouve assise à la table de la cuisine, les bras croisés sur la poitrine. Ce n'est pas bon signe.

— C'est super, cette histoire de télé, Maman. Merci encore pour ta dernière vidéo ; c'est grâce à elle qu'il nous arrive tant de bonnes choses.

Mais elle refuse de se laisser distraire. Du menton, elle désigne le pilulier au centre de la table.

— Je ne vois vraiment pas pourquoi je me donne autant de mal si je ne peux pas compter sur toi pour prendre tes médicaments à l'heure.

Le compartiment marqué J est ouvert, et il y reste plusieurs cachets. Beaucoup plus qu'il ne devrait.

Je cherche désespérément la réaction qui la mettra le moins en colère.

— Oh. J'ai cru que…

— Tu n'as pas à croire quoi que ce soit. Tu dois juste respecter le programme, dit-elle en désignant le tableau blanc derrière elle.

— Mais le programme n'arrête pas de changer ! J'ai du mal à suivre.

Je suis tentée de lui rappeler ce qui s'est passé la dernière fois que j'ai accidentellement pris mes cachets en double : le docteur Eric et elle ont dû m'évacuer du *China Moon Chef* en me portant. Mais son expression sévère me dit que ce serait assez mal venu. Alors, je me rabats sur la tactique habituelle.

— Je suis vraiment désolée, Maman. J'ai le cerveau un peu brumeux aujourd'hui.

— Tu semblais pourtant assez bien pour jacasser pendant toute ta séance de tutorat. Je crains que ça te fasse trop de distractions, Cara Jean. Les devoirs, les visites de ce garçon…

— Pas du tout. J'étais excitée à cause du coup de fil du journaliste, et je me suis laissée distraire. Pardon.

Elle presse ses mains sur ses yeux.

— Cara Jean, je n'y arriverai pas toute seule.

— Tu veux que je prenne les trois cachets maintenant ?

Je m'attends à ce qu'elle réponde : « Bien sûr que non. » Trois d'un coup, ça va m'assommer, je le sais. Il n'est même pas 18 heures. J'aurai de la chance si j'arrive à ne pas m'endormir avant *La Roue de la fortune.*

Pourtant, Maman répond :

— Oui.

Je prends le pilulier au milieu de la table. Elle ne fait pas un geste pour m'arrêter. Je fouille maladroitement dans le compartiment. Elle continue à me fixer sans bouger. Je renverse les cachets dans ma main et prends ma bouteille d'eau avec des gestes d'une lenteur délibérée. Maman ne dit rien. Elle me foudroie du regard comme si j'étais M. Brinks le jour de la réunion au lycée, comme si on n'était plus dans le même camp.

J'enfourne les trois cachets dans ma bouche d'un coup. Je bois une gorgée d'eau, avale, puis ouvre la bouche et soulève ma langue. Aucune de nous deux ne pipe mot, mais j'éprouve un frisson de victoire quand Maman baisse les yeux la première.

Je tourne les talons et remonte dans ma chambre. Je me prépare à me coucher comme s'il était déjà 22 heures, et je me force à boire encore en prévision du mur de sommeil qui va bientôt me percuter.

En consultant mon téléphone, je vois que Xavier a répondu à mon dernier texto par un simple émoji souriant. Je m'imagine que je suis une astronaute, et que je tente de boucler ma mission en extérieur avant de manquer d'oxygène. Que raconterait une personne normale ? Mais Xavier n'a pas besoin que je fasse semblant. Alors, je me montre aussi honnête que possible.

Je me sens fatiguée d'un coup. Extinction de tous les systèmes. Les trois petits points clignotent, mais j'éteins mon téléphone avant de recevoir sa réponse, et je le fourre dans le tiroir de mon bureau. Mission accomplie. Je peux regagner la navette.

Chapitre 16

Avoir un ami, ça veut dire que chaque fois que j'allume mon téléphone, il se peut qu'un message m'attende. Cette fois, c'est juste un émoji pouce levé, indiquant que mon texto précédent a été lu, compris et peut-être apprécié. Un frisson agréable me parcourt. Hier soir, je n'étais pas aussi seule que j'en avais l'impression. Xavier Barnes pensait à moi.

Maman est de bonne humeur quand je descends pour le petit déjeuner. Elle s'affaire dans la cuisine en chantonnant. Elle est sur son trente et un aujourd'hui. Rien que ses cheveux… La plupart des chanteuses de country ont besoin de toute une équipe de coiffeurs pour arriver à un tel bouffant. Et son tailleur ! Il est en tweed rose, avec de petites franges de bon goût sur les manches et les revers. Maman ressemble à Barbie Météo.

Le docteur Eric passe et me dit que j'ai meilleure mine. Puis il accompagne Maman à la station Fox locale pour son interview. Elle est de si bonne humeur qu'avant de partir, elle me donne la permission d'aller à l'atelier de poterie si je me sens suffisamment en forme.

Je me force à attendre 9 h 30 pour répondre à Xavier. Avant ça, je me prépare un smoothie au chou kale et je prends mes vitamines du matin. Je me connecte au portail du lycée pour voir si j'ai reçu des messages de mes profs. Juste un, de M. Durand, pour accuser réception de mon essai sur *Antigone.* « J'ai hâte de le lire. J'espère que tu passes de bonnes vacances. »

Je me demande si c'est le cas. Aux infos du matin, les présentateurs discutent de résolutions de Nouvel An. Libby Gilfeather et le reste de mes camarades font sans doute la grasse matinée, ravis de cette coupure dans l'ennuyeuse routine scolaire. Et M. Brinks dirait sans doute que je suis en vacances toute l'année.

Mais une maladie chronique ne prend jamais de congés. Elle ne vous laisse aucun répit. Chaque matin au réveil, je passe les premières minutes à tenter d'évaluer les souffrances que je devrai surmonter ce jour-là. Chaque soir en me couchant, je dresse la liste des événements que j'ai manqués, de tout ce que j'ai raté. C'est ça, ma routine à moi.

Je me demande si Xavier le vit de la même manière, ou s'il y a des matins où sa première pensée concerne autre chose que la forme de ses globules rouges. À 9 h 15, je renonce à attendre patiemment. Ce pouce levé exige une réponse.

Changement de plans. On va fêter ça plus tôt.

Fêter quoi ?

Hier soir, j'ai trempé mon oreiller de larmes. Aujourd'hui se présente mieux, et c'est une raison suffisante de me réjouir. Mais ce serait sans doute un peu plombant de répondre ça. Je ne veux pas casser l'ambiance alors qu'il n'est même pas 10 heures.

Je tape : *J'ai rendu mon devoir sur* Antigone, et je réfléchis un moment. Oui, c'est une bonne réponse qui souligne notre objectif commun de me faire rattraper mon retard scolaire. J'appuie sur « Envoi ».

Presque aussitôt, je reçois un : *On le savait déjà.* Xavier Barnes joue avec moi.

La seule réaction possible, c'est l'authenticité. *J'ai bu mon chou kale, et ma mère a déjà dit oui.*

Pendant que les trois petits points clignotent, je me dis que même s'il ne veut pas venir, je peux aller à l'atelier toute seule. Je remercierai Manuela d'avoir livré le vase de Maman pour Noël. Je fabriquerai peut-être une autre créature des bois. Ce sera une belle journée.

Dis donc, c'est la fête. Commençons par étudier un peu. On se donne rendez-vous à 14 heures – après un moment gênant où je commence par lui proposer de passer à midi, et où il me répond que sa mère veut être certaine que la mienne sera à la maison. Je dois admettre que je ne sais pas quand Maman rentrera, au risque que Mme Barnes s'imagine que je tente de séduire son fils.

Quand Maman revient avec le docteur Eric, j'envoie un texto à Xavier qui me confirme qu'il sera là à 14 heures. Puis je m'installe sur le canapé, respire à fond et tente de me convaincre d'agir avec un esprit plus généreux. Quand ma mère franchit la porte, je lance : « Comment ça s'est passé ? » en m'abstenant de tout commentaire sur son mascara qui a coulé partout.

Elle jette un coup d'œil au docteur Eric avant de répondre :

— Vraiment bien, je crois.

Il opine et met la bouilloire à chauffer.

— Je me suis laissée submerger par mes émotions, mais tout le monde a été si gentil ! Ils ont tous dit qu'ils priaient pour toi, Cara Jean. Il y avait beaucoup d'amour et de bienveillance dans cette pièce. Beaucoup de soutien. Tu n'es pas d'accord ? lance-t-elle au docteur Eric.

Planté au milieu de la cuisine, il enfonce les mains dans ses poches.

— Ta mère a été fantastique. Elle a parlé avec tant d'éloquence ! C'est une oratrice née ; elle a tout pour devenir une star. Mais le plus important, c'est de préserver ton intimité, Cara. Si quelqu'un appelle, passe ici ou même à ton lycée, ne lui parle pas sans la présence de ta mère. Tu es très mûre pour ton âge, mais encore mineure. Dans ce genre de situation, tu as besoin d'un adulte pour s'exprimer à ta place.

— Eric ! s'exclame Maman comme si elle ne m'avait pas déjà dit la même chose. Pour l'amour de Dieu, qui va venir frapper à notre porte ?

— Nous n'en savons rien, Shaylene. Maintenant que tu t'es exprimée publiquement, les gens vont se sentir un droit de regard sur votre vie et vos choix. C'est une réaction très commune. Et ça part d'un bon sentiment, mais vous êtes deux femmes seules. Pardonne-moi de t'inquiéter. Je ne voulais pas te dire ce que tu dois faire, bien entendu.

— Ne vous en faites pas, leur dis-je à tous les deux. Je n'ai aucune envie de répondre à des questions sur ma maladie. Je veux juste aller mieux et retourner en cours.

Maman sirote son thé. Elle doit se sentir triomphante ; autant en profiter.

— Tu crois que tu pourrais prendre rendez-vous avec M. Brinks dans les jours qui viennent pour parler de mes examens de rattrapage ?

— Une fois que le reportage sera diffusé, M. Brinks se pliera en quatre pour nous aider. Tu verras, ma chérie, promet Maman.

Plus tard, quand je rapporte ce commentaire à Xavier, il fronce les sourcils.

— Qu'est-ce qu'elle voulait dire par là ?

— Aucune idée. Mais elle était hyper remontée, et son mascara avait coulé partout.

— Je ne comprends pas. Brinks a l'air d'un type bien.

Xavier hausse les épaules et reporte son attention sur son chocolat chaud tandis que nous nous éloignons du café.

— Attention, ou la National Honor Society risque de rejeter ta candidature.

— Parce que je respecte le proviseur adjoint de mon lycée ? glousse-t-il.

— Parce que tu manques d'esprit critique.

— Tu rêves ! Je critique tout, tout le temps. Mais Brinks s'est toujours montré accommodant. Il suffit de communiquer avec lui. Et de lui fournir les papiers qu'il réclame. Cela dit, il ne peut pas contourner les obligations légales.

— Qu'est-ce que ça veut dire ?

— Eh bien, même avec tous les justificatifs médicaux du monde, si tu as manqué un certain nombre de jours, il est obligé de te faire redoubler. Mais il est assez arrangeant. Certains jours, j'arrive à peine à bouger, mais du moment que je me traîne en cours, il compte ma présence. Je le trouve beaucoup plus compréhensif que beaucoup de fonctionnaires. Dans mon groupe de soutien, il y a des jeunes qui sont forcés d'étudier à la maison.

— Ma mère menace toujours de me retirer du lycée.

— Ne m'en parle pas, c'est mon pire cauchemar.

— On est bien d'accord.

Pourtant, j'ai envie d'ajouter : *Mais on se trompe peut-être. Et si on continuait comme ça ? Si on apprenait ensemble, sans personne pour regarder par-dessus notre épaule ?*

— Je perdrais tellement de temps si je devais faire les travaux manuels seul ! Ça gâcherait sûrement mes chances d'intégrer une prépa médecine.

Donc, c'est non. Parfois, j'oublie que Xavier m'aide à étudier pour avoir ses heures de travaux d'intérêt général. Lui, pendant ce temps, il n'apprend rien.

Mais une fois à l'atelier de poterie, la balance s'équilibre un peu. D'abord, quand elle me voit entrer, Manuela réagit comme face à une apparition divine.

— Ma petite biche, mon ange de Noël, comment vas-tu ?

Elle me fonce dessus et m'étreint avec force. Apercevant Xavier, elle tourne la tête si vite qu'une de ses tresses me gifle le visage.

— Qui est ce gentleman que tu m'as amené ?

— Avant de vous le présenter, je voulais vous remercier d'avoir livré le cadeau de Maman. Vous n'avez pas idée…, je bredouille. C'était très important pour moi.

— Du coup, tu m'as amené un séduisant jeune homme pour me témoigner ta gratitude ? J'accepte cette offrande. (Elle se tourne vers Xavier.) Cette fille a des pouvoirs incroyables. Il suffit qu'elle prenne de la glaise dans ses mains pour que des créatures magnifiques en jaillissent comme d'une forêt brumeuse. Jamais je n'avais vu d'andouillers si délicatement modelés.

— Des andouillers, hein ? répète Xavier avec un large sourire.

Il observe Manuela avec curiosité, comme si elle était une expérience de chimie – une éruption de chaleur humaine impossible à contenir.

— Choisissez une table. Je vais vous chercher de l'argile, finit-elle par dire avant de faire une pirouette et de s'éloigner.

— Ouah.

Xavier la suit des yeux avant de reporter son attention sur moi.

— Tu me surprends, Cara Wakely. Et dire que j'arpentais les mêmes couloirs de lycée qu'une artiste en modelage d'andouillers ! Je ne soupçonnais pas l'étendue de tes talents.

— Je ne voulais pas t'intimider, dis-je en prenant un tabouret et en lui en désignant un autre. Cet endroit est génial, non ?

— Je croyais que c'était pour les gamins.

— Je sais.

Au même moment, les cloches de la porte tintent, et une nuée de bambins de trois ou quatre ans envahit l'atelier. Derrière eux, une mère à l'air épuisé porte un gâteau et une grappe de ballons.

Xavier enfouit son visage dans ses mains. Mais quand il relève la tête, il rit.

— D'accord. Je suppose que ce sera marrant aussi. Tout le monde aime les anniversaires, pas vrai ?

Visiblement, c'est le cas de Manuela. Nous l'entendons pousser un cri de joie dans l'arrière-boutique. Peu de temps après, elle s'approche de sa démarche dansante et pose deux gros blocs d'argile grise devant nous.

— On discutera plus tard ; j'ai une princesse à chouchouter. (Elle se dirige vers les nouveaux arrivants.) Bonjour, mes petits chéris ! Vous vous sentez d'humeur créative ?

— Tu te souviens du casse-tête que c'était d'organiser un anniversaire ? Tu ne pouvais pas refaire la même chose que les autres enfants de ta classe ; il fallait toujours trouver une idée nouvelle. Du roller skate, du bowling, du trampoline… C'était le bon temps. On passait l'après-midi à s'amuser comme des fous, et à la fin, on avait du gâteau glacé. Je ne vois rien dans l'adolescence qui puisse rivaliser avec ça, commente Xavier avec un grand sourire, en regardant les gamins se bousculer autour d'une autre table.

— Je ne suis pas allée à beaucoup d'anniversaires, je lui avoue. On déménageait trop souvent ; je n'avais jamais le temps de me faire d'amis assez proches pour être invitée.

— Quelle tragédie ! Mes parents faisaient toujours les choses en grand pour mon anniversaire. D'ailleurs, ils continuent.

Je revois Mme Barnes avec sa Mercedes blanche et ses accessoires à la mode. Quelque chose me dit que le gâteau glacé de Xavier était toujours énorme et succulent.

— J'imagine qu'ils te gâtent beaucoup ?

Dire que depuis le début, je complexe à cause de mes vêtements, de mes clavicules saillantes et de mes traits tirés ! Je n'ai même pas pensé que notre maison devait lui paraître minuscule, ou qu'il avait sûrement remarqué nos meubles de seconde main.

— Ils n'ont que moi, répond Xavier. Et tu sais que les personnes atteintes d'anémie à hématies falciformes ont une espérance de vie limitée.

Il me semble que tout l'air s'évapore de la pièce. Je lève les yeux, m'attendant à voir les ballons dégonflés.

— Non, mais je me posais la question. L'autre jour, tu as parlé d'un avenir incertain.

— Ouais. Ce n'est pas très grave. Et puis, la recherche progresse chaque jour. (Il hausse les épaules et m'adresse un sourire en coin.) Je ne voulais pas que ça devienne les Jeux olympiques de l'adversité. On peut parler d'autre chose que de nos problèmes médicaux.

Je souffle un bon coup.

— D'accord, j'acquiesce en souriant. Faisons semblant d'être des sculpteurs.

Il pétrit son bloc de glaise avec des gestes hésitants.

— Je vais m'en remettre à tes instructions en la matière. Je ne suis pas très doué pour tout ce qui est artistique.

— Impossible. Tu es doué en tout.

Il rit.

— Tu essaies de me flatter.

— J'ai un aveu à te faire. (Il me dévisage solennellement.) Je ne sais modeler que les andouillers.

Soulagé, il hausse les épaules et lâche nonchalamment :

— Qui sait ? Un jour prochain, le monde connaîtra peut-être une pénurie d'andouillers, et tu deviendras une ressource précieuse.

Je décide de fabriquer un bol, et Xavier, un pot à crayons.

— Tu sais ce que j'aime chez toi, X ? Tu assumes complètement ton côté intello décalé. Tu n'essaies même pas de faire passer ça pour une posture ironique.

— Pour quoi faire ? Personne ne devrait jamais avoir honte de ce qu'il ou elle est. Et puis, mon côté intello t'arrange bien. Après avoir tout déchiré à tes examens de rattrapage, tu devras me fabriquer des andouillers spéciaux pour me remercier.

— J'y comptais bien. Mais avant ça, je dois convaincre ma mère de fixer une date.

— Pourquoi dois-tu la convaincre ? demande Xavier tandis que sa première tentative de pot à crayons s'écroule mollement devant lui.

— Elle n'arrête pas de repousser. Brinks et elle sont comme chien et chat, et elle pense que les examens m'épuisent trop.

Il fronce les sourcils et je finis par avouer :

— Elle ne me soutient pas beaucoup sur ce plan.

— Pourtant, c'est ton avenir qui est en jeu ! Écoute, je sais que vous vivez seules toutes les deux depuis longtemps et que ta mère assure un max, mais... parfois, je la trouve bizarre.

Je lève les yeux de mon bol.

— Qu'est-ce que ça veut dire ?

— La manière dont elle veut contrôler le moindre détail de ta vie... C'est flippant.

— Ouah.

Je pétris la glaise machinalement en cherchant une réponse.

— Désolé. Je comprends, c'est ta mère. Mais tu es malade depuis longtemps, pas vrai ? Elle aurait dû trouver un moyen de gérer ta scolarité. Brinks ne fait que son travail. Celui de ta mère, c'est de t'apprendre à te débrouiller seule. De te soutenir et de t'encourager, pas de décréter que tes examens sont trop difficiles ou les cours trop fatigants. Elle dit qu'elle te protège, mais de mon point de vue, elle t'empêche de vivre.

C'est bizarre d'entendre quelqu'un d'autre critiquer Maman, surtout après hier soir. Je lui en voulais tellement ! Mais j'ai le droit de penser des choses négatives sur elle. En revanche, que Xavier Barnes se permette de les dire tout haut, ça ne passe pas.

— Tu ne comprends pas…

— Je crois que si, Cara.

— Tu trouves que ma mère m'étouffe, alors que la tienne refuse que tu sois seul avec moi !

— Tu es sur la défensive.

— Elle l'a dit ce matin.

Il hoche la tête.

— En effet. Elle réagit parfois comme si j'étais un ado typique, alors que ce n'est pas le cas. Mais depuis mon diagnostic, elle s'est toujours débrouillée pour en savoir le plus possible sur l'anémie à hématies falciformes, pour faire en sorte que je comprenne ma propre maladie et que je puisse l'expliquer aux autres. Ce qui m'évite de passer ma vie à m'excuser pour mes problèmes de santé.

Je ne crois pas que je fasse ça. Mais Maman m'a appris à être reconnaissante pour les bons jours. Xavier ne se rend probablement pas compte que c'est très rare pour moi de venir en ville. Je ne veux pas passer cet après-midi de liberté à parler des limites que m'impose ma maladie. Alors, je tente de changer de sujet.

— Tu sais quoi ? Pense ce que tu veux. J'apprécie vraiment ton aide, mais je voudrais juste qu'on profite d'être ici, d'accord ?

Mais Xavier insiste :

— Parle-moi de ta maladie, Cara. Je veux comprendre ce que tu traverses.

Parfois, j'ai l'impression d'être un caillou au fond d'une rivière, et que les autres me passent dessus tel un flot bouillonnant. Ils ne cherchent pas à me piétiner ou à me réduire au silence ; ils se contentent d'être ce qu'ils sont. Mais le résultat est le même : ils m'usent.

— J'ai une maladie auto-immune, dis-je d'une toute petite voix. Ça veut dire que parfois, mon corps s'attaque lui-même en croyant combattre une infection. Ça fait mal et ça sape mes forces. Et c'est difficile de trouver une combinaison de médicaments qui résout ces problèmes sans en créer de nouveaux.

— D'accord. Et apparemment, ta mère et toi êtes seules à essayer de comprendre ce qui se passe...

— Plus maintenant. Nous avons le docteur Eric.

Je ne sais pas pourquoi j'ai dit ça, pourquoi j'ai éprouvé le besoin de le mentionner. Peut-être juste pour le plaisir de me disputer avec Xavier.

— Je sais. Et ça aussi, ça m'étonne. Tu sais combien de docteurs j'ai vus depuis que je suis né ? Combien sont passés m'examiner à la maison ?

Tel un perroquet, je répète ce que j'ai entendu Maman dire ces dernières semaines.

— Nous avons beaucoup de chance qu'un médecin aussi éminent s'intéresse à mon cas. Jamais nous n'aurions imaginé une telle bénédiction.

— Mais est-ce que toi, tu t'intéresses à ton propre cas ? Est-ce que tu comprends pourquoi je veux faire de la recherche scientifique ? Certains matins, j'ai tellement mal que je vomis ma bouillie d'avoine. Quand je fais une crise de douleur, j'ai l'impression que mes poignets se fracturent en mille morceaux. Mes mains ne fonctionnent plus ; on dirait celles d'un infirme. Mais même si c'est juste pour m'asseoir dans le fond et écouter, je me traîne en cours. Je veux apprendre. Je refuse d'accepter ce que me disent les médecins. Je continue à poser des questions. Et un jour, je trouverai un remède aux hématies falciformes. C'est le but que je me suis fixé. Il m'aide à avancer. Quand je t'ai rencontrée, j'ai admiré ta résilience. Mais je ne comprends pas pourquoi tu n'es pas plus curieuse, Cara. Pourquoi tu ne te bats pas davantage pour guérir.

Je me rappelle que je suis juste un caillou, que je ne peux pas contrôler l'eau qui me passe dessus. Xavier ne fait pas exprès de m'user. La glaise est toute molle entre mes mains, à présent. Je vais peindre et vernir mon bol, et après notre départ, Manuela le fera cuire dans son four à bois. Elle attisera le feu qui changera l'argile en céramique. Finalement, je ne suis peut-être pas un caillou, mais plutôt une céramique, dure et friable à la fois.

Je choisis mes mots très soigneusement, mais ils sont chargés de plus de colère que je ne l'aurais voulu.

— Désolée de ne pas être une aussi bonne malade que toi.

Xavier a un mouvement de recul.

— Ce n'est pas ce que je voulais dire.

Mais c'est exactement ça. Sa mère lui a peut-être appris à se débrouiller seul et à chercher des remèdes qui n'existent pas encore. Tant mieux pour lui. Maman m'a enseigné des tas d'autres leçons précieuses. Par exemple, nous sommes très douées toutes les deux pour nous entre-déchirer puis faire comme s'il ne s'était rien passé. Je recours à cette tactique à l'atelier de poterie sous l'œil vigilant de mon amie Manuela, alors qu'une fête d'anniversaire bat son plein à la table voisine et que Xavier Barnes vient juste de m'accuser de paresse et de complaisance vis-à-vis de ma maladie.

— Fais voir, je vais te montrer comment monter un cylindre, dis-je sur un ton aussi neutre que possible. Il faut d'abord pétrir un peu l'argile à pleines mains : une fois réchauffée, elle est plus malléable. (Je lui désigne un bocal plein d'instruments.) Et pour les parties plates, par exemple ton couvercle, utilise un rouleau.

Il me dévisage d'un air interrogateur, comme s'il attendait autre chose de ma part. Mais j'ai déjà tourné la page. Xavier Barnes n'est pas le premier à me sous-estimer. Parfois, il n'y a rien d'autre à faire que sourire et continuer à avancer. C'est le seul moyen de gérer l'horrible impression qu'on ne peut faire confiance à personne. Et en soi, c'est aussi une forme de remède.

Chapitre 17

Si Xavier Barnes s'imagine que les applications de la génétique se limitent à la biologie, il doit réviser ses certitudes sur le chemin du retour. Maman, qui est venue nous chercher en voiture au *Monde de la Céramique*, doit se douter qu'il y a de l'eau dans le gaz entre nous, mais elle n'en laisse rien paraître et bavarde sans interruption pendant tout le trajet. Moi, je regarde dehors en les ignorant tous les deux. Maman interroge Xavier sur ses cours et ses loisirs.

— J'ai découvert aujourd'hui que je n'ai aucun talent pour la sculpture, dit-il avec un petit rire embarrassé.

— Je suis sûre que c'est juste une question d'entraînement.

— Je ne crois pas. Cara, elle, est vraiment douée. L'argile lui obéit au doigt et à l'œil.

Il en fait des tonnes.

— Tu as vu le vase qu'elle m'a fabriqué ? Il aurait sa place dans un musée, s'extasie Maman.

Leurs compliments m'énervent. Je garde obstinément la tête tournée. Ils discutent ensuite des ambitions de Xavier, et Maman l'informe avec conviction qu'il a tout ce qu'il faut pour devenir un grand ministre de la Santé. Quand elle marque une pause, je me retiens de lancer qu'il s'est déjà fait une opinion sur elle et qu'il la trouve flippante. Peu importe. Xavier Barnes va descendre de cette voiture et rentrer chez lui, où ses parents ont sans doute installé dans leur sous-sol un laboratoire équipé des dernières découvertes technologiques pour chercher en famille un remède à sa maladie sanguine. Pendant ce temps, je continuerai à boire des smoothies au chou kale avec Maman.

Sur les instructions de Xavier, Maman s'engage dans le genre de quartier chic dont je ne soupçonnais même pas l'existence à Middlefield. Les Barnes habitent exactement le type de maison que j'imaginais : une sorte de manoir imposant et bien entretenu, avec des colonnes sur le devant et des buissons que quelqu'un a pris la peine de tailler.

Xavier se tourne vers moi.

— On devrait refaire une séance le plus vite possible pour vérifier que tu as tout compris en maths. Dès demain, si tu te sens en état. La rentrée va arriver très vite. Madame Wakely, si vous pouviez planifier cet examen en premier, ça nous aiderait beaucoup. Cara maîtrise vraiment le sujet.

— C'est l'examen qui l'a envoyée à l'hôpital la dernière fois.

— Je m'en souviens. M. Brinks se montre toujours accommodant avec ma mère quand je dois passer le rattrapage. Notre prof pourrait peut-être noter les exercices que Cara a eu le temps de finir ; comme ça, son premier examen serait beaucoup moins long. Pas vrai, Cara ? Ça te remettrait dans le bain en douceur.

J'acquiesce avant de me souvenir que je fais la gueule. Encouragé, il poursuit :

— N'hésitez pas à appeler ma mère, madame Wakely. Elle aura peut-être des conseils à vous donner pour négocier avec Brinks.

Le sourire de Maman ne flanche pas, mais son regard est dur comme du granit.

— Nous apprécions beaucoup l'aide que tu apportes à Cara Jean. Mais je suis assez grande pour gérer seule les questions administratives liées à la scolarité de ma fille.

— Bien sûr. Merci beaucoup de m'avoir ramené. Je te textote plus tard, Cara.

Xavier contourne le minivan pour prendre ses livres dans le coffre. Nous l'entendons faire tomber l'énorme sac et grogner : « Haan. » Je ne peux pas rester assise là pendant qu'il lutte pour les porter à l'intérieur.

— Attends une minute, Maman.

Me surprenant moi-même, je saute à terre pour aider Xavier. On prend chacun une poignée du sac pour répartir le poids entre nous.

Xavier s'arrête au pied des marches du porche. Il attend que je le regarde pour lancer :

— Je n'aurais pas dû dire ces choses sur ta mère. Je m'excuse. Parfois, j'oublie que je ne sais pas tout.

— Monsieur l'expert.

— Seulement sur certains sujets.

Il me tend la main. Ça me fait bizarre de la serrer. Maman m'a appris à faire attention aux microbes ; du coup, j'évite de toucher les gens sans une bonne raison. Et je ne me souviens même plus de la dernière fois que j'en ai eu une.

La main de Xavier est toute chaude, probablement d'avoir porté le sac. Sa paume lisse se plaque contre la mienne, et ses doigts pressent les miens avant de les lâcher. Je ne suis pas tentée de prolonger le contact ; je ne m'imagine pas assise à côté de lui, nos doigts entrelacés comme certains jeunes de notre âge. L'abandonnant là avec ses livres, je regagne le minivan pour que ma mère puisse m'expliquer une fois de plus que personne ne nous comprend.

Elle attaque dès que j'ai claqué la portière.

— Il est gentil, ce garçon. Mais un peu naïf. Je suis toujours stupéfaite par la façon dont les jeunes d'aujourd'hui se permettent d'émettre des avis et des jugements sur des choses dont ils ignorent tout. J'espère t'avoir donné une meilleure éducation que ça.

— Lui aussi, il a une maladie chronique, j'explique sur un ton volontairement neutre.

Je n'ai pas envie de défendre Xavier pour le moment, mais il est plus que qualifié pour parler d'examens de rattrapage avec ma mère.

— Je peux compatir.

Maman regarde la route, et je me tourne de nouveau vers la fenêtre. Je préférerais être ailleurs, mais peut-être qu'elle aussi ?

— Cependant, je ne suis pas certaine de l'apprécier, reprend-elle. Je n'ai rien voulu dire parce que tu étais si contente d'avoir un nouvel ami, surtout un nouvel ami si séduisant.

— Je ne qualifierais pas Xavier Barnes de séduisant.

Du moins, pas à voix haute.

— Peu importe. Tout à l'heure, j'ai failli intervenir parce que je n'aimais pas la façon dont il te parlait. Tu es une jeune fille très intelligente, Cara Jean. J'espère que tu en as conscience. Je ne voulais pas écouter votre conversation, ment-elle, mais je n'ai pu m'empêcher d'entendre quelques bribes par-ci par-là. Et j'ai remarqué qu'il employait un ton très condescendant avec toi. Comment on appelle ça de nos jours ? Du *mansplaining*. J'ai eu l'impression qu'il faisait beaucoup de *mansplaining*.

— Il me donne des cours. C'est normal qu'il m'explique des choses.

— D'accord. Si tu n'as pas l'impression qu'il te manque de respect, je ne m'en mêlerai pas. Mais je remarque que tu as tendance à te dévaluer. Je ne suis pas sûre que tu aies besoin de lui.

— Merci de me soutenir. Les séances de tutorat m'aident vraiment. Je me sens prête à retourner au lycée.

— Tout doux, Cara Jean.

Je savais qu'elle dirait ça.

Au moment où elle s'engage dans notre allée, son téléphone vibre.

— C'est probablement le docteur Eric, lance-t-elle sur un ton désinvolte.

— Quand on parle de *mansplaining*…, ne puis-je m'empêcher de répliquer sur un ton aigre.

— Il voulait passer prendre tes constantes, ce que j'apprécie. Tu as besoin d'une soirée calme après toute l'agitation d'aujourd'hui.

Je ne peux pas dire le contraire. Mes épaules sont douloureuses d'avoir passé autant de temps penchée d'abord sur mes manuels scolaires, puis sur la table de l'atelier de poterie. Sans parler de toute la tension qui s'y est logée. Mes muscles sont crispés par ma colère contenue, par mes efforts pour trouver les mots justes et m'empêcher de prononcer ceux qui auraient fait plus de mal que de bien. En descendant de voiture, je lève les yeux vers la fenêtre de ma chambre. Je m'imagine m'enfouissant sous mes couvertures et dans le moelleux de mes oreillers.

Alors que je me visualise dans mon lit, Maman pousse un glapissement aigu.

— Déjà ! Seigneur, je n'arrive pas à y croire !

Je n'ai pas l'énergie de lui demander de quoi elle parle. Je me dirige vers la porte, et elle me suit en hurlant :

— Demain, Cara Jean ! On passe à la télé demain matin ! (Elle est si excitée qu'elle flotte presque au-dessus des marches.) Il faut appeler tous les gens qu'on connaît pour leur dire de regarder. Je n'arrive pas à y croire, répète-t-elle. Ils ont dû adorer mon interview. Je ne me doutais pas qu'ils la diffuseraient si vite. J'ai eu l'impression que le courant passait bien avec les présentateurs, mais je me suis dit : *Shaylene, c'est leur métier de mettre des inconnus à l'aise pour les faire parler.* Mais j'ai senti un vrai lien se tisser immédiatement entre nous. Il m'a semblé que notre histoire les touchait droit au cœur, tu vois ? Et je ne me trompais pas. Demain matin, on va se voir à la télévision. Combien de gens peuvent en dire autant ?

Elle semble enfin remarquer mon manque de réaction.

— Tu ne dis rien. C'est la joie qui te rend muette ?

J'acquiesce vigoureusement.

— Oui, c'est une merveilleuse nouvelle. Mais tu as raison, les activités d'aujourd'hui m'ont épuisée. Je vais monter me coucher tout de suite pour pouvoir me lever en même temps que toi demain.

Maman ouvre et referme la bouche.

— Maintenant, Cara Jean ? Tu n'as même pas dîné.

— Je sais, mais de toute façon, je suis trop excitée. Je ne pourrais rien avaler.

Parfois, je me demande vraiment où je vais chercher toutes les conneries que je raconte à ma mère. Mais elle les avale avec délectation.

— Je comprends. Même si ce n'est pas très bon pour ta santé de sauter un repas. (Elle se penche pour m'embrasser.) Tu comptes appeler Xavier pour le lui dire ? demande-t-elle sur un ton détaché, comme si la réponse n'avait pas vraiment d'importance.

En fait, elle veut savoir combien il compte pour moi.

— Je ne vois pas ce que ça pourrait lui faire.

Elle se fend d'un large sourire.

— Je crois que tu sous-estimes l'intérêt qu'il te porte. Mais tu sais quoi, ma chérie ? Tu as le droit de tracer des limites. Tu ne dois rien à personne. C'est une leçon qu'on ne m'a pas apprise quand j'étais jeune, et j'espère que tu la retiendras.

J'imagine Maman à mon âge. Vêtue d'un justaucorps scintillant, elle trace de larges cercles sur la glace avec les lames de ses patins : les limites que personne ne peut franchir.

Mais ce soir, elle évolue sur un autre genre de terrain.

— Je ne vois pas comment tu vas réussir à t'endormir. Tu dois encore prendre tes pilules du soir, me rappelle-t-elle. Et la bleue te fera mal au ventre si tu as l'estomac vide.

Je me prépare un bol de granola avec du lait d'amandes, et je le mange debout devant l'évier de la cuisine. D'habtude, Maman déteste que je fasse ça, mais toute son attention est focalisée sur l'ordinateur tandis qu'elle vérifie les chiffres quotidiens de la collecte de fonds. Depuis quelque temps, elle ouvre et referme la page très vite, comme si elle avait peur que je regarde par-dessus son épaule. Elle a même installé l'app sur son téléphone, et je la vois consulter le total en douce quand on est hors de la maison. Quand elle se rend compte que je l'observe, elle se dépêche de glisser son téléphone dans sa poche comme si c'était confidentiel.

Toutes ces cachotteries, je trouve ça dingue. D'une part, je me fiche de ce qu'elle fait. D'autre part, si je voulais voir où en est la collecte de fonds, je n'aurais qu'à me connecter dans son dos. Mais je préfère ne pas savoir. De toute façon, je n'ai aucune prise sur la manière dont évoluent les choses, j'en ai bien conscience.

Quand j'ai fini de manger, Maman lance :

— N'oublie pas : pas de révisions au lit. Et dors avec ton appareil respiratoire.

Mon cœur se serre.

— Mais Maman…

— Ne fais pas d'histoires. Je l'ai nettoyé à fond ; il n'y a plus aucun risque à l'utiliser.

Le seul souvenir de la douleur me brûle les yeux. Je vais devoir rester allongée sur le dos comme une momie dans son sarcophage, et lutter pour ne pas me sentir étouffée par ma mère et ses inventions miraculeuses.

Je prends conscience que Maman n'a personne d'autre que le docteur Eric à qui annoncer la nouvelle de notre passage à la télé. Elle pourrait appeler les gens de son groupe de soutien, mais ils risqueraient d'être jaloux : une apparition dans les médias leur serait bénéfique à eux aussi. Elle ne parle plus à ses parents à cause de la manière dont ils l'ont traitée quand elle a dû arrêter le patinage. Elle n'a ni frère ni sœur, et nous ne restons pas en contact avec nos amis après avoir déménagé. Alors, la veille de son heure de gloire, ma mère reste assise seule dans notre cuisine.

Mais pas pour longtemps. À peine ai-je posé le pied sur la première marche de l'escalier que j'entends le raclement des pieds d'un tabouret sur le carrelage. Je m'attarde juste le temps d'écouter ce qu'elle va raconter dans l'épisode de ce soir.

— Coucou, guerriers de la santé ! (Sa voix rebondit sur les murs tel un ballon trop gonflé.) Vous n'allez jamais croire pourquoi je suis déjà installée devant notre humble poste de télévision…

Chapitre 18

Le lendemain matin, Maman m'annonce que mon cancer a récidivé. Enfin, quand je dis qu'elle me l'annonce… Assise sur un fauteuil en cuir bleu dans un studio de télévision local, elle le mentionne sur un ton désinvolte à Stuart Porterfield et Stella Repolet, les présentateurs de Channel 7 Sunshine. Ceux-ci ne réagissent pas avec autant d'enthousiasme que quand elle leur a montré mes photos de bébé, ou raconté des anecdotes amusantes sur les débuts de sa chaîne YouTube.

— Pardonnez-moi, vous venez bien de dire que Cara Jean n'est plus en rémission ? demande Stella en se penchant vers elle.

Ma mère de télévision baisse les yeux comme pour accorder une minute de silence à mon avenir. Près de moi, ma vraie mère fixe le poste du regard sans me donner d'explication ni faire le moindre geste pour me réconforter.

Je jette un coup d'œil au docteur Eric, à qui elle a fait la surprise quand il est arrivé ce matin à 7 heures pour prendre ma tension et me faire une prise de sang. Elle l'a conduit au salon et lui a tendu la télécommande. Pour l'instant, il est assis à l'autre bout du canapé, et il se masse les tempes comme si ce qu'il voyait lui faisait physiquement mal. La télécommande est posée sur la table basse devant lui. Je suis tentée de m'en emparer pour éteindre le poste et exiger des réponses.

Ma mère de télévision sourit courageusement.

— C'est une récidive légère. Nous avons beaucoup de chance, car un docteur extrêmement talentueux s'occupe désormais d'elle. Il pense que sa maladie est non seulement traitable, mais guérissable. C'est la meilleure nouvelle que nous avons entendue depuis très longtemps.

— Mais le cancer est un problème distinct de sa maladie auto-immune, non ? s'enquiert Stuart tandis que Stella fronce les sourcils d'un air inquiet.

— Les deux sont liés. Ce genre de complications se produit souvent avec certaines formes de cancers infantiles. Et il pourrait y avoir une composante génétique : j'ai moi-même survécu à un cancer qui a mis un terme à ma carrière de patineuse artistique.

Une photo de Maman dans une minuscule robe scintillante s'affiche brièvement à l'écran.

— Voyez-vous ça ! s'exclame-t-elle avec une surprise feinte, étant donné qu'elle a dû la fournir elle-même à l'équipe de production. Mon plus grand espoir pour Cara Jean, c'est qu'elle puisse poursuivre ses rêves au lieu de les mettre au rebut à cause de ses problèmes de santé.

S'ensuit une longue pause durant laquelle personne ne semble savoir quoi dire. Stella Repolet se ressaisit et se racle la gorge.

— Shaylene, je suis certaine que tous nos téléspectateurs se posent la même question : comment pouvons-nous vous aider ?

Tout à fait, Stella. J'aimerais vraiment le savoir. Ma mère de télévision se lance dans une présentation du site Guérir Cara, tandis que ma vraie mère l'écoute en hochant la tête.

À l'écran, Stuart lui tapote l'épaule d'un geste un peu mécanique.

— Maintenant, nous comprenons pourquoi Cara Jean n'a pas pu se joindre à nous aujourd'hui.

— Oh, elle aurait bien voulu, croyez-moi. Mais son système immunitaire le lui interdit. Son docteur tient à ce qu'elle évite de s'exposer à toute contamination potentielle.

Je calcule le nombre de portes que j'ai franchies hier, le nombre de gens que j'ai croisés durant mes petites aventures. Je visualise mes mains saisissant le gobelet de chocolat chaud au café, puis pétrissant la glaise au *Monde de la Céramique*, puis serrant celle de Xavier. Mes paumes se couvrent de sueur. Comme si elle devinait à quoi je pense, Maman me presse le bras en un geste réconfortant.

Les mains de Stella Repolet voltigent devant sa poitrine telles des hirondelles.

— Bien sûr, nous comprenons tout à fait. Vous transmettrez tous nos vœux de rétablissement à votre fille. Cara, ma chérie, si tu nous regardes, ta mère t'aime tellement! dit-elle, rayonnante, en se tournant vers la caméra.

Près de moi, Maman pose la tête sur mon épaule.

— Nous sommes tous avec toi à cent pour cent, poursuit Stella. Garde courage, continue à te battre, et que cette nouvelle année t'apporte force et guérison ! Shaylene, si Cara Jean avait pu se joindre à nous aujourd'hui, que nous aurait-elle dit ?

Ma mère de télévision agrippe les accoudoirs de son fauteuil, se penche en avant et articule avec soin, comme si elle s'était donné du mal pour mémoriser cette phrase :

— Pourquoi ne pas passer l'enregistrement afin qu'elle nous le dise elle-même ?

Je devine ce qui va suivre.

L'image familière du site Internet apparaît à l'écran, suivie de l'extrait vidéo où je rugis : « Je me sens déterminée ! » Je frémis, et Maman me presse la main.

— C'est merveilleux de l'entendre, tonne Stuart d'un air approbateur.

— N'est-ce pas ? acquiesce Stella. Après une petite page de publicité, nous parlerons de ce que nous sommes déterminés à accomplir pendant cette nouvelle année. Et vous, chers téléspectateurs : quelles sont vos résolutions ? Nous revenons juste après le message de nos sponsors.

Le docteur Eric éteint la télé avant que les sponsors aient pu placer un seul mot. Nous fixons tous la table basse des yeux, comme si nous n'osions pas nous regarder. J'en profite pour briser la glace d'un :

— Alors comme ça, j'ai un cancer ?

Le docteur Eric s'efforce de se montrer rassurant.

— Cara, les subtilités de ton diagnostic seraient difficiles à comprendre pour quelqu'un qui n'a qu'une expérience et une éducation limitées.

— Mais Maman vient de le dire à la télé.

Ma mère s'est précipitée à la cuisine, dont elle revient avec son porte-bloc. Elle feuillette tous les papiers qui y sont accrochés.

— J'ai des résultats d'analyses qui illustreront ce dont parle le docteur Eric.

— Les chiffres ne lui diront rien, objecte ce dernier en se tournant vers moi. Ta mère avait besoin de décrire les problèmes que tu affrontes en des termes simples qui généreraient une réaction optimale. Ce qui a été le cas. Elle a été formidable, n'est-ce pas ? Elle a très bien résumé la situation. (Il reporte son attention sur elle.) Je n'aurais jamais dû douter de tes capacités à t'exprimer au nom de Cara Jean.

Maman se rengorge. Mais je ne comprends toujours pas.

— J'ai un cancer, oui ou non ?

Je dévisage ma mère en quête d'une réponse, mais c'est le docteur Eric qui prend la parole.

— Tâchons de rester calmes. L'hystérie n'aidera personne. Cara, tu n'es pas plus malade qu'hier, ou que les semaines et les mois qui ont précédé. C'est une question de vocabulaire. Ton taux de globules blancs est élevé, ce qui indique une infection généralisée. Combiné à ton histoire médicale, cela nous laisse penser à une récidive.

Je me tourne vers ma mère.

— Et c'est comme ça que tu as décidé de me l'annoncer ?

Maman fixe l'écran éteint de la télévision comme si elle regrettait de ne plus s'y voir.

— Tu savais que tu avais dit ça. Quand tu es rentrée du studio, tu te souvenais forcément de la question qu'ils t'avaient posée et de la réponse que tu leur avais faite. Tu ne crois pas que tu aurais pu m'en parler ? Tu pensais peut-être que ça me ferait plaisir de l'apprendre de cette façon ?

— Évite de t'en prendre à ta mère qui travaille si dur pour te fournir les meilleurs...

Mais je refuse d'écouter.

— Pourquoi je ne suis pas à l'hôpital ? Je veux aller à l'hôpital !

Maman grimace et s'arrache enfin à la contemplation du poste.

— Non, tu ne veux pas. Je t'ai déjà expliqué pourquoi l'hôpital est dangereux pour une patiente dans ton état. Tu veux des réponses, et nous faisons de notre mieux pour te les fournir.

— Eh bien, c'est raté.

Le docteur Eric se penche vers moi.

— Doucement. Ne parle pas à ta mère sur ce ton.

Je tourne la tête vers lui si vite que mes tempes palpitent de douleur.

— Et si vous vous mêliez de vos affaires, au lieu d'essayer de prendre la place de mon…

— Tu as raison, coupe Maman. J'aurais dû faire mieux. Mais au début, on n'était pas sûrs, et j'ai fait le choix de te protéger contre les découvertes d'Eric. Je ne voulais pas t'effrayer. Tu avais l'air si motivée par tes études, tes nouveaux amis… Je ne veux plus que cette maladie te prive de tout ce qui compte pour toi, Cara Jean. Je ne m'explique pas pourquoi j'ai lâché ça pendant l'interview. Ça devait me travailler de garder un secret pareil. Ce n'est pas ainsi que je gère les choses d'habitude. Et après, j'ai dû refouler ça dans un coin de mon esprit. Mais j'ai eu tort de ne pas te préparer. Je n'ai pas réfléchi à ce que tu ressentirais en regardant l'émission. Je suis vraiment désolée.

Parfois, je voudrais que les gens cessent de s'excuser. Maman dit les mots qu'il faut, et elle paraît sincère. Mais je voudrais qu'elle me laisse être fâchée contre elle. Mes mains tremblent encore de colère, et maintenant, je suis censée lui pardonner – sinon, c'est moi le monstre.

— Cara Jean devrait être capable de le comprendre, lance le docteur Eric.

Nous tournons la tête d'un même mouvement pour le foudroyer du regard. Il lève les mains.

— D'accord, d'accord. Je vois que ma place n'est pas ici. Et si j'allais plutôt rendre visite à mes autres patients ? Plus tard, quand nous aurons tous eu le temps de nous calmer, nous répondrons aux questions de Cara Jean et discuterons ouvertement des options de traitement. Ce sera un progrès, non ?

Je fonce vers l'escalier sans me retourner quand il m'appelle. Que ma mère se charge de le rassurer et de le persuader de sa propre importance. Moi, je me réfugie dans ma chambre. Pelotonnée sous mes couvertures, je tente d'assembler les fragments que j'ai réussi à trouver. Je dresse la liste des preuves sur lesquelles je veux mettre la main : le porte-bloc de Maman avec les résultats d'analyses de ces dernières semaines, la fiche qu'elle a insisté pour rapporter de l'hôpital, et même la carte de visite du docteur Abidi. Il me semble que si je peux apporter tout ça à quelqu'un, il m'aidera à comprendre ce que ça signifie. Xavier Barnes pourrait étudier mon cas, ou au moins m'aider à prendre un autre rendez-vous avec le docteur Abidi, vu que Maman a annulé le premier sous prétexte que je n'avais besoin que du docteur Eric.

Mais le mot « cancer » me suffoque. Les courbes de ses lettres sont pareilles à des serpents venimeux qui s'enroulent autour de mon cou et de ma taille. Allongée dans mon lit, je palpe mon corps en quête de la source du mal, de l'endroit pourri. Rien ne me semble particulièrement douloureux ; je suis juste fatiguée comme d'habitude, et en proie à une panique grandissante.

Dès que j'entends sonner mon téléphone, je sais que c'est Xavier qui m'appelle. Il a dû voir le reportage. Peut-être que sa mère aime allumer la télé le matin, pour avoir un bruit de fond pendant qu'elle prépare le petit déjeuner. Ils devaient parler des cours d'été auxquels Xavier envisageait de s'inscrire. Je l'imagine levant les yeux vers le poste et se figeant.

— Une minute. Maman, ça ne serait pas Mme Wakely ?

Il aura des questions, et il exigera des réponses. Et je ne doute pas que cette interview n'aura fait que renforcer sa piètre opinion de ma mère.

Je m'extirpe de mon lit pour aller prendre mon téléphone sur la commode et jette un coup d'œil par ma porte privée de battant afin de m'assurer que Maman est toujours en bas. Je m'enfouis sous les couvertures pour lire à l'abri des regards. Mais le message est bref : *Je dois annuler notre séance d'aujourd'hui. Désolé.* Pas de blague, pas d'émoji. Juste une phrase soigneusement neutre.

Ce qui ne signifie pas que Xavier n'a pas regardé Channel 7 Sunshine. Je le sais bien. Mais ça signifie peut-être qu'il n'a pas cru ce que racontait ma mère, ou qu'il pense que je lui cache des choses depuis le début. Je souffle sous les couvertures et respire l'odeur de renfermé. Il n'est même pas 9 heures. Maladie potentiellement fatale ? Confirmée. Séance de tutorat avec petit ami éventuel ? Annulée.

Le dernier jour de l'année restera dans les annales.

Je ne suis pas la seule à me faire poser un lapin le jour du réveillon du Nouvel An. Le docteur Eric ne repasse pas à la maison. Je sais que ça contrarie Maman parce qu'elle n'arrête pas de regarder son téléphone et de lever les yeux vers la pendule de la cuisine. Mais elle n'en parle pas.

Quand elle me demande à quelle heure Xavier compte venir, je lui dis juste que je ne me sens pas en état d'étudier aujourd'hui. En réalité, je travaille quand même en douce pendant qu'elle observe l'inévitable coup de fouet à la collecte de fonds.

— Essaie de lâcher prise sur ta peur, Cara Jean, me demande-t-elle pendant le dîner.

Elle a préparé du poulet grillé avec de la sauce piquante à la mangue, et je trouve ça marrant qu'elle pense pouvoir rattraper le pire jour de ma vie avec de la bouffe mexicaine maison.

— Tout ce qu'on sait sur la guérison indique que garder le moral et rester positive joue énormément.

Je prends une grande inspiration et me lance. C'est maintenant ou jamais.

— Dans ce cas, je voudrais passer mes examens de rattrapage. Ça me donnerait un objectif sur lequel me concentrer, une raison de rester optimiste. Tu ne t'en rends peut-être pas compte, mais gérer cette collecte de fonds te fait beaucoup de bien.

Maman écarquille des yeux surpris, et je me hâte d'ajouter :

— Bien entendu, tu le fais pour moi, et j'apprécie. Mais ça t'apprend plein de choses. Ça t'a poussée à créer un site Internet et à passer à la télévision. Je trouve ça inspirant.

Maman coupe sa viande avec assez de frustration contenue pour que son couteau crisse sur l'assiette.

— Je ne crois pas que ce soit le bon moment, Cara Jean. Nous devons économiser ton énergie et nos ressources.

— Ça me permettra de canaliser ma nervosité. Et Xavier ne nous fait pas payer ses services. Mais quand les cours reprendront, il aura moins de temps libre.

— Je doute qu'il laisse ce problème l'empêcher de venir te voir.

Je choisis d'ignorer ce commentaire et insiste.

— Je me sens prête, et j'apprécierais que tu croies en moi. (Et puis, parce qu'au point où j'en suis, autant mettre le paquet :) On pourrait tourner un épisode sur les examens de rattrapage. Je pense que ça intéresserait nos abonnés.

— Beaucoup de leurs enfants sont scolarisés à la maison, contre Maman.

Et si je manque de prudence, je risque bien de grossir leurs rangs.

— Mais ils doivent passer les examens standardisés, donc ça peut leur parler quand même.

Elle acquiesce pensivement et pose son couteau.

— Oui, ça pourrait faire un très bon épisode qui reprendrait les thèmes récurrents du soutien scolaire et des aménagements pour les élèves malades. Mais je ne peux pas me contenter d'en parler à ta place. Il faudrait que tu participes activement.

— Je sais, dis-je en m'efforçant de dissimuler mon excitation.

Quand Maman sort son carnet à spirale et se met à noter des idées, je sais que j'ai gagné la partie.

Après le dîner, nous nous adonnons à notre vieille tradition du Nouvel An : regarder la boule tomber à Londres, cinq heures avant minuit pour nous. Nous tapons sur des casseroles, portons un toast avec du jus de pomme bio et regardons les feux d'artifice exploser au-dessus de la Tamise sur BBC America.

— Bonne année, Cara Jean ! s'écrie Maman.

Et c'est un moment plutôt chouette.

Je prends ostensiblement mes constantes et mes médicaments devant elle, même si je voudrais réviser encore un peu dans mon lit. Je commence par la biologie, et je suis en train de faire des fiches d'histoire quand mon cerveau commence à s'embrumer.

Le P'tit Génie m'envoie un texto vers 21 heures. *Salut. Tout va bien ? Désolé de t'avoir fait faux bond.*

J'attends quelques minutes avant d'envoyer une réponse au détachement étudié : *Pas de souci. Je suis une fille brillante de toute façon.*

J'ai eu une crise de douleur ce matin, mais ça va mieux maintenant.

Je tiens mon téléphone dans ma main comme une créature fragile que je risquerais d'écraser, et je cherche la bonne réponse. *Contente de l'apprendre.* Puis, parce que je veux mieux comprendre ce qu'il traverse : *À quoi ressemblent tes crises ?*

Les petits points clignotent un long moment.

Vivre dans la douleur permanente, c'est une expérience très solitaire. On se sent emprisonné dans son propre corps, et on pense que personne ne peut comprendre. La compassion n'aide pas. Au début, on se réjouit que les autres fassent attention, qu'ils se soucient de nous. Parfois, on essaie de leur décrire ce qu'on éprouve. Parfois, on laisse tomber le masque pour révéler nos traits creusés par la souffrance. Puis on voit leur regard devenir flou et se fixer sur un point au-delà de nous. Et au fardeau déjà incessant de notre douleur, il faut ajouter la culpabilité de perturber notre entourage.

Je décide d'écouter Xavier mieux que ne le ferait une personne bien portante, et j'attends patiemment sa réponse.

C'est comme si on me pulvérisait les os de l'intérieur. Ça affecte surtout mes bras et mes jambes. Si ça se déclenche dans le bas de mon dos, généralement, il faut que j'aille à l'hôpital.

Qu'est-ce qui te soulage ?

Les compresses chaudes, les exercices de respiration. J'essaie de ne pas prendre d'antidouleur.

Quand je lis ça, mes épaules se crispent, et je me recroqueville sur moi-même. Mais Xavier ne me critique pas : il répond juste à ma question. Les trois petits points clignotent de nouveau, et il me demande : *Comment se passent tes révisions ?*

Bien ! Je crois que j'ai tout balayé. Puis, pour lui prouver que j'ai écouté ce qu'il m'a dit hier : *Bonne nouvelle. Ma mère a accepté de planifier mes examens de rattrapage.*

Comment tu l'as convaincue ?

Je ne veux pas lui dire qu'elle culpabilise pour la façon dont elle m'a annoncé que mon cancer était de retour. Alors, je réponds :

Je te l'ai déjà dit : je suis une fille brillante.

On ne se souhaite pas la bonne année, ni rien d'aussi sentimental. On parle de mes fiches d'histoire, et on se donne rendez-vous demain. De temps en temps, je tends l'oreille pour vérifier que Maman est toujours en bas. Elle se posera des questions si je ne dors pas encore quand elle montera se coucher.

Quand la somnolence induite par les médicaments surpasse l'excitation de notre échange, je mets mon téléphone en mode silencieux, et je glisse mes fiches sous mon oreiller au cas où leur contenu pourrait imprégner mon cerveau pendant la nuit.

Si j'étudiais ma propre vie, je ferais peut-être une fiche pour cette soirée. Je l'intitulerais *La fois où j'ai su écouter un ami*. C'est quelque chose de tout nouveau et de très important pour moi, une occasion à marquer d'une pierre blanche. Pour la première fois depuis une éternité, je respire librement malgré le masque accroché sur mon visage.

Chapitre 19

Apparemment, ma mère a pardonné au docteur Eric de lui avoir posé un lapin le dernier jour de l'année, parce que le lendemain, ils décident de faire front commun. Après m'avoir pesée, avoir pris mon pouls, ma température et ma tension artérielle, l'homme au chignon dont ma mère accepte l'avis sans poser de questions me prélève six seringues de sang.

Maman me tend un shake de protéines aux épinards, et le docteur Eric me rappelle que c'est important de remplacer le fer que je viens de perdre, comme si c'était la première fois qu'on me faisait une prise de sang. Puis on s'assoit tous les trois à la table de la cuisine, comme pour le conseil d'administration d'une entreprise au bord de la faillite.

Il s'avère que la compagnie en faillite, c'est moi, et que le docteur Eric est la stratégie radicale que nous avons décidé d'employer pour me maintenir à flot.

— Nous avons tous déployé des trésors de patience ces derniers temps, commence-t-il.

Un compliment. Je devine que la suite sera moins plaisante.

— Cara, je sais que c'est dur d'avoir quatorze ans et d'être confrontée à ses limites physiques alors qu'on a soif d'indépendance et de nouvelles expériences. C'est normal que tu sois d'humeur un peu rebelle en ce moment. C'est un stade logique de ton développement. Mais dans ton cas, cette rébellion pourrait t'être fatale.

Maman paraît consternée.

— Ça a dégénéré drôlement vite, je constate. (Puis, parce que j'ai résolu de me montrer plus coopérative et de me rabattre moins souvent sur le sarcasme :) Ma mère et moi avons eu une longue conversation hier soir, pendant que vous vous occupiez de vos autres patients. On a planifié un nouvel épisode et décidé d'organiser mes examens de rattrapage.

Maman se mord la lèvre et évite mon regard. Je me sens comme la P.-D.G. qui comprend qu'elle va bientôt pointer au chômage.

Mais le docteur Eric répond :

— Pas de problème, Cara. Ton éducation et votre chaîne YouTube ne concernent que ta mère et toi. Je n'ai pas à intervenir dans ces deux domaines. (Apparemment, lui aussi a pris de bonnes résolutions.) Mais je continuerai à te mettre en garde contre la fatigue qui peut être une ennemie de la santé.

— Eric pense que nous ne prenons pas tes résultats d'analyses suffisamment au sérieux, intervient Maman. Il veut juste que tu comprennes pourquoi tu risques de te sentir plus mal dans les semaines à venir.

Mon docteur acquiesce.

— Les mois, peut-être.

— À cause de ce dont on a parlé hier ? je demande. Le nouveau diagnostic ?

— En partie, répond Maman. Mais les médicaments pour lesquels nous avons opté visent à éradiquer les cellules malades. Ils peuvent aussi s'attaquer par erreur aux cellules saines.

— Accidentellement plutôt que par erreur, corrige le docteur Eric. Il s'agit d'un risque calculé.

Je sais que ma mère aussi a été très malade autrefois. Elle parle de sa guérison avec émerveillement, comme si elle avait du mal à croire qu'on lui a accordé le miracle d'une santé à peu près correcte. J'ai vu des photos d'elle presque squelettique, avec de gros cernes noirs. Ou le visage gonflé par un de ses traitements. Je me force à m'en souvenir ; sinon, je la croirais incapable de comprendre combien j'en ai assez de gérer ma maladie, et je lui en voudrais de m'en demander toujours plus.

Et puis, je pense à Xavier Barnes qui met des compresses chaudes sur ses jambes, qui fait des exercices de visualisation et qui attend que la douleur passe. Les bons jours, il cherche un moyen d'empêcher que les mauvais jours se répètent. Je trouve que ce n'est pas un si mauvais plan.

— De toute façon, je n'ai pas le choix, non ? je lance.

Maman semble étrangement soulagée.

— Je vais retourner à l'hôpital ?

Comme je m'y attendais, elle secoue la tête.

— Tu sais que Xavier aussi a un gros problème de santé. Ses parents auront peut-être un docteur à nous recommander. Pas pour vous remplacer, docteur Eric. Je sais que vous travaillez très dur sur mon cas, mais ça aiderait probablement d'avoir toute une équipe sur qui compter.

J'ai dit ça sans regarder le médecin dont je ne connais même pas le nom de famille. Au lieu de ça, je dévisage ma mère en quête d'un signe qu'elle a bien réfléchi avant de remettre sa confiance et ma santé entre les mains de cet homme.

Le docteur Eric a un sourire bienveillant.

— Je crois aux vertus du travail d'équipe, Cara. Ta mère et moi sommes très efficaces ensemble. Et crois-moi, je n'opère pas seul. Je collabore étroitement avec d'autres professionnels de la santé, et j'ai débattu de ton cas avec plusieurs collègues dont je respecte l'avis. Mais j'applaudis ton implication, et je me réjouis que Xavier et toi ayez pu échanger sur vos problèmes respectifs. Néanmoins, il faut rester prudents. Je peux te demander de quoi il souffre exactement ?

Lui répondre reviendrait-il à trahir les confidences de Xavier ? Je décide que non : contrairement à moi, il n'a pas honte de sa maladie.

— Il a une anémie à hématies falciformes.

— Je vois, glousse le docteur Eric. C'est super que vous puissiez compatir mutuellement à vos problèmes. L'équipe médicale de Xavier doit se focaliser sur la thérapie génique. C'est le seul traitement prometteur pour ce dont il souffre. Pour toi, c'est différent. As-tu entendu parler de chimiothérapie ?

Il n'a toujours pas prononcé l'autre mot en C. Je déglutis.

— Oui. C'est un traitement qu'on injecte dans le sang à l'hôpital, pas vrai ?

— Ça l'était autrefois. Mais la médecine ne cesse de progresser. Nous avons beaucoup de chance. Désormais, nous pouvons administrer une chimiothérapie par cachets que le patient prend tranquillement chez lui.

— Ça s'est beaucoup amélioré depuis que j'étais malade, commente Maman comme si j'étais une petite veinarde.

Le docteur Eric opine.

— C'est vrai, mais ça reste un protocole difficile à supporter, qui s'accompagne d'effets secondaires importants : nausées, léthargie, douleurs articulaires…

— Tu te souviens de ta dernière chimiothérapie, Cara Jean ? interroge Maman.

La bouche sèche, je secoue la tête.

— Tu as toujours dit que ça m'avait fait beaucoup de mal, et que c'était en partie responsable de mes symptômes actuels.

— C'est compliqué. On parle de substances chimiques. Il est impossible de prévoir comment réagira notre organisme, qui est une machine si complexe. Mais jamais je n'aurais choisi de refuser la chimio. Ce n'était pas possible.

Elle quête du regard l'aide du docteur Eric.

— Il est possible que certains des symptômes qui t'affectent aujourd'hui découlent des traitements que tu as reçus autrefois. Mais c'est impossible de l'affirmer avec certitude. Ton système immunitaire est si défaillant… Nous devons refaire une chimio. C'est le seul moyen d'empêcher ta maladie de progresser. Tu comprends, Cara ?

— Oui.

— Il existe d'autres effets secondaires qui seront difficiles à encaisser pour une adolescente. Par exemple, il est probable que tu perdras tes cheveux.

J'ouvre grand les yeux, comme une poupée qu'on aurait laissée tomber et rassise brusquement.

— Pardon ?

Ma mère se penche vers moi par-dessus la table.

— Tu te souviens quand tu étais petite ? (Elle renifle et prend un Kleenex dans la boîte sur le comptoir.) Tes cheveux sont tombés, il ne t'en restait plus que quelques touffes éparses, dit-elle en se tamponnant les yeux. Tu étais toujours aussi mignonne, mais tu avais l'air si triste quand tu tirais dessus !

Je tente de me rappeler.

— Ma tête me démangeait souvent. Mais ils ont fini par repousser, pas vrai ?

Je glisse une mèche derrière mon oreille et en profite subrepticement pour vérifier sa longueur.

— Bien sûr qu'ils ont repoussé. Et ils repousseront encore.

Le docteur Eric se lève et baisse les yeux vers nous.

— Merci de nous avoir écoutés, Cara. Nous sommes tous d'accord. Je vais donc rédiger une ordonnance et commander les médicaments.

Maman plante son regard dans le mien comme si elle craignait que je refuse.

— Je n'ai pas le choix, pas vrai ?

— Non.

— Alors d'accord.

— Mais je te préviens, c'est un traitement très coûteux, et complètement inefficace si on le prend de façon irrégulière...

— Je ferai attention.

— Ravi de l'entendre.

Le docteur Eric se dirige vers la porte et récupère son manteau. Il se sent parfaitement à l'aise chez nous ; il débarque quand il veut, et nous lui laissons même une patère libre dans l'entrée.

— Pourquoi ça revient si cher ? je demande alors qu'il tire une écharpe en tricot de sa manche.

— Pardon ?

— Si j'ai besoin de ce traitement, pourquoi notre assurance ne le rembourserait pas ? La chimiothérapie, c'est de la médecine traditionnelle, non ? Personne ne considère ça comme expérimental ou alternatif.

Il ricane tout bas en s'entourant le cou de son écharpe.

— Shaylene, tu vas devoir lui répondre à ma place. Je n'ai pas le temps de lui expliquer les défaillances ahurissantes de notre système de santé. Désolé, Cara, je ne saurais même pas par où commencer.

Il claque des talons en nous faisant un salut militaire, comme s'il se contentait d'exécuter nos ordres depuis le début.

— Mesdames, je vous laisse.

Il sort. Je me tourne vers ma mère pour qu'elle m'explique le problème avec notre assurance maladie. Au lieu de ça, elle lève le menton, carre les épaules et lance :

— On devrait te couper les cheveux.

— Pourquoi ?

— Parce que ce sera trop difficile de les regarder tomber. Je ne veux pas que tu t'infliges ça. Pas une seconde fois. Pas à ton âge. Des mèches entières échouées sur le carrelage de la salle de bains, bouchant la bonde de la baignoire… C'est horrible. Des tas de filles portent les cheveux courts, ma chérie. Avec tes pommettes, une coupe pixie, ça t'ira très bien.

Soudain, Maman parle comme une journaliste du magazine *Seventeen*.

Elle sort de la cuisine tandis que je reste figée sur ma chaise, incapable de comprendre son raisonnement. Je l'entends déblatérer au sujet des critères de beauté et des looks dramatiques. Puis elle revient avec une serviette de toilette drapée sur un bras et des ciseaux dans l'autre main. Je proteste :

— On ne pourrait pas au moins aller chez le coiffeur ?

Elle a le toupet de prendre un air blessé.

— J'ai toujours coupé tes cheveux moi-même.

— Tu as toujours raccourci mes cheveux. Ce n'est pas que je ne te fasse pas confiance, Maman, mais un professionnel pourrait peut-être me faire une coupe plus flatteuse pour ma forme de visage. Ça m'aiderait à accepter.

J'entends des trémolos dans ma voix, et je m'efforce de ravaler les larmes qui menacent. Un étau me comprime la poitrine et les poumons. Mon pouls accélère ; la tête me tourne.

— Ton visage a une très belle forme. Tu veux vraiment aller chez un coiffeur et expliquer à un parfait inconnu pourquoi tu dois te couper les cheveux courts ? Tu veux vraiment prononcer ces mots à voix haute et voir la réaction des autres clients ? Je sais que tu détestes être au centre de l'attention.

— Ça ne m'embête pas de regarder tomber mes cheveux au début. Attendons encore un peu. Je te promets de ne pas faire d'histoires plus tard.

— Crois-moi, ça ne deviendra pas plus facile, dit-elle de sa voix apaisante d'infirmière. Ça ne te ressemble pas de te dérober à un défi. Sois courageuse et finissons-en.

De nouveau, je visualise un caillou au fond d'un torrent. Il ne cherche pas à lutter contre le courant qui déferle sur lui : il se contente d'endurer la pression et de rester lui-même. Maman ne considère peut-être pas ça comme une punition, mais je sais de quoi il retourne. Le docteur Eric a pris mon sang, et elle va prendre mes cheveux.

Je me lève et, l'espace d'une folle seconde, j'envisage de m'enfuir. J'imagine mes jambes pompant, mes pieds martelant le bitume. Je pourrais atteindre Main Street. Puis j'imagine ma mère roulant lentement près de moi et m'ordonnant de monter dans la voiture. Où je pourrais bien aller ? De quel choix je dispose ?

Maman traîne un tabouret au milieu de la pièce. Je m'assois comme on capitule. Elle me laisse tresser mes cheveux pour les couper plus vite.

— Je pourrais leur donner une meilleure forme si tu les laissais pendre, objecte-t-elle néanmoins.

— Inutile de leur donner une meilleure forme s'ils doivent tomber de toute façon.

Les mains tremblantes, je divise ma chevelure en trois parties que j'entrelace soigneusement. Ça me fait penser aux tresses de Manuela qui brillent dans la chaude lumière de l'atelier de poterie, d'un noir si intense qu'elles semblent presque bleues.

Ça fait longtemps que je n'ai pas porté mes cheveux attachés. J'ai toujours l'impression que ça tire sur mon cuir chevelu et que ça aggrave mes migraines. Mais mes doigts d'abord maladroits gagnent vite en assurance.

Je tente d'incorporer toutes mes émotions à ma tresse. J'y mets ma peur, mon inquiétude, mon ressentiment et ma rage. Toute la tendresse que j'ai pour ma mère et toute mon impuissance. Comme ça, en la coupant, ma mère me débarrassera de toutes mes faiblesses. Voilà sur quoi je me concentre.

Ma tresse est plus longue que je ne m'y attendais. Elle me paraît lourde entre mes omoplates. Je sens son poids s'alléger, et je comprends que Maman vient de la soulever d'une main.

Elle n'arrive pas à couper net : ma tresse est si épaisse qu'elle lutte pour fermer les ciseaux. Je sens son souffle dans ma nuque tandis que les lames déchiquettent mes cheveux telles les dents d'une scie. Elle les a positionnées le plus près possible de mon crâne, et je sens le froid du métal contre ma peau.

Puis elle tire d'un coup sec, et soudain, ma tête semble plus légère. Je me retourne, baisse les yeux et vois ma tresse dans la main de ma mère. Elle la tient comme une chose répugnante, ou un pistolet qu'elle m'aurait arraché. Je l'entends pousser un soupir de soulagement dans mon dos.

— C'est bon, ma chérie. C'est terminé.

Je saute à terre et tends la main vers elle. Ma mère recule comme si elle avait peur.

— Je peux avoir ma tresse, s'il te plaît, dis-je sur un ton robotique qui n'est pas du tout celui d'une question.

— Si tu veux. Mais laisse-moi d'abord égaliser dans la nuque. Ça a été plus difficile que prévu de tout couper ; je suis allée un peu de travers.

Je secoue la tête, et elle n'insiste pas. Elle me remet ma tresse, dont l'extrémité sectionnée commence déjà à se défaire. Quelques mèches se sont échappées et gisent par terre.

— Où vas-tu ? demande Maman, ébranlée et un peu effrayée.

Je me détourne et monte l'escalier, le dos bien droit et les bras ballants. Je ne lui donne pas la satisfaction de me voir lever la main et palper ma nuque en quête de mes cheveux disparus.

Je n'ai même plus de porte à claquer en entrant dans ma chambre. Alors, je me dirige vers ma commode, ouvre le tiroir du haut et enfouis ma tresse sous une pile de vieux tee-shirts avant de refermer sans faire de bruit. Je ne veux pas que ma mère sache où je l'ai cachée. J'enlève mon drap du dessus et j'en recouvre le miroir. Puis je m'assois sur mon lit et je commence à réviser.

J'ai du pain sur la planche.

Chapitre 20

Après le déjeuner, j'envoie un texto à Xavier. *Tu viens toujours à 14 heures pour me faire réviser ?*

Oui. Tu l'auras, ton tutorat.

Je pousse un grognement. Quelque part à l'autre bout de la ville, dans sa belle maison avec sa tête pleine de cheveux, Xavier Barnes mime un pistolet avec ses doigts – j'en suis certaine.

Il faut que tu me promettes quelque chose.

Les trois petits points ne clignotent pas longtemps.

D'accord.

Tu ne me poses pas de question sur mes cheveux.

Euh, si tu veux.

Jure.

Je jure.

Xavier Barnes tient parole. Quand on sonne à la porte, je dévale l'escalier et vais ouvrir avec toute l'énergie que je peux mobiliser.

— Bonne année ! je crie comme font les gens dans les films, le 31 décembre à minuit.

Je fais coucou à Mme Barnes dans sa voiture et m'efface pour laisser entrer Xavier. Puis j'attends l'expression horrifiée qui va forcément se peindre sur son visage. Mais il se contente d'écarquiller les yeux et d'entrouvrir la bouche avant de se ressaisir très vite.

— Bonne année, Cara Wakely.

Il ne me pose aucune question.

Maman sort de la cuisine avec un plateau de trucs à grignoter et deux bouteilles d'eau.

— Merci ! dis-je avec un enthousiasme forcé.

Elle nous dévisage tour à tour, Xavier et moi, et je vois bien qu'elle se demande si elle devrait lui expliquer ma nouvelle apparence. Je ne me suis toujours pas regardée dans une glace.

Au lieu de ça, elle lui parle de la vidéo qu'on prévoit de tourner sur mes examens de rattrapage. Je l'interromps assez vite en prétextant qu'on doit se mettre au travail. Elle opine.

— Je t'apporte tes cachets dans une demi-heure. Je sais qu'ils risquent d'affecter ta concentration, mais nous avons discuté de l'importance de les prendre à heures fixes.

— Je comprends. Je me débrouillerai.

Xavier évite de lever les yeux vers moi pendant un long moment. J'imagine que ma nouvelle coupe n'est pas belle à voir. Ça me blesse un peu, mais ce n'est pas comme si je cherchais à lui plaire de toute façon. Puis il lâche :

« J'avais complètement oublié cette histoire de "guerriers de la santé" », et ça ne me dérange pas qu'il se moque. J'ai même envie de l'encourager. Au lieu de ça, je proteste : « Arrête ! », parce que je sais que c'est la réaction qu'il attend. On évite de rire trop fort au cas où ma mère écouterait.

À 14 h 29, le téléphone de Xavier s'allume, et je désigne mes fiches pour lui indiquer que je peux continuer à travailler seule s'il doit prendre un appel. Mais il tapote l'heure de l'index avant de faire un signe du menton vers la porte. Et de fait, ma mère entre une minute plus tard. Elle apporte mes cachets dans un gobelet en carton, plus un smoothie.

— Comment vont les jeunes bûcheurs ? Xavier, tu veux un shake de protéines à la pomme et aux épinards ?

— Non, merci. Ça a l'air super pour les neurones, mais je n'ai pas soif.

— Trop de légumes pour toi ?

— Pas du tout, j'adore les légumes, madame Wakely.

— Cara Jean a eu une prise de sang ce matin. Donc, je surveille son niveau de fer.

— Logique.

Xavier reste poli mais ne se donne pas de mal pour faire la conversation.

Tout en finissant de boire, je lui prouve que je suis prête à repasser l'examen d'algèbre sans beugler une seule ligne de Céline Dion.

— Tes réponses sont correctes, mais je vais te montrer un autre moyen d'y parvenir.

Puis il retourne une feuille de papier et écrit en lettres minuscules : « Ça va ? » Comme je ne réponds pas, il souligne les mots d'un crayon insistant. Je le fixe des yeux. Il soutient mon regard. Je hoche la tête. Il désigne sa question. J'opine de nouveau, et il l'efface avec une gomme. J'ignore à quel point Mme Barnes est sévère, mais une chose est sûre : Xavier sait agir en douce.

« Qu'est-il arrivé à tes cheveux ? » écrit-il encore plus petit. Instinctivement, je porte une main à ma nuque, et des larmes jaillissent du coin de mes yeux. Nous restons assis en silence un moment avant qu'il souligne sa question.

— Tu m'avais promis de ne pas demander, je lui rappelle sans même baisser la voix.

Il acquiesce rapidement et efface tout.

— D'accord. Si tu préfères ta méthode, garde-la. Mais juste au cas où tu stresserais pendant l'examen et où la panique te ferait oublier ce que tu as appris, je vais te montrer une troisième méthode de parvenir au bon résultat.

Sa bouche parle d'algèbre, mais ses yeux racontent une tout autre histoire. Cette fois, il effleure à peine le papier avec son crayon. « Si jamais tu as besoin d'aide, appelle ou envoie-moi un texto. Je viendrai te chercher avec ma mère. Papa est avocat. Il saura quoi faire. »

Je hoche la tête, mais c'est juste pour le rassurer. Comme lui quand je l'interroge sur ses crises de douleur et qu'il me dit qu'il peut gérer. Il efface soigneusement son dernier message, et on passe à la biologie. On révise les nouvelles sur lesquelles portera mon examen d'anglais, et il me fait comparer chacune d'elles à *Antigone.*

— C'est ça, le sujet de l'essai ?

— Je ne peux pas te le dire. Ça te donnerait un avantage injuste.

— Je suis sûre que c'est le sujet. Je vais faire un plan pour m'avancer.

— Tu perdras ton temps. Durand t'aime bien, mais il te donnera un autre sujet.

Nous travaillons encore trois quarts d'heure. J'arrive à rester concentrée et alerte ; j'enchaîne les matières comme un boxeur les coups de poing pendant une séance d'entraînement. Xavier me fait réciter les dates d'histoire et m'interroge sur le vocabulaire de biologie. À la fin, il me demande :

— Et pour le japonais ?

— Je suis au point.

— Tu en es sûre ?

— Tu n'as pas pris japonais. Tu ne peux pas m'aider dans cette matière.

Il sourit.

— Pour toi, Cara Wakely, je serais prêt à apprendre.

Dès la fin des vacances, Maman et moi planifions mes examens de rattrapage avec M. Brinks et mes profs. Je me plante devant notre calendrier, le tableau blanc effaçable en haut duquel Maman a écrit « JANVIER ». Jusqu'ici, je n'avais jamais remarqué que nos journées se composaient presque exclusivement de prises de médicaments. Je suis certaine que les autres familles notent les pique-niques et les entraînements de foot, les leçons de violon et les soirées pyjama. Mais notre emploi du temps se résume à gérer ma maladie.

J'ai calculé que si tout le monde reprenait les cours le mardi, je devrais commencer mes examens le mercredi matin. Comme ça, je pourrai passer deux matières par jour, une le matin, une l'après-midi, et avoir terminé à la fin de la première semaine.

Par ailleurs, Maman et moi avons rédigé une requête assez inhabituelle pour M. Brinks :

« Le récent reportage télévisé sur notre famille vous en a peut-être appris davantage sur les problèmes de santé de Cara. Afin de montrer le soutien que vous, ses professeurs et ses camarades lui avez généreusement témoigné, nous vous demandons la permission de laisser un caméraman filmer Cara quand elle passera ses examens. »

À ma grande surprise, il a accepté.

Ma routine matinale a été quelque peu modifiée. Maman continue à noter les médicaments que je dois prendre sur notre calendrier, mais depuis qu'on a parlé de chimio, la liste s'est allongée. Des noms que je ne connais pas ont fait leur apparition, accompagnant des cachets encore plus durs à avaler.

Tout mon corps me semble à la dérive. Parfois, j'arrive encore à tenir debout pendant que je regarde dans le frigo ou que je me prépare une tasse de thé au comptoir. Parfois, je me rends compte que je penche sur le côté. Je bois le plus possible comme si cela pouvait chasser les produits chimiques de mon organisme avant qu'ils provoquent des effets secondaires. Les aliments n'ont plus de goût, et l'intérieur de ma bouche a une odeur aigre. Mon cœur bat trop vite, comme si j'avais tout le temps peur.

Mais les carrés du calendrier ne contiennent pas que l'écriture bien nette de ma mère : j'y ai reporté le sujet de mes examens en dessinant de petites bannières autour. Rien ni personne ne viendra interférer avec mes projets pour cette semaine.

Mercredi, je passerai l'histoire le matin, je ferai une pause pour déjeuner et je reprendrai avec la fin de l'algèbre. Mme Fontana a accepté de compter les exercices que j'ai eu le temps de finir la dernière fois, avant de m'écrouler sur le sol du gymnase. Donc, le premier jour, je ne serai pas obligée de rester assise quatre heures d'affilée dans le bâtiment de brique trapu : en tout, je n'en aurai que pour deux heures et demie. J'espère que ça me permettra de me réhabituer au flot de jeunes dans les couloirs, à l'odeur de pêches au sirop qui imprègne la cafétéria et à ces horribles chaises-pupitres dont le plastique dur fait mal aux fesses.

Et puis, il y a mes cheveux. Pour le moment, je les planque sous un bonnet. Mais je dois passer voir M. Brinks dès mon arrivée au lycée, et je sais que lorsque je franchirai le seuil du secrétariat, Mme Oakes ou Mme Arsenault m'ordonnera d'enlever mon bonnet ; puis toutes deux hoquetteront de surprise et compatiront, ce qui me déprimera encore plus.

Ce matin, j'ai mis du gel pour dompter mes cheveux massacrés. J'ai l'air encore plus ridicule que d'habitude.

— Tu as bien pris ta bouteille d'eau et ton thermomètre de voyage ? s'inquiète ma mère. Tu ne pourras probablement pas garder ton téléphone sur toi, et ça m'inquiète. Tu devrais demander à M. Brinks de faire une exception.

— Pas la peine. Je vais décrocher des A à ces examens, et je ne veux pas qu'il pense que j'ai triché. Et puis, mon docteur sera là en personne.

Nous avons convenu que ça ferait plus sérieux si c'était un homme potentiellement journaliste de télévision qui me filmait à la place de ma mère. Donc, le docteur Eric a été désigné volontaire. Il incline la tête sur le côté et fronce les sourcils.

— Je pensais ne rester que quelques minutes. On ne va pas montrer l'intégralité d'un examen ; il nous suffit d'un ou deux extraits à intercaler dans l'épisode. Du coup, je n'ai pas besoin d'assister à toute l'épreuve, si ?

— En effet, j'acquiesce.

Alors que ce que je pense vraiment, c'est : *J'espère bien !*

Je suis surprise que mon cœur fasse un bond dans ma poitrine quand on tourne au coin de la rue et que je vois le lycée apparaître au loin. Ce n'est pas logique de me sentir aussi excitée qu'avant un bal de promo à l'approche d'un endroit où je ne me suis jamais sentie à ma place. La perspective de voir Xavier n'y est pour rien, et je ne me réjouis pas tant que ça à la pensée de plancher sur un sujet d'histoire pendant deux heures. Mais la forteresse de ciment est devenue la gardienne de mes objectifs. Je ne suis pas un soldat ravi de rentrer à la maison : je suis un soldat impatient de retourner sur le champ de bataille.

En revanche, le guerrier de la santé honoraire qui se fait appeler docteur Eric descend de la voiture à contrecœur. Visiblement, il ne se sent pas à l'aise dans son nouveau rôle, mais j'apprécie sa présence. Avec un peu de chance, son chignon détournera l'attention de ma nouvelle coupe.

Maman nous dépose devant l'entrée principale. Le docteur Eric hésite comme s'il ne se souvenait même plus de ce qu'il était censé faire. Si j'étais productrice de télévision, je ne l'engagerais pas. Il ouvre la porte arrière et m'aide à descendre comme s'il m'accompagnait à une danse père-fille. Puis il me bouscule pour prendre la caméra à l'intérieur. Je suis si mal assurée sur mes jambes que je vacille. Quelle équipe pitoyable nous faisons !

Au secrétariat, en revanche, le docteur Eric fait sensation. Mme Oakes et Mme Arsenault se pâment devant lui. Elles se donnent tant de mal pour lui soutirer le nom de la chaîne qui l'emploie qu'elles ne remarquent même pas mon bonnet.

— Nous sommes censés aller voir M. Brinks directement, j'interviens. C'est convenu avec lui.

— Cara Wakely. Ça fait plaisir de te voir. J'ai failli ne pas te reconnaître. Quoi de neuf ? Tu sais que tu nous as vraiment fait peur ? Theresa, tu te souviens qu'elle est partie en ambulance pendant les examens de fin de trimestre ?

On s'est fait beaucoup de souci pour toi, ma petite. Mais tu es revenue, et tu as l'air… en forme.

Je sais exactement de quoi j'ai l'air : j'ai l'air d'une de ces SDF qui font la manche avec leur chien et dont on a envie de sauver le chien. Mais je remercie avec la petite voix timide que ce genre de femme aime bien. Ça m'évite de gaspiller mon énergie.

M. Brinks sort de son bureau derrière nous. Son enthousiasme est à peine un peu moins forcé et artificiel que celui des secrétaires.

— Vous devez être le journaliste.

Il tend une main au docteur Eric, qui s'efforce de la serrer alors qu'il tient la caméra. Je n'en reviens pas qu'il soit aussi empoté ce matin. Il a l'air tellement nerveux ! J'ai peut-être sous-estimé son honnêteté. Je culpabilise que Maman et moi lui ayons demandé de mentir : visiblement, il ne supporte pas la pression.

— Merci, merci.

On dirait qu'il va se lancer dans un discours après avoir remporté un Oscar. Je le fixe et l'implore en silence de se taire.

— J'apprécie beaucoup que vous nous ayez donné la permission de tourner ici, l'ami. J'ai juste besoin de filmer quelques minutes et je débarrasserai le plancher.

Le docteur Eric parle désormais comme un surfeur californien.

— Pas de problème. Nous sommes prêts à faire des efforts pour faciliter le travail des médias – et pour soutenir Cara.

C'est une fille remarquable, dit M. Brinks en se tournant vers moi avec un sourire bienveillant. Comment te sens-tu ?

Mon estomac s'est un peu calmé depuis que je suis descendue de voiture. Mes jambes sont toujours en coton, et j'ai un goût de métal dans la bouche à cause des nouveaux médicaments. Mais je me décrirais comme somnolente plutôt qu'hébétée.

— Prête à passer mon examen d'histoire, réponds-je avec tout l'enthousiasme dont je suis capable.

— D'accord. On va t'installer en salle de conférences. Laisse ton sac à dos et ton téléphone à Mme Arsenault pour qu'elle te les garde. L'un de nous passera te voir de temps en temps, et je me suis arrangé pour que M. Cohen vienne répondre à tes questions si tu en as. Ça te convient ?

— Je peux garder ma bouteille d'eau ?

— C'est important que Cara boive beaucoup, intervient le docteur Eric. (Puis il se souvient qu'il est censé être caméraman, et il s'empresse d'ajouter :) C'est sa mère qui me l'a dit.

— Bien sûr. Suivez-moi.

La salle de conférences, c'est l'endroit où a eu lieu la dernière réunion avec Maman et mes profs. Je ne m'étais pas préparée à y retourner dans ces circonstances.

Le docteur Eric a un mouvement de recul.

— D'après ce que m'a raconté Cara, je croyais qu'on serait dans le gymnase ?

— Oh, on ne réquisitionne le gymnase que quand il faut caser nos six cents élèves au même endroit. Mais aujourd'hui, juste pour Cara, la salle de conférences fera très bien l'affaire.

Le docteur Eric grimace et ajuste la caméra. Serait-il allergique aux salles de conférences ?

—Oui, c'est logique, convient-il. Mais ça n'aura pas le même impact visuel qu'un gymnase, si vous voyez ce que je veux dire.

Alors, je comprends qu'il se contente d'exécuter les instructions de ma mère.

Je passe devant eux et m'assois à la table, puis lève les yeux vers M. Brinks et attends qu'il me donne mon sujet. Mais il semble abasourdi par la réaction du docteur Eric. Visiblement, il n'a pas grandi sur une chaîne YouTube.

—Je comprends, mais nous avons un lycée à diriger. Et je veux que Cara puisse se concentrer sur son examen. Écoutez, voilà ce qu'on va faire. J'installerai un bureau là-bas dans l'après-midi, et vous pourrez faire quelques prises quand elle aura terminé ses véritables épreuves. C'est le mieux que je puisse vous proposer.

Le docteur Eric lève les mains et manque de s'assommer avec la caméra.

—D'accord, d'accord. Pigé, l'ami.

M. Brinks me remet une enveloppe en papier brun.

—Tu as deux heures, Cara. Tu trouveras un livret bleu dans lequel rédiger ton essai, et n'oublie pas de noter tes questions pour que M. Cohen y réponde quand il passera.

Puis il s'accroupit près de mon siège comme tous les adultes qui veulent se mettre à votre niveau pour établir une connexion.

—Et si jamais tu te sens mal, tu n'hésites pas : tu vas le dire aux dames du secrétariat, qui appelleront une infirmière.

Levant les yeux, il voit que le docteur Eric est en train de filmer, et il se fend d'un grand sourire.

— Merci.

Je sors le sujet de l'enveloppe et me mets au travail. Je commence par parcourir toutes les questions, en répondant immédiatement à celles qui nécessitent juste de ressortir des dates et des faits que j'ai mémorisés. Je reviendrai plus tard sur celles qui réclament un minimum d'interprétation. C'est Xavier qui m'a appris à procéder ainsi.

Je n'entends même pas le docteur Eric : c'est comme si j'étais seule dans cette salle avec tout ce que j'ai appris. Quand M. Cohen arrive et me demande si j'ai des questions, je me contente de secouer la tête.

— Ça fait plaisir de te revoir, dit-il.

Apparemment, tous les adultes de l'école se sont donné le mot pour m'accueillir avec cette formule. Mais c'est gentil.

Quand je ressors de la salle de conférences, en revanche, mes camarades me dévisagent ouvertement. Plus tard, alors que je déjeune avec Xavier, ils s'arrêtent au milieu de la cafétéria ou se tordent le cou pour nous regarder. Xavier ne semble pas perturbé, et les deux autres garçons assis à notre table, non plus. Ils ne nous parlent presque pas, se contentant de découper leur nourriture en tout petits morceaux et de discuter entre eux de cartes Pokémon.

— Alistair et Vishnu, me dit Xavier en guise de présentations.

— Oh. Salut, je lance. (Les garçons ne répondent pas. Tant pis.) Où sont les autres jeunes qui traînent toujours à la bibliothèque ?

— Probablement à la bibliothèque.

Je mange mon wrap à la dinde et regarde Xavier engloutir les tacos de la cafétéria. Je me demande s'il est embarrassé par mon bonnet et mes fringues trop grandes.

— Parfois, j'apporte mon sandwich là-bas pour le manger en douce, poursuit-il, ou je déjeune vite fait pendant une pause quand on a des travaux pratiques. Mais je ne voulais pas te laisser seule aujourd'hui. Il faut que tu manges pour reprendre des forces.

— Merci. Mon appétit est assez fluctuant.

En réalité, il a disparu. Les nouveaux médicaments me donnent la sensation que mes organes internes sont en train de pourrir.

Je regarde Xavier s'enfiler d'un trait la quasi-totalité d'une bouteille d'eau. Je n'ai jamais vu personne boire autant que lui. Il dit que ça permet à son corps d'éliminer les toxines. Mais je ne comprends pas comment il a le temps de découvrir de nouvelles espèces d'amibes ou je ne sais quoi alors qu'il passe le plus gros de sa journée à remplir sa bouteille à la fontaine ou à faire pipi.

— Au fait, je lance, comment tu coupes tes cheveux ?

Je me penche par-dessus la table pour l'examiner de plus près.

— C'est ça, ton nouveau sujet de conversation ?

— Je suis sérieuse. Tu utilises quoi, une tondeuse ?

Il lève une main pour caresser sa nuque rasée.

— Ouais. Généralement, j'arrive à me débrouiller seul, même si ma mère me donne parfois un petit coup de main.

Il époussette des miettes de tacos sur son plateau.

— Je peux te l'emprunter ?

— Ma tondeuse ? Pour quoi faire ?

Je jette un coup d'œil à Alistair et Vishnu pour voir s'ils écoutent notre conversation, mais ils sont bien trop occupés à débattre de la rareté d'un Dracaufeu sans ombre première édition. Je tapote mon bonnet.

— Remédier à un léger problème.

— Mmmh.

— Qu'est-ce que ça veut dire ?

— On m'a interdit de poser des questions relatives à ce problème.

— En effet, et c'est toujours valable. Mais tu veux bien me prêter ta tondeuse ?

Xavier secoue la tête.

— Cara, qu'est-ce que tu mijotes ? Je ne sais pas ce qui est arrivé à tes cheveux. Tu finiras bien par me le dire. Mais pourquoi veux-tu te rendre la vie au lycée encore plus difficile ? Ça va repousser.

— Justement, non. Au contraire.

— Qu'est-ce que j'ai raté ? Pourquoi tu penses ça ?

Xavier me dévisage comme s'il brûlait d'envie de m'examiner au microscope, de m'étudier et de me comprendre. Puis il s'arrache à sa transe.

— Bonne chance pour l'examen d'algèbre, Cara Wakely. Tu maîtrises le sujet, et il ne te reste que deux ou trois exercices. Ça devrait être simple comme bonjour.

— Merci. Pense à la tondeuse, dis-je avant de reprendre le chemin de la salle de conférences.

Il me faut trois quarts d'heure pour finir l'examen de maths. Après avoir résolu le dernier problème, je suis en train de vérifier mes résultats quand la cloche sonne, signalant la fin d'un cours. Les couloirs s'emplissent du brouhaha des élèves qui changent de salle. Le bruit me semble encore plus fort que d'habitude ; la rentrée a eu lieu hier seulement, et mes camarades doivent encore avoir des tas de choses à se raconter après les vacances de Noël.

Malgré la révélation de la semaine dernière, je me sens pleine d'espoir. Deux examens, c'est beaucoup plus que je n'ai réussi à accomplir depuis longtemps.

Je dépose ma copie au secrétariat et j'envoie un texto à Maman pour lui dire que j'ai fini. On avait calculé que je ne resterais pas jusqu'à 15 heures, et je n'ai pas emporté mes cachets de l'après-midi. Donc, il faut que je rentre assez vite. Quand le docteur Eric revient me chercher, il dit :

— Je pensais filmer quelques images au gymnase, mais ça va dépendre de ton état. Comment tu te sens, Cara ?

— Pas trop mal.

Je me retiens d'ajouter : *Pour une fille qui vient de passer ses examens avec un cancer.* Au lieu de ça, j'irradie la positivité.

— Je suis moins fatiguée que je ne m'y attendais, et je connaissais la réponse à toutes les questions. Donc, je peux faire plaisir à mon caméraman. Au fait, où vous avez appris à faire ça ? Je vous ai à peine reconnu ce matin.

— J'ai juste changé ma façon de parler. Je me suis habillé comme d'habitude, et je n'ai rien fait pour modifier mon apparence.

— C'était assez cool.

— J'ai remarqué qu'on peut obtenir plus de choses quand les autres nous sous-estiment. Et il me semble que ça doit souvent être ton cas. Ta réaction au nouveau traitement m'impressionne, Cara. Je sais que tu te sens mal, mais tu ne laisses pas la douleur te détourner de tes objectifs.

En arrivant au gymnase, nous découvrons que M. Brinks y a fait installer une chaise-pupitre comme promis. Les lumières sont allumées, mais vide, l'espace caverneux a quelque chose d'un peu flippant. Le docteur Eric me demande de me pencher en avant et d'entourer la tablette de mon bras comme pour cacher ma copie.

— Et tu pourrais peut-être enlever ton bonnet, pour qu'on te voie mieux.

Je me fige.

— Cara ? Il n'y a que nous ici.

Nous, et les deux cent mille abonnés de Maman. Mais soit. J'arrache mon bonnet et le fourre sous ma cuisse, passe mes doigts dans mes cheveux pour les faire bouffer et me penche de nouveau en avant.

— C'est super, Cara. Parfait. (Puis, alors que je jette un coup d'œil inquiet à l'horloge :) C'est bon, j'ai fini.

Nous sortons d'un pas vif. Le docteur Eric se dépêche pour ne pas contrarier Maman, et je me dépêche pour ne pas croiser la totalité des élèves du lycée de Middlefield accompagnée par mon caméraman personnel. Les parois vitrées du hall brillent devant nous quand je trouve le courage de demander :

— Docteur Eric… Vous pensez vraiment que je vais guérir ?

Il se tourne vers moi pour me répondre. Le soleil qui l'éclaire par-derrière forme un halo autour de sa tête. Je comprends pourquoi Maman était de si bonne humeur juste après l'avoir rencontré, comment elle a pu le voir comme un sauveur envoyé par le ciel. Il en a l'air.

Il me fait un clin d'œil et, du menton, désigne le bureau de M. Brinks.

— Carrément. J'en suis certain.

Tandis qu'on se dirige vers le parking, il passe une main autour de mes épaules et insiste :

— Tu dois juste suivre le traitement, et on finira par y arriver.

Quand Maman arrive, je monte à l'arrière du minivan et je m'écroule. Je ne peux rien faire de plus que me retenir de vomir par la fenêtre sur le chemin du retour. Tel est le prix à payer pour mes efforts de la journée. Mais pour une fois, ça ne me dérange pas.

Chapitre 21

Le lendemain, je remporte trois victoires majeures. L'esprit d'*Antigone* me possède pour m'aider à écrire mon essai d'anglais ; je survis à mon examen de biologie même si le professeur Presley y a glissé deux diagrammes que je n'ai jamais vus de ma vie, et Xavier Barnes m'apporte sa tondeuse au lycée.

Il passe la pause déjeuner à l'infirmerie, et je mange seule avec Alistair et Vishnu, qui tolèrent ma présence. De temps en temps, je lance un nom de Pokémon pour participer à la conversation, et ils émettent un murmure d'approbation avant de recommencer à couper leurs sandwichs avec un couteau et une fourchette. Je me sens à l'aise. Personne ne m'observe, et si quelqu'un le faisait, je décide que ce serait parce que je suis la seule élève assez culottée pour porter un bonnet devant M. Brinks.

Quand Xavier m'envoie un texto pour me dire où il est, je lui réponds : *Qu'est-ce que tu fais là-bas ?*

J'avais un peu mal, mais ça va mieux maintenant. Désolée de t'avoir posé un lapin ce midi.

Pas de souci. J'ai mangé avec les garçons.

Les trois petits points clignotent un moment. J'aime bien qu'il se pose des questions. Enfin, je reçois un simple : *???*

— Hé, Vish, Al, vous voulez bien faire un selfie avec moi ?

Je brandis mon téléphone. Ils haussent les épaules. Vishnu sourit ; Alistair continue à manger. J'envoie la photo à Xavier.

Je suis super content pour toi.

Tu peux laisser la tondeuse à l'infirmerie ?

Je suis super inquiet pour toi, répond-il aussitôt.

Mais quand je passe à l'infirmerie juste avant mon examen de biologie, la tondeuse m'y attend.

Je mets à profit chaque minute du temps imparti. Je tourne et retourne chaque question en quête d'un indice à utiliser pour composer les réponses courtes, et je vérifie les détails de chaque énoncé comme Xavier me l'a conseillé. Il décrit la science comme un processus aux étapes bien définies. Selon lui, les profs de maths, de physique et de biologie rédigent tous leurs sujets de la même façon, soit à dessein soit parce que c'est dans leur nature.

À 15 h 05, Mme Arsenault entre dans la salle de conférences pour ramasser ma copie.

— Je suis désolée, ma chérie, mais tu sais que l'administration est très stricte sur ce point.

— Pas de problème. Je comprends. Les mêmes conditions pour tout le monde, sinon, ce ne serait pas juste.

On se fixe un moment du regard, et peut-être qu'on pense la même chose : que rien n'est jamais juste dans la vie.

Je me dirige vers la sortie, consciente du poids de la tondeuse dans mon sac. J'envoie un texto à ma mère : *Je peux rester pour une séance de soutien ?*

Immédiatement, elle répond : *Et tes cachets ?*

Je soupire. Toujours les cachets. *J'ai juste besoin d'une demi-heure.*

D'accord, je passe te chercher à 15 h 30.

Les toilettes du couloir du fond sont vides, à l'exception d'un box. Sous la porte, je vois des pieds chaussés de Converse noires, mais tournés sur le côté. Celle qui les porte n'est pas en train de faire pipi : elle pleure. J'ouvre le robinet pour qu'elle sache qu'il y a quelqu'un d'autre, et pour lui laisser un peu d'intimité le temps qu'elle se calme.

L'eau s'arrête automatiquement, sans doute pour éviter qu'on inonde le lycée. Entre-temps, les sanglots de Converse Noires se sont réduits à de petits reniflements discrets. Je refais couler l'eau et vérifie l'heure pour m'assurer que j'ai quelques minutes de rabe.

Quand la porte du box s'ouvre, je me concentre sur mes mains que je suis en train de laver pour ne pas croiser le regard de Converse Noires dans la glace. Mais elle se plante à côté de moi comme si elle attendait. Un moment, nous restons parfaitement immobiles et silencieuses. Puis l'eau s'éteint.

Cette fois, je suis forcée de lever les yeux. Je dois prendre sur moi pour dissimuler le choc que j'éprouve à la vue de Libby Gilfeather. Elle me fixe sans rien dire.

— Salut, dis-je avant de pouvoir trouver mieux.

— Salut, répond-elle d'une voix rauque. Tu es revenue.

— Ouais. Je passe mes examens de rattrapage.

Elle hoche la tête. Peut-être me revoit-elle en train de tomber par terre dans le gymnase, et de me cogner la tête sur le plancher en bois ciré. Mais peut-être pense-t-elle à tout autre chose : Libby Gilfeather a ses propres soucis.

— Bonne chance, alors.

— Merci.

Elle hoche de nouveau la tête et sort. Je devrais la suivre. Je devrais lui courir après, lui demander ce qu'elle a et lui donner mon numéro au cas où elle voudrait discuter par textos. Je devrais lui dire combien ça compte pour moi qu'elle me dise toujours bonjour, même quand je ne suis pas venue en cours depuis plusieurs semaines. Mais je n'ai pas le temps de me mêler de ses affaires. J'ai une tâche très importante à accomplir.

Le ronronnement de la tondeuse résonne très fort dans les toilettes. Mal à l'aise, je me mets précipitamment au travail. Quand la lame trace son premier sillon à travers mes cheveux, je constate que j'ai bien réglé la hauteur du sabot. Une bande de cuir chevelu blanc apparaît au sommet de mon crâne, tandis que des mèches châtaines tombent dans le lavabo.

Je tourne la tête pour me regarder sous tous les angles. Je me sens puissante, comme si je venais de reprendre le contrôle dont ma mère m'a privée en coupant ma tresse avec ses ciseaux émoussés dans notre cuisine. Passé le choc initial, je prends vraiment du plaisir à tout raser. Chaque bande est un nouvel accomplissement, une limite surlignée, une barrière émotionnelle dressée. Par deux fois, je m'entaille et vois du sang écarlate perler sur ma peau. Mais même ces marques ont quelque chose de satisfaisant.

Libby Gilfeather est partie. Je suis seule dans le bâtiment. Je plante mon regard dans celui de mon reflet et m'examine dans la glace. J'ai l'air plus forte, comme une recrue de l'armée ou le genre de fille qui va voir des concerts de punk et qui pogote dans la fosse.

Puis je fais le truc le moins punk du monde : je mouille une serviette en papier pour ramasser mes cheveux coupés, et j'enfonce de nouveau mon bonnet sur ma tête. Il est un peu grand à présent, et il me gratte, mais je survivrai.

— Les nouvelles sont bonnes ou mauvaises ? demande Maman dans la voiture.

Il pleut à verse, et elle conduit penchée en avant.

— Un peu des deux, je crois. L'anglais m'a paru facile. Je ne crois pas que mon prof ait changé l'énoncé. Mais en biologie, je suis tombée sur deux exercices que je n'avais jamais vus.

— Et pour le japonais, demain ?

— Je ne m'inquiète pas. Je réviserai mon vocabulaire et mes kanji ce soir.

— Et tu te reposeras un peu.

— Bien sûr.

— En fait, si tu te sens en forme, on pourrait en profiter pour monter l'épisode, et peut-être enregistrer ton commentaire audio ? Le docteur Eric est passé à la maison ; la cinématographie est fantastique. Il ne nous manque plus que ta voix.

Ma mère vient d'utiliser le mot *cinématographie* au sujet de sa chaîne YouTube. Elle a officiellement pris la grosse tête.

— Mais si tu es trop fatiguée, je comprends. C'est juste que tu as l'air bien réveillée, alors...

— Je peux le faire.

— Vraiment ? C'est super. Je suis ravie de te voir aussi énergique. Ça te transforme complètement.

Je souris par-devers moi et me retiens d'ôter mon bonnet.

— On va peut-être faire ça avant que tu prennes tes cachets, suggère ma mère.

Cette fois, elle ne veut pas que ma voix soit pâteuse.

— D'accord, pas de problème. Xavier et moi, on voulait fêter la fin de mes examens en allant au *Monde de la Céramique* ce week-end. Donc, c'est aussi bien qu'on finisse la vidéo avant.

— Ça a l'air sympa, mais ça m'inquiète que tu passes autant de temps avec Xavier. Tu n'as pas besoin de t'appuyer sur un garçon.

— Je crois que Libby Gilfeather viendra aussi, j'improvise. Tu sais, Libby de mon cours d'anglais ? Je l'ai croisée aux toilettes en fin de journée. Elle pleurait. Elle n'a pas voulu me dire ce qu'elle avait, mais j'ai pensé que si on faisait quelque chose d'amusant ensemble, ça la mettrait en confiance et ça lui donnerait peut-être envie de me parler.

J'ai appris qu'un bon mensonge se base toujours sur un noyau de vérité. Après, on peut toujours prétendre qu'on s'est emmêlée dans les détails. Je prends tellement de médicaments ! J'ai peut-être réellement cru inviter Libby à l'atelier de poterie. Ma mère ne peut pas prouver le contraire.

— C'est merveilleux, ma chérie. On ne peut jamais savoir de qui on croisera le chemin, qui on aura la chance d'inspirer.

J'ai intérêt à bien gérer ça, ou la pauvre Libby va se retrouver embrigadée malgré elle dans une vidéo des guerriers de la santé.

— Tout à fait. J'espère qu'elle viendra. Elle avait l'air si bouleversée que je n'ai pas voulu trop lui mettre la pression.

— Ouvrir une porte, c'est tout ce que tu peux faire, opine sagement Maman.

Elle se gare dans l'allée. Il pleut toujours à seaux.

— Prête à courir ?

— Je dois pouvoir trottiner, je plaisante.

On rabat nos manteaux par-dessus nos têtes, et on s'élance vers la maison.

— Seigneur ! s'écrie Maman en déroulant son écharpe et en secouant ses cheveux une fois à l'intérieur. Monte te changer, Cara Jean. Il ne faudrait pas que tu attrapes froid par-dessus tout le reste. Ton système immunitaire…

— Je sais.

J'ôte mon manteau et l'accroche à une patère. J'attends que ma mère commence à trier le courrier avant d'enlever mon bonnet. Quand elle relève la tête, elle laisse tomber les enveloppes et les pubs sur le comptoir.

— Cara Jean.

Je la fixe sans répondre.

— Qu'as-tu fait ? se lamente-t-elle.

— Ils allaient tomber de toute façon, réponds-je sur un ton léger, comme si ce n'était pas grave.

Et ça ne devrait pas l'être. J'ai vu plein de photos de moi chauve quand j'étais petite. Si Maman est choquée, c'est juste parce que cette fois, c'est moi qui ai choisi.

— C'était bien la peine de me faire une scène l'autre jour !

J'ai beaucoup de mal à réprimer un sourire narquois. Je me souviens de la fille culottée dans le miroir des toilettes, et je tente d'être à sa hauteur.

— Quand ? Au lycée ?

— Ce matin.

— Avec quoi ?

Je revois la tondeuse de Xavier planquée dans mon casier. Maman ne doit pas établir de rapport entre lui et mon crâne rasé.

— Juste un rasoir.

— Tu as fait ça avec un rasoir jetable ?

Elle s'avance pour examiner ma tête, et je recule d'un pas.

— Tu aurais préféré que j'utilise autre chose ? J'aurais pu aller voir les élèves de BEP coiffure, mais j'ai pensé que tu ne voudrais pas que je me fasse remarquer au lycée. Je suis désolée, Maman. J'ai juste décidé d'accepter ce qui arrivait à mon corps. J'ai plus d'énergie, tu l'as dit toi-même. Les médicaments du docteur Eric doivent fonctionner. Qu'est-ce que ça peut faire si je perds mes cheveux ? Ils repousseront quand j'aurai vaincu la maladie.

— Tu m'impressionnes.

Je vois Maman lutter contre des sentiments contradictoires. Elle sait que j'ai raison et qu'elle n'a pas à se fâcher. D'un autre côté, elle a l'habitude de considérer mon corps comme son territoire. Ce n'est pas facile de lâcher prise.

— Et tes amis, ils en disent quoi ?

Je sais très bien de qui elle veut parler.

— Xavier ne m'a pas encore vue. J'ai gardé mon bonnet toute la journée, et M. Brinks n'a rien dit.

— Tant mieux, ça m'évitera d'avoir à l'affronter encore. Les gens de Channel 7 Sunshine ne seraient que trop heureux d'alerter le public sur les bureaucrates sans cœur qui gèrent notre système éducatif.

Maman a déjà tourné la page et choisi une autre cible. Elle se dirige vers l'ordinateur pour regarder où en est la collecte de fonds et préparer l'enregistrement de mon commentaire. Nous faisons une dizaine de prises avant qu'elle se déclare satisfaite.

— Bonjour, guerriers de la santé, c'est Cara Jean. Vos bonnes ondes m'ont aidée à passer quatre examens cette semaine. Après une longue absence, je suis sur le point de rattraper mon retard au lycée.

Maman réclame que j'ajoute *nécessaire.*

— Après une absence longue mais nécessaire, je suis sur le point de rattraper mon retard au lycée. Les dates limites ne doivent pas devenir des sentences de mort. (C'est encore elle qui a insisté pour que je case cette phrase.) Peu importe ce que disent vos profs ou l'administration : la santé d'abord. J'ai eu la chance qu'un de mes camarades accepte de me donner des cours. N'hésitez pas à contacter le conseil local de la National Honor Society pour voir si certains de ses membres pourraient vous aider. C'est aussi un excellent moyen de tisser une amitié avec quelqu'un de votre âge.

C'est moi qui ai tenu à inclure ce passage, et Maman me fait signe d'enchaîner : elle veut qu'on se concentre sur moi.

— Les nombreuses donations à la campagne Guérir Cara nous ont appris que nous ne sommes pas seules dans cette bataille. Mon nouveau traitement a des effets secondaires lourds, mais il agit contre ma maladie. Nous vous remercions pour tous vos dons, vos pensées et vos prières. Il ne me reste plus qu'un dernier examen à passer demain : le japonais. Je vais vous laisser pour réviser et me reposer. *Sayonara*.

— Je n'aime pas ce « *Sayonara* ». Les gens qui ne parlent pas japonais risquent de ne pas comprendre. Je déteste quand tu improvises d'une prise sur l'autre.

— C'est dur de répéter toujours la même chose.

— Pourtant, quand j'enregistre les vidéos seule, j'y arrive très bien.

Maman m'en veut toujours de m'être rasé la tête, mais je ne me laisserai pas entraîner dans une dispute.

— « *Sayonara* », c'est très connu.

— C'est un mot étranger, et nous te présentons depuis le début comme une Américaine typique.

Plutôt une malade américaine typique. Mais ça fait partie des choses que je ne peux pas dire. Alors, j'examine le courrier que Maman a laissé éparpillé sur le comptoir. Il y a deux lettres dans le tas. Elle en reçoit pas mal depuis son passage à la télé. Je l'ai vue ouvrir les enveloppes – et les abandonner en tas dans la salle à manger si elles ne contiennent pas de chèque. Mais ces deux-là me sont adressées ; alors, je les glisse dans la poche avant de mon sac à dos. Je les lirai plus tard, seule dans ma chambre.

Maman sort pour se rendre à la réunion de son groupe de soutien à l'hôpital. Elle m'interdit de regarder la télé ou de réviser trop longtemps pour mon examen de japonais.

— On sait comment fonctionne l'acquisition des langues. C'est une question de répétition.

Quelque part à travers le pays, un voile d'ennui tombe devant les yeux d'un guerrier de la santé qui n'en peut plus de l'entendre déblatérer sur la gratitude et la générosité. Maman est bien placée pour parler de répétition. Le temps que je finisse mon ragoût de lentilles et de courge rôtie, puis que j'avale tous mes cachets, l'énergie qui m'animait s'est évaporée.

J'envoie un texto à Xavier pour prendre de ses nouvelles, mais il me répond : *Ne me surveille pas.* Ce que je peux comprendre. Quand il me demande : *Tu l'as fait ?* je lui ressers ses propres mots… mais j'ajoute : *Oui.*

Je suis là si tu as besoin de moi, m'écrit-il. Et je songe que cette phrase résume très bien la totalité de notre relation. On continuera à se promettre d'être là l'un pour l'autre jusqu'à ce qu'un de nous guérisse… ou meure.

Chapitre 22

La maison me paraît différente quand je me réveille. Parfois, en janvier, vous sortez de chez vous, vous reniflez l'air et vous vous dites qu'il va neiger. Et c'est presque toujours le cas. Mais ce matin, c'est un autre genre de froid qui règne à l'intérieur. Je devine que Maman est en colère, mais je ne comprends pas pourquoi. Je sens un orage approcher.

Elle pose un bol de bouillie d'avoine devant moi, avec tant de force que je sursaute.

— Le docteur Eric va passer ?

— Pas ce matin.

Je change d'approche et tente de lui rappeler combien je suis coopérative.

— Tu as fini de monter la vidéo ?

— Oui.

— Tu as gardé le « *Sayonara* » ? Sinon, ce n'est pas grave.

— J'ai coupé après le moment où tu remercies nos abonnés pour leurs pensées et leurs prières. C'était une meilleure fin.

J'acquiesce avec un enthousiasme qui ne suffit pas à l'apaiser.

— Et je sais très bien que ce n'est pas grave, ajoute Maman sur un ton sec.

— Tu es fâchée que je me sois rasé la tête ? Je voulais juste…

— Si je suis fâchée, Cara Jean – et il serait plus juste de dire *déçue* ou même *perplexe* –, ce n'est pas à cause de ce que tu as fait à tes cheveux. Même si j'ai dû subir tes cris d'orfraie quand je me suis contentée de les couper, ce qui était tout de même beaucoup moins radical. Ton choix était choquant et inutile, mais étant donné les effets prévisibles de la chimio, je peux le comprendre. En revanche, tu sais ce qui n'est pas un effet de la chimio ?

Elle attend que je secoue la tête pour vérifier que je l'écoute bien.

— Le mensonge, clame-t-elle sur un ton triomphant. Tu ne t'es pas rasé le crâne avec un rasoir jetable dans notre salle de bains, et je suis gênée de l'avoir cru ne serait-ce qu'une minute hier soir. À ma décharge, je ne m'attendais pas à ce que ma fille, pour qui j'ai tout sacrifié, me mente aussi effrontément.

— Je ne comprends pas, Maman. Je…

— Tu croyais que ça plairait à Xavier ? Bien sûr, il n'a été que trop heureux de t'aider. Il est « là si tu as besoin de lui ».

Dans la bouche de Maman, ces mots deviennent tellement laids…

— Tu as lu mes textos ?

— J'ai un accès parental à ton téléphone, oui. Mon devoir de mère consiste entre autres à vérifier que tu fais les bons choix.

— Tu m'espionnes !

— Je te protège. Tu n'as aucune idée de ce dont les gens sont capables, Cara Jean. Tu es si naïve !

— Je n'ai pas besoin que tu me protèges de Xavier Barnes.

— Non, tu as besoin que je te protège de toi-même et des choix que tu fais pour l'impressionner.

— Tu as lu tous mes textos.

— C'est moi qui paie ton abonnement.

Non. C'est la générosité des donateurs. C'est ma maladie qui paie mon abonnement.

Mais je me garde bien de le dire tout haut.

— Ceci n'est pas une conversation sur ton droit à l'intimité. Je t'ai posé une question, et tu m'as menti. Je t'ai envoyée au lycée pour passer ces examens prétendument si importants, et tu en as profité pour me jouer un sale tour. Dans quelle intention, Cara Jean ? Que cherchais-tu à prouver ?

Je me souviens de la satisfaction que j'ai éprouvée en passant la tondeuse sur ma tête, en regardant les petites touffes de cheveux tomber dans le lavabo, en effaçant la mauvaise coupe que ma mère m'avait imposée. Ça non plus, je ne peux pas le lui dire.

— Ce n'est pas si différent. Je ne vois pas où est le problème.

— Si ce n'était pas un problème, tu n'aurais pas agi en secret. Tu n'aurais pas comploté dans mon dos. Enlève ton bonnet.

En cet instant, il se peut que je haïsse ma mère. Elle me donne des ordres, et je n'ai pas d'autre choix que de les suivre. Lentement, je retire mon bonnet, et j'attends sa réaction.

— Ce n'est pas si affreux. Je peux comprendre que tu te sentes perturbée. Ce que je ne tolère pas, c'est le mensonge.

Mais j'entends une pointe de douceur dans sa voix, comme une meurtrissure qui s'épanouirait sur un fruit.

— Je ne sais pas ce qui m'a pris, Maman. Je te présente mes excuses.

Elle se laisse tomber sur une chaise de cuisine à côté de moi. Nous avons atteint le chapitre du scénario où je suis censée la prendre en pitié parce que c'est dur de s'occuper d'une enfant malade.

— Tu dois apprendre à assumer les conséquences de tes actes, Cara Jean. Mais t'excuser, c'est un bon début.

J'acquiesce de mon air le plus penaud et remets mon bonnet.

— C'est ton dernier examen aujourd'hui ?

J'opine.

— Je viendrai te chercher à 11 heures.

Je cligne des yeux.

— Je voudrais passer toute la journée au lycée.

— Ce n'est pas une bonne idée.

— Je voulais parler à M. Brinks et à mes profs, pour voir comment rattraper les cours que j'ai manqués cette semaine.

(Puis, parce qu'elle m'a demandé d'être honnête, j'ajoute :) Et j'aimerais déjeuner avec mes amis.

Ce qui n'est pas si loin de la vérité. Je me représente notre table à la cafétéria : Xavier, Alistair, Vishnu et moi. On ferait un groupe de rock vraiment bizarre.

— D'accord, 15 heures.

— Merci, Maman.

Elle acquiesce sèchement. Je débarrasse la vaisselle sale et prends les cachets qu'elle a sortis, sans discuter pour ne pas l'énerver davantage.

Plus tard, en salle de conférences, je rédige mes réponses écrites et articule mes réponses orales dans le micro d'un ordinateur. C'est l'examen que je préfère ; je prends plaisir à tracer soigneusement les caractères japonais. Si j'écrivais à Xavier dans cette langue qu'elle ne parle pas, ma mère ne pourrait pas m'espionner…

— Mais je ne comprendrais rien non plus, fait remarquer Xavier, pragmatique, quand je le rejoins pour déjeuner.

— Tu n'aurais qu'à utiliser Google Translate.

Il hausse les épaules et touille ses spaghettis dans son assiette.

— Ta mère pourrait en faire autant. (Il jette un coup d'œil à Al et Vish, mais ceux-ci ne s'intéressent pas à nous.) Cara, tu ne devrais pas avoir besoin d'écrire en code. Ce n'est pas normal que ta mère lise ta correspondance. Les adolescents ont besoin d'intimité. Les études psychologiques sont très claires sur ce point.

Xavier n'est jamais monté à l'étage de notre maison. Il n'a pas vu que ma chambre n'a plus de porte. Et même sans ça, il n'a pas une très bonne opinion de ma mère.

— Tu veux que je demande à ma mère de lui parler ? offre-t-il.

— Surtout pas. Ça ne ferait qu'aggraver les choses.

— Tu as rencontré ma mère. Tu as vu qu'elle savait se montrer convaincante.

— Comment peux-tu être sûr qu'elle ne lit pas tes textos ?

— Si elle le faisait, elle me le dirait.

— D'accord. Tu as raison. Je lui parlerai moi-même ce soir. Si je lui explique à quel point ça me dérange, elle arrêtera sûrement.

Je me force à soutenir le regard de Xavier pour qu'il me croie. Mais devant son air dubitatif, je détourne les yeux. Je ne peux pas satisfaire tout le monde en même temps.

Xavier tend la main vers moi, et un instant, je crois qu'il va me caresser la joue. Mais il se contente de tirer sur mon bonnet.

— Je peux voir ?

Je lui jette un regard noir.

— Allez, insiste-t-il. Je parie que c'est trop cool. (Puis, comme je ne réagis toujours pas :) Pourquoi te donner la peine de te raser le crâne si c'est pour le planquer ensuite ?

Je finis par céder. Il pousse un sifflement, pas comme les dragueurs relous dans les pubs pour rasoirs féminins, mais comme face à une catastrophe naturelle particulièrement spectaculaire.

— Tu n'y es pas allée de main morte.

Vish et Al me fixent, bouche bée. Ils ne m'ont pas prêté autant d'attention depuis le début de la semaine.

— Ta tête ressemble à une dinde congelée, annonce Alistair.

— Merci. J'apprécie.

— Pas du tout, proteste Xavier. C'est super cool. Ça lui donne l'air coriace.

La réaction des autres élèves se situe quelque part entre les leurs. J'entends des murmures sur mon passage quand nous sortons. Alors que je me rends au secrétariat pour mon rendez-vous avec M. Brinks, les jeunes que je croise tournent la tête pour mieux me regarder. Ils ont à peine remarqué mon existence, à plus forte raison mon absence prolongée. Mais là, je suis devenue « la fille chauve » dans leur annuaire mental.

M. Brinks remporte la médaille d'or du professionnalisme. C'est à peine s'il tique à ma vue.

— Cara. Tu as un nouveau look. D'accord. Comment se sont passés les examens ? Tu te sentais suffisamment préparée ?

— Oui. Merci de m'avoir laissée utiliser la salle de conférences. Et j'ai beaucoup révisé pendant les vacances. Ça a fait une grosse différence.

— Tant mieux, dit-il en hochant la tête plus de fois que nécessaire. Et ton traitement ? Tu continues ? Sous la supervision d'un docteur ?

Je me demande comment mon proviseur adjoint réagirait si je lui révélais que mon docteur est le caméraman-surfeur qui l'a salué en lui tapant le poing plus tôt dans la semaine. Inutile d'entrer là-dedans. Si Maman était là, elle me presserait la main.

— Merci. Oui, et oui.

— C'est super. Écoute, on veut que tu puisses te concentrer sur ta santé. Si tu as besoin de manquer des cours pour aller à un rendez-vous médical ou pour récupérer après un traitement, dis juste à ta mère ou à ton docteur de prévenir le secrétariat.

— J'espérais surtout récupérer les devoirs de cette semaine. Je suis ravie d'avoir passé mes examens trimestriels, mais du coup, j'ai encore manqué des cours.

— Ce n'est pas grave, se dépêche de m'assurer M. Brinks. Je vais en parler à tes profs. Ils t'enverront tout ça par mail dans la soirée. Et n'oublie pas de passer sur le portail du lycée pour voir les mises à jour. Comme ça, tu pourras t'avancer ce week-end. (Il lève un doigt.) Mais juste t'avancer. N'en fais pas trop d'un coup. Tu as le temps de rattraper ton retard.

— Merci, monsieur Brinks. J'apprécie beaucoup.

— Pas de problème. Maintenant, va te reposer.

Je voudrais tendre une main par-dessus son bureau et lui pincer le bras, juste pour vérifier que c'est bien le vrai M. Brinks et pas un cyborg fabriqué par Xavier avec ses copains du club de robotique. Peut-être que Maman lui a envoyé un lien vers le reportage de Channel 7 Sunshine, ou que le docteur Eric lui a fait suivre mes résultats d'analyses.

Je pourrais envoyer un texto à Maman pour qu'elle vienne me chercher plus tôt que prévu. Au lieu de ça, je profite du temps qui me reste. Tout le monde chuchote toujours à la bibliothèque, donc, je ne peux pas dire si c'est à cause de mon crâne rasé. Je m'installe à un poste informatique, me connecte au portail du lycée et récupère de quoi commencer à travailler.

En fouillant dans la poche de mon sac à dos, je retrouve les deux lettres que j'y ai fourrées le matin. On ne dirait pas des factures ou des courriers officiels. La première semble contenir une carte ; la seconde est petite et rectangulaire, avec « Mlle Cara Wakely » écrit bien lisiblement.

J'ouvre d'abord la carte. Sur le devant, un dessin d'un labrador vêtu d'une blouse blanche comme celle du docteur Eric. Une bulle de bande dessinée sort de sa bouche : « Ordre du médechien : tu dois vite guérir ! » L'animal a l'œil vif, et il tient un bloc d'ordonnances dans sa patte. À l'intérieur, quelqu'un a écrit :

« Chère Cara Jean Wakely, j'espère que ce toutou te fera sourire. J'ai vu le reportage sur toi ce matin, et je voulais que toi et ta courageuse maman sachiez que vous n'êtes pas seules dans ce combat. Je vous souhaite une année pleine de bénédictions et de moments de réconfort. Que le Seigneur vous garde toutes les deux dans la paume de sa main.

Bien sincèrement, Patrick Neary »

Je ne m'y attendais pas du tout, mais c'est super gentil. Ça m'épate qu'un vieux monsieur ait regardé Channel 7 Sunshine et qu'il se soit donné la peine de m'acheter une carte humoristique.

J'espère que la paume de Dieu est aussi bienveillante. Je sais que le compteur de dons n'arrête pas de monter sur le site Guérir Cara. Et bien entendu, j'en suis très reconnaissante. Mais c'est à Maman que les gens envoient de l'argent. Ça me touche que Patrick Neary ait fait quelque chose juste pour moi.

L'autre enveloppe brille légèrement, comme la peau d'un oignon. Je l'ouvre prudemment pour ne pas déchirer le papier. Je parcours rapidement la lettre des yeux et vois qu'elle se conclut par une prière. Dieu est très présent dans le courrier de la semaine. Puis je lis pour de bon. Et je me force à relire.

« *Chère Cara,*

Nous avons vu ta mère à la télé ce matin, et cela nous a choqués autant qu'attristés pour tout un tas de raisons. Nous ignorions que vous habitiez encore dans l'Ohio. Elle nous a dit qu'elle partait s'installer à Boston, et nous l'avons crue. Je suppose que c'était une erreur. Bien que ravis de te découvrir si proche, nous sommes très inquiets pour ta santé. S'il te plaît, Cara, contacte-nous. Quelque erreur que ton père ait pu commettre, elle découlait d'un excès de confiance. Nous ne voulons pas l'excuser, mais nous ne méritons pas cette rupture des liens familiaux. Nous prierons pour que tu nous envoies un signe.

Avec tout notre amour,

Grand-Mère et Papy Wakely »

Sous la signature, il y a un numéro de téléphone avec un indicatif de Cleveland. Les chiffres penchent vers la droite et la ligne monte un peu, comme sous le coup d'un élan d'optimisme.

Je n'ai pas de grand-mère et encore moins de papy, pas de gentil vieux monsieur qui ferait semblant de voler mon nez ou de trouver des pièces dans mes oreilles. Maman est fâchée avec ses parents, et mon père et sa famille ont disparu de ma vie quand j'étais encore trop petite pour me souvenir d'eux. Ma mère m'a raconté que chaque fois qu'elle tentait de les appeler, ils lui raccrochaient au nez, et que les cartes qu'elle leur envoyait pour Noël nous revenaient avec la mention « Retour à l'expéditeur ».

Mais cette lettre raconte une tout autre histoire. Je palpe le papier si fin comme si je pouvais deviner où mes grands-parents l'ont acheté, comme s'il pouvait m'expliquer la raison de leur mystérieuse absence pendant toutes ces années. L'erreur de mon père et la rupture de nos liens… On dirait le titre du premier album d'un groupe de country, avec une sœur qui joue de la mandoline et l'autre du violon. Je ne connais pas cette chanson. Tout ce que je connais, c'est une famille de deux personnes qui ont du mal à boucler les fins de mois et personne vers qui se tourner en cas de besoin : si elles se disputent, si elles en ont marre l'une de l'autre, ou si l'une d'elles tombe malade.

Autour de moi, mes camarades vaquent à leurs occupations habituelles. Ils étudient la chimie ou l'économie comme s'il n'existait rien de plus important. Je serre la lettre dans ma main et suis l'écriture du bout d'un doigt comme si je pouvais détecter la vérité. Puis je sors mon téléphone de ma poche et commence à composer le numéro fourni par mes grands-parents.

Je me ravise à la dernière seconde. Si Maman peut lire mes textos, elle peut aussi surveiller mes appels. J'efface les chiffres que je viens de taper et me mets en quête d'un autre téléphone.

À l'accueil, la bibliothécaire semble surprise par ma requête.

— Je n'ai plus de batterie. J'ai besoin d'appeler ma mère pour qu'elle vienne me chercher.

— Je suis désolée, mais il est interdit de parler ici.

C'est pourtant ce qu'on est en train de faire, ai-je envie de répondre. Au lieu de ça, je retire mon bonnet.

— Il faut vraiment que j'appelle ma mère.

Ébranlée par mon crâne chauve et ma voix larmoyante, la gentille dame désigne le bureau aux parois vitrées derrière elle.

— D'accord, mais ferme bien la porte pour ne pas déranger tes camarades.

La plupart d'entre eux sont occupés à enregistrer des vidéos TikTok dans les allées, mais pourquoi le lui faire remarquer ? Je me contente d'acquiescer solennellement et de la remercier.

Je m'assois à son bureau en dissimulant l'enveloppe à sa vue, et j'utilise sa ligne fixe pour appeler le numéro qui est apparemment celui de mes grands-parents paternels. Au bout de quatre sonneries, je manque de raccrocher. J'imagine une vieille dame tentant de propulser son déambulateur vers le téléphone, et je patiente un peu plus longtemps. Puis quelqu'un finit par décrocher, et une voix aussi essoufflée que je m'y attendais lance :

— Allô ?

Je panique. Impossible d'émettre le moindre son.

— Allô ? répète une voix de femme haut perchée. (Un silence.) J'entends quelqu'un respirer, dit-elle comme si elle s'adressait à une autre personne.

Je retiens mon souffle.

— Burt, l'appel vient du lycée de Middlefield. Tu crois que ça pourrait être… Cara ? lance-t-elle. Cara, ma chérie, c'est toi ?

Je hoquette comme si une décharge d'électricité venait de me frapper. Je connais cette voix. Je n'arrive pas à me rappeler une phrase ou une chanson en particulier, mais la manière dont elle prononce mon nom fait sonner la cloche de la porte métallique derrière laquelle sont enfermés les souvenirs de ma petite enfance.

— Cara, si c'est toi, je veux juste te dire que ton papy et moi t'aimons de tout notre cœur, poursuit la vieille femme d'une voix chevrotante, comme si elle se retenait de pleurer. Nous sommes désolés pour toi, ma chérie. Ça nous a fait beaucoup de peine d'apprendre que tu étais de nouveau malade, et nous aimerions t'aider si possible. Nous voudrions renouer contact, et je sais que ton père…

Je hoquette de nouveau, et elle s'interrompt comme si ça lui rappelait qu'elle est censée garder un secret.

— Bref. Nous avons tant de choses à te dire. Si c'est bien toi, Cara.

Le silence qui suit est chargé d'espoir. La bibliothécaire se retourne pour vérifier que tout va bien : je suis juste censée passer un appel très court. Je m'apprête à raccrocher, et comme si elle l'avait senti, la vieille femme ajoute très vite :

— Nous pouvons venir te chercher à ton lycée.

Mais je n'arrête pas mon geste ; sa voix diminue et se tait lorsque je repose le combiné.

Je regarde autour de moi comme si je m'attendais à ce que mes grands-parents perdus de vue débarquent à la bibliothèque d'un instant à l'autre. *Maintenant, ils savent où je vais à l'école*, me dis-je, même s'il est fort possible que le reportage de Channel 7 Sunshine l'ait déjà mentionné. Je dois me raisonner. Maman et moi n'avons rien à cacher. Nous ne sommes pas en cavale.

Pourtant, pendant le trajet du retour, je ne lui parle pas de la lettre et de la carte que j'ai planquées entre les pages de mon manuel de japonais.

— Tu en as enfin terminé avec ces maudits examens ! s'exclame Maman. (Elle fait semblant de me tendre un micro.) Dis au public comment tu te sens, Cara Jean !

— Super bien. Je me sens pleine d'énergie, j'ai les idées claires et l'intention de passer un bon week-end, je réponds en essayant de sonder son état d'esprit.

Elle semble revenue en mode bavardage amical et machinations « nous contre le monde entier ».

— Justement, j'ai des projets pour ce week-end, commence Maman.

Je m'efforce de ne pas frémir. En général, ça signifie qu'elle a organisé des activités à faire ensemble et, bien entendu, à filmer pour nos abonnés. Masque à l'argile et manucure, par exemple. Une fois, on a tricoté une énorme couverture, et elle m'a demandé d'énumérer toutes les choses qui m'aident à me sentir en sécurité.

— Tu es sûre que tu te sens bien ? demande-t-elle.

Et un instant, je crains qu'elle veuille faire quelque chose de plus actif : une retraite de yoga à la maison, avec une nouvelle vidéo et des tranches de concombre flottant dans une carafe d'eau. Alors, je réponds par l'affirmative, mais avec un peu moins d'enthousiasme au cas où j'aurais besoin d'inventer une excuse pour ne pas faire de tai chi sur la pelouse.

— Tant mieux. Je suis ravie de l'apprendre, parce que j'ai décidé de faire un petit voyage. Juste un week-end de trois jours, lundi inclus.

C'est le pire qui pouvait arriver. L'idée d'un road trip me soulève l'estomac. Je ne supporte pas l'idée de partager une chambre d'hôtel avec ma mère, le masque de l'appareil respiratoire fixé sur le visage et elle allongée à deux mètres de moi, avec ses dents qui grincent dans son sommeil telles des fourchettes qui s'entrechoquent dans un tiroir à couverts refermé violemment.

— Oh, Maman, je crois que ça ne va pas être possible. Je viens juste de finir mes examens, et j'ai une semaine de cours à rattraper maintenant. M. Brinks m'a dit de prendre mon temps, mais il faut quand même que je m'y mette.

—Cara Jean, je ne voulais pas… (Maman hésite, puis reprend sur un ton plein de regret :) C'est un peu difficile à dire.

J'agrippe l'accoudoir du milieu et regarde ses lèvres remuer en essayant de deviner ce qu'elle est sur le point de m'annoncer.

—Je compte partir seule. Ça te paraît peut-être étrange, mais le moment est idéal. Tu as fini tes examens, et tes chiffres se sont stabilisés à un niveau élevé depuis quelque temps. J'ai rempli le frigo de lasagnes végétariennes, de soupe de lentilles et de boulettes de dinde. Tu as quatorze ans, Cara Jean. Des devoirs, des amis avec qui échanger des textos… Tu n'auras pas le temps de t'ennuyer. Toi aussi, tu auras le week-end rien que pour toi !

J'ai quatorze ans et je n'ai jamais rien eu qui soit seulement à moi – il me semble que même ma maladie ne m'appartient pas. Et cette allusion à Xavier, comme si nos échanges ne la contrariaient pas…

—Je ne comprends pas. Tu vas me laisser seule à la maison ?

Je me sens pathétique comme une gamine qui insiste pour avoir une veilleuse.

La valise de Maman est déjà prête et posée près de la porte. Elle a hâte de s'en aller.

—Tu planifiais ça depuis quand ? je demande sur un ton blessé dont je suis la première surprise.

—Oh, ma chérie. J'y pense depuis un moment, mais je me suis décidée cette semaine. J'ai reçu une super promo pour un hôtel avec Spa et j'ai sauté dessus. Te voir prendre ta scolarité et ta vie sociale en main m'a inspirée, Cara Jean. Désormais, je m'inquiéterai moins. Moi aussi, je devrais sans doute devenir plus indépendante.

Elle ressemble à une mère de comédie télé avec ses réponses dégoulinantes de positivité. Mais sous ses mots, je discerne une colère argentée et pointue comme une aiguille. Quand j'étais petite et que les vieux de la paroisse nous ont emmenées à Disney World, elle m'a montré comment leur témoigner ma gratitude. Peu importait que nos accompagnateurs sentent le caramel et le Vicks VapoRub ; peu importait que je ne les connaisse pratiquement pas ou qu'ils rendent bruyamment grâce au Seigneur chaque fois que je posais le pied sur un manège. Ils avaient fait quelque chose pour moi, et je leur devais de m'extasier en retour.

Du coup, je n'avais pas le droit de m'impatienter. Je devais rester assise sur les genoux d'Untel ou Unetelle et sourire pour la photo quand on me le demandait. Je ne pouvais pas me plaindre de mes coups de soleil ou des ampoules que me faisaient mes sandales de seconde main. Ma mère et moi avons appris à ravaler notre rancœur, notre rage. Mais parfois, elle remonte par notre gorge et s'infiltre dans notre voix.

— Et si je tombe malade ?

Bien sûr, je veux dire : encore plus malade.

— Tu prends très bien soin de toi depuis quelque temps. Et le docteur Eric va passer t'examiner en vitesse. Je suis certaine qu'il pourra nous rassurer toutes les deux. Mais j'espère vraiment que tu n'as pas l'intention de me culpabiliser, Cara Jean. Je sais que c'est extravagant, mais te souviens-tu d'une seule fois où je suis partie en week-end ? De toute ta vie ?

—Non, Maman.

—Et pour cause. Quand j'en ai parlé à mon groupe de soutien l'autre soir, les autres membres ont eu l'air choqué. Mais le burn out des aidants est une réalité, et je dois penser d'abord à moi une fois de temps en temps. Surtout maintenant que tu grandis et que tu peux en faire autant.

L'aiguille argentée de sa colère scintille de nouveau.

—Bien sûr, tu as raison. Ça ne me viendrait pas à l'esprit de te culpabiliser. Tu te donnes tant de mal. Un instant, j'ai eu peur, c'est tout.

Je ne crois pas avoir jamais passé une nuit toute seule à la maison. À l'hôpital, oui, mais il y avait des machines pour me surveiller, et des infirmières qui passaient toutes les heures.

—Le docteur Eric va nous tranquilliser toutes les deux, dit Maman en commençant à feuilleter un de ses carnets. J'ai noté ici toutes les informations dont tu pourrais avoir besoin. Et j'ai demandé à Mme Barnes de passer te chercher lundi matin pour t'emmener au lycée.

—La mère de Xavier ?

J'ai du mal à imaginer ma mère l'appelant pour réclamer son aide. Pourtant, elle répond :

—Mais oui. Elle me l'avait proposé quand elle est passée à la maison juste avant Noël, tu te souviens ? Elle a été adorable au téléphone. Elle m'a même encouragée à prolonger mon escapade pendant toute une semaine, mais un week-end, c'est déjà beaucoup. Qui sait ? Je n'y arriverai peut-être pas. Je rentrerai peut-être en catastrophe juste pour prendre ta température.

Elle glousse comme si c'était une idée ridicule et non une possibilité réelle.

Un peu plus tard, le docteur Eric me passe la manchette gonflable pour prendre ma tension. Maman nous tourne autour et reporte chaque chiffre obtenu sur le tableau blanc derrière elle.

—Alors, que disent ses constantes ? Cara Jean affirme qu'elle ne s'est pas sentie aussi bien depuis des années.

Je ne me souviens pas d'avoir dit ça, mais Maman poursuit :

—Qu'en penses-tu ? Est-elle aussi stable qu'elle en a l'impression ?

Le docteur Eric acquiesce.

—Les chiffres sont excellents. J'aimerais lui faire une prise de sang pour voir comment son organisme réagit au nouveau traitement. Du coup, Cara, tu risques de te sentir un peu faible ce soir. Tu avais des projets ?

J'esquisse un sourire en coin.

—Non. Mais si j'avais su que Maman ne serait pas là, j'aurais organisé une mégateuf !

Nous rions tous les trois comme si c'était une conversation normale dans cette maison.

Le docteur Eric me pique le bras et me toise, menton levé, en remuant les sourcils pour se la jouer cool.

—Je kiffe ta nouvelle coupe.

— Ah ouais ?

Je jette un coup d'œil à Maman, qui fait semblant d'être très occupée à griffonner une liste.

— Ouais, c'est visuellement très frappant. Tu es prête pour Hollywood.

Il tente de me rappeler notre petite aventure de mercredi, quand il se faisait passer pour un surfeur californien.

— Merci.

Mon sang remplit la fiole, et je sens mon cœur accélérer pour remplacer les plaquettes qu'on lui enlève. Toute cette conversation vise à maintenir une illusion de normalité. On se donne beaucoup de mal pour ça.

— Où as-tu dit que tu allais, Maman ?

Elle lève les yeux de sa liste.

— Hein ? Pardon ? Je t'ai noté tout ce dont tu pourrais avoir besoin : le numéro de l'hôtel, celui de Mme Barnes – même s'il te suffirait d'envoyer un texto à Xavier.

Le docteur Eric ne tique pas. Je suis la seule à sentir la piqûre de cette remarque.

— Quel hôtel ?

Maman pousse un gros soupir, comme si je l'agaçais avec toutes mes questions indiscrètes.

— Je serai au *Ravenwood*.

— *Château Ravenwood*?

J'ai dû froncer le nez et cligner des yeux dans ma perplexité. Cet hôtel est une reproduction d'un château médiéval – oui, en plein milieu de l'Ohio. Ils passent des publicités pendant les épisodes du *Bachelor*. Apparemment, c'est l'endroit idéal pour un week-end en amoureux. Les gens se fiancent et se marient là-bas ; il doit aussi y avoir des liaisons extraconjugales qui finissent par déboucher sur un divorce. Ce n'est pas du tout là qu'on imagine une mère de famille épuisée descendre pour se reposer quelques jours en solo. Je suis certaine qu'ils ont une Suite Princesse avec un Jacuzzi en forme de pantoufle de verre géante. Et puis, c'est drôlement cher. Mais inutile de demander à Maman comment elle peut se le permettre : elle s'occupe de moi depuis des années, et Guérir Cara est devenu une entreprise lucrative.

— J'ai eu une promo par l'hôpital, se justifie Maman.

— Oui, car c'est pile ce dont les parents d'enfants malades ont besoin : un week-end passé à rejouer une romance médiévale dans un château ringard.

— Cara Jean ! Ça suffit !

Je suis surprise de voir Maman rougir. Tête baissée, le docteur Eric range ses instruments de torture et fourre la fiole de sang dans sa trousse. Ma mère soupire.

— Tu avais promis de ne pas me culpabiliser.

— Désolée. Tu n'as pas à te sentir coupable.

En revanche, elle devrait se sentir un peu ridicule.

— Merci. Maintenant, viens là que je te montre tout ce que j'ai préparé pour toi.

Elle a dressé une liste de mes médicaments dans son carnet – dosage et heure de prise inclus.

— C'est déjà sur le calendrier, non ? dis-je en désignant le tableau blanc.

— Les instructions sont plus précises. Par exemple, ce complément doit être pris avec vingt centilitres d'eau. Et celui-là ne doit jamais être pris l'estomac vide.

— Je sais tout ça, Maman.

— Je pensais juste qu'un récapitulatif complet te rassurerait. Et tu peux l'emporter si tu vas à la bibliothèque ou à l'atelier de poterie.

— Pardon ? (Le docteur Eric lève la tête avec une expression inquiète.) Shaylene, on a déjà parlé de ça. Cara a eu une semaine chargée ; elle doit se reposer.

— C'est vrai.

— Attendez ! Je n'ai pas le droit de sortir du tout ? On avait prévu d'aller au *Monde de la Céramique* ce week-end, je te l'ai dit.

Pour ce que Maman en sait, la santé mentale de Libby Gilfeather en dépend peut-être.

— Cara Jean, soyons réalistes. Tu n'as pas de mode de transport, et je ne veux pas que tu prennes un Uber seule. Si Xavier veut passer…

— Sa mère refuse qu'il vienne si tu n'es pas à la maison, j'aboie avant de tirer sur la laisse de ma colère.

— Eh bien, Mme Barnes a raison de poser des limites et de faire respecter des règles, dit Maman en applaudissant. Je suis ravie d'avoir le soutien d'une autre mère responsable.

Elle jette un coup d'œil au docteur Eric, qui continue à remballer ses affaires, puis baisse la voix :

— Franchement, je ne vois pas pourquoi tu ne pourrais pas aller faire un peu de poterie du moment qu'un adulte vient te chercher et te ramène à la maison. (Plus fort :) Mais tu sais, ça te fera peut-être du bien de prendre un peu de distance avec Xavier. Tu verras tous tes amis au lycée lundi.

Elle m'adresse un clin d'œil exagéré avant de me montrer le pilulier.

— J'ai préparé toutes les doses, et je les ai rangées par jour et par heure. Tu dois prendre celles de l'après-midi maintenant, et avant de partir, je mettrai un minuteur pour les compléments alimentaires de ce soir.

— Souviens-toi, Cara : il ne faut pas que tu manques une prise, mais une surdose serait encore plus dangereuse, intervient le docteur Eric. Ta mère et moi ne voulons surtout pas d'un autre incident comme celui du réveillon de Noël.

Ça me perturbe de l'entendre dire « Ta mère et moi ». Maman doit le sentir, car elle me masse le dos en cercles apaisants. Puis elle me prend la main et la presse.

— Cara Jean le sait. Elle aussi, elle a eu peur. Ma chérie, si tu as besoin de quoi que ce soit, je t'ai laissé une liste de contacts d'urgence dans le carnet : mon numéro de portable, celui de l'hôtel, celui de Mme Barnes…

— Pas celui du docteur Eric ?

L'intéressé secoue la tête, faisant remuer son chignon.

— Non, désolé. Je serai à Cleveland ce week-end. La distribution de seringues, tu te souviens ?

— C'est dur d'être un saint en ville, je marmonne.

Mais la référence à Bruce Springsteen lui échappe complètement.

— Chacun de nous fait ce qu'il peut.

Ma mère passe son carnet en revue une dernière fois.

— J'ai laissé une enveloppe avec de l'argent sur ma commode, mais je préférerais que tu ne te fasses pas livrer à manger. Les restaurants prennent rarement les allergies au sérieux. J'ai également indiqué le numéro de Stella dans la liste des contacts d'urgence – à n'utiliser que si tu as besoin de la présence des médias.

Le docteur Eric et moi nous figeons tous les deux. Je lui jette un coup d'œil et vois qu'il est aussi horrifié que moi.

— Pourquoi j'aurais besoin de la présence des médias ?

Maman a un geste désinvolte.

— C'est juste au cas où. Ça ne peut pas faire de mal. Bon. Tu as regardé ce que je t'ai laissé dans le frigo ? Est-ce que j'oublie quelque chose ?

Le docteur Eric se dirige vers la porte et enfile son blouson.

— Non, tu as tout prévu.

Et ce n'est pas faux. Néanmoins, je dois lutter pour ne pas laisser transparaître ma panique. Alors, je lève la main pour caresser mon crâne rasé. C'est une nouvelle habitude que j'ai prise, et qui m'aide à me calmer. Ce geste me rappelle combien je me suis sentie forte la tondeuse à la main.

— Bon, d'accord. Tu prends tes cachets de l'après-midi tout de suite.

J'opine docilement. Maman nous dévisage tour à tour, le docteur Eric et moi.

— Si je pars maintenant, je peux éviter l'heure de pointe. Je t'aime, Cara Jean. Repose-toi bien, et n'hésite pas à m'appeler si tu as besoin de quoi que ce soit. Ferme la porte à clé derrière nous, et éteins le four ou la cuisinière dès que tu as fini de l'utiliser. Ne prends pas de bain après tes cachets du soir. Et ne dis à personne que tu es seule à la maison – les gens n'ont pas besoin de le savoir.

Elle réarrange les fleurs dans le vase que je lui ai offert.

— Je vais porter tes bagages jusqu'à la voiture, Shaylene, offre le docteur Eric.

Maman et moi restons seules face à face. Un instant, je crois qu'elle ne va pas réussir à partir. Elle a organisé cette escapade sous le coup de la colère. J'ai insisté pour passer cinq examens de rattrapage. J'ai rasé mes cheveux et menti. Je lui ai répondu. Mais maintenant, peut-être qu'elle regrette et qu'elle ne peut pas faire marche arrière devant le docteur Eric. Elle s'est déjà arrangée avec Mme Barnes…

Je pourrais pleurer et la supplier de rester, lui dire que j'ai des migraines et mal aux articulations et la tête cotonneuse. Mais elle ne me laisserait jamais l'oublier. Cela ajouterait encore un fil à la corde qui m'attache déjà à elle.

— Ça va aller, Cara Jean, déclare-t-elle d'une voix douce, encourageante. Tu vas très bien t'en sortir seule. Tu as tellement grandi ces derniers mois.

Puis sa voix se fait tranchante comme de l'acier, et je comprends qu'elle cherche à me faire peur. Elle croit que je tiens sa présence pour acquise, que je pense pouvoir tout me permettre sans conséquences. Elle lève le menton, et les plis qui encadrent sa bouche se creusent telles des parenthèses.

— Et moi aussi, je suppose que j'ai changé, lâche-t-elle.

Alors, je me souviens du texto que j'ai envoyé à Xavier.

Chapitre 23

La dernière phrase de Maman me reste sur l'estomac. La panique monte dans ma poitrine ; mes genoux se mettent à trembler. Mais honnêtement, je me sens faible et patraque depuis des semaines. Je peux gérer.

Je regarde le docteur Eric mettre sa valise dans le coffre du minivan et l'étreindre brièvement avant de monter dans sa Jeep. Il lui chuchote quelque chose à l'oreille, probablement pour l'encourager dans sa décision. Un truc du genre : « Cara s'en sortira très bien. Elle doit apprendre la gratitude, et toi, tu as besoin de souffler. »

La portière claque. Le moteur démarre, et le minivan recule dans l'allée.

Je m'assois sur le canapé et fixe la rue par la fenêtre. J'expire à fond pour tenter de me débarrasser de mon inquiétude et de ma peur. Puis je m'autorise à savourer le calme de la maison vide.

Je me lève et m'appuie sur le rebord de la fenêtre pour scruter la rue, m'attendant plus ou moins à voir Maman faire demi-tour. Mais elle ne revient pas. Je ne crois pas qu'elle fasse semblant : elle ne se serait pas donné la peine de préparer une valise et des instructions aussi détaillées.

Notre économiseur d'écran montre une plage tropicale – une destination très tentante, mais je préfère éteindre l'ordinateur. Je ne veux pas passer une seule minute de ma précieuse liberté à penser à la collecte de fonds. Je ne veux me sentir redevable envers personne. Et puis, Maman a peut-être un moyen de me surveiller à travers la caméra.

Je fonce vers le placard à linge et en sors deux draps. Je déploie le premier sur l'ordinateur et, à l'aide de deux punaises trouvées dans le tiroir à bordel de la cuisine, épingle le second par-dessus le tableau blanc. Plus de calendrier pour dicter mon emploi du temps – du moins, pendant les trois jours à venir.

Jusqu'à lundi soir, mon temps m'appartient.

—Mon temps m'appartient !

J'ai crié, et les murs répercutent ma voix comme en signe d'approbation. Jamais je n'ai parlé si fort dans cette maison.

Maman voulait que je mange les lasagnes végétariennes ce soir, mais je préfère les boulettes de dinde. Quelle grosse rebelle. Je mange sur le canapé devant la télé, comme une barbare. Et je regarde *Divorce Court*, cette émission qui montre le règlement de différends entre des couples en instance de divorce, et que Maman trouve obscène. Elle est partie depuis moins d'une demi-heure, et j'ai déjà enfreint une demi-douzaine de règles.

Ce n'est que le début.

Je sors mon téléphone pour envoyer un texto à Xavier. Je choisis soigneusement mes mots, car ma mère les lira tous depuis *Château Ravenwood*. Je décide de m'en tenir à des faits basiques qu'il doit déjà connaître.

L'examen de japonais s'est bien passé. Merci encore pour ton aide. Il faudra fêter ça très vite.

Ce soir, à l'atelier de poterie ? répond-il.

Peux pas y aller. Suis coincée à la maison. Censée me reposer.

Tu te sens bien ?

Je ne sais pas comment lui donner rendez-vous en ville sans écrire : *Rendez-vous en ville.*

Oui. Je bosse sur un devoir de bio. Je dessine des andouillers. Je n'ai rien trouvé d'autre, et ce n'est pas particulièrement malin. J'espère que Xavier comprendra. Mais si je dois boire du chocolat toute seule en sculptant un troupeau de cerfs, ce sera quand même génial.

Je suis en train de m'assoupir. Je me secoue, rapporte mon assiette sale à la cuisine et me promets de faire la vaisselle plus tard. Je bois du jus de carotte, puis monte chercher un sweat à capuche dans ma chambre. Je prends un billet de 20 dollars dans l'enveloppe sur la commode de ma mère, et je ne culpabilise même pas. Elle s'est bien payé une escapade dans un château !

Je mets du gloss en tentant de me convaincre que c'est pour hydrater mes lèvres desséchées. Je fourre la clé de rechange dans ma poche et, au dernier moment, je prends la lettre de Grand-Mère Wakely pour l'emporter aussi.

Dehors, le froid me pique les poumons et fait perler des larmes au coin de mes yeux. Je suis propulsée par les boulettes de dinde, l'adrénaline et ma nouvelle indépendance. Je me surprends malgré moi à guetter le minivan de Maman.

Il y a la queue au café, mais je me force à rester et j'espionne les conversations en douce. J'aperçois d'autres clients qui sont venus seuls, mais je suis probablement la plus jeune. Je garde mon bonnet pour ne pas me faire remarquer, et mon téléphone à la main comme s'il était impératif qu'on puisse me joindre facilement.

Une fois en possession d'un gobelet de chocolat chaud, je me dirige vers les petits canapés près du fourneau ventru dans le coin, et je reste là un moment à savourer la chaleur, la soirée qui s'étend devant moi, le doux murmure des voix qui m'enveloppe.

Je m'attends à recevoir un texto de Maman d'une minute à l'autre. J'ai un alibi tout prêt : j'ai même lancé un film sur Netflix avant de partir au cas où elle vérifierait mon compte.

Quand je vais jeter mon gobelet dans la poubelle en plastique, la serveuse sourit et me remercie. Elle a des mèches mauves que ma mère désapprouverait sûrement, disant qu'elle veut juste se faire remarquer. Moi, je les trouve trop belles. Quand mes cheveux repousseront, j'aimerais bien m'en faire aussi.

— Ça va ? lance la serveuse.

Et un instant, je crains d'irradier la maladie, l'inquiétude ou juste le regret de mes propres cheveux. Je porte une main à ma tête pour vérifier que mon bonnet est toujours là.

— Tu avais l'air si triste tout à coup, dit-elle.

— Ça va, je réponds d'une voix qui ne tremble pas. Mais merci d'avoir demandé.

Elle hoche la tête et se détourne pour prendre les commandes suivantes.

Le Monde de la Céramique est tout aussi animé que le café. Les habitants de Middlefield ont peut-être décidé de se mettre aux loisirs créatifs cette année. Manuela court partout, sa longue jupe volant derrière elle.

— Ma petite biche, où est ton cerf ? demande-t-elle en me prenant par les épaules pour me guider vers une place libre, à une table dans le fond.

— Je savais que vous me poseriez cette question.

— Le jeune gentleman en vaut la peine, non ?

Je me sens rougir mais j'acquiesce, parce que c'est la vérité.

— Il va peut-être me rejoindre.

— Magnifique ! s'écrie Manuela en battant des mains. Je serai ravie de le voir, mais on la jouera cool toutes les deux, pas vrai ? Tu veux fabriquer quoi ce soir ? Un autre cadeau pour ta mère ?

— Non, je réponds un peu sèchement avant de faire un effort pour m'adoucir. Je voudrais faire quelque chose pour moi.

Dans ma tête, j'entends la voix de Maman siffler : *Égoïste.*

Mais Manuela n'en finit pas de se réjouir.

— Merveilleux. Je suis sincère, tu sais. Parfois, les meilleurs cadeaux sont ceux qu'on se fait à soi-même.

Je pétris l'argile jusqu'à ce qu'elle devienne douce et molle, puis je la modèle avec mes mains. Pas de cerf ce soir. J'étire l'argile comme du caramel pour créer une crinière de lion. À l'aide d'un des instruments tranchants pris dans le pot au centre de la table, je découpe soigneusement les mèches, puis tente de modeler la musculature. La queue me pose des problèmes ; je voudrais qu'elle pende correctement entre les pattes arrière du grand félin.

— Il a une drôle de tête, ce cerf.

Quand j'entends la voix de Xavier derrière moi, ma main glisse, et je manque de m'entailler avec la lame.

— Toi ? Comment tu as su que j'étais ici ?

Je ne suis pas si surprise qu'il ait compris. Je m'attendais à ce qu'il décrypte mon message, mais pas à ce qu'il laisse tout tomber pour accourir.

— Bah, j'ai juste annulé ma réunion avec le comité du Nobel, plaisante-t-il.

Ça me donne envie de le serrer dans mes bras, parce que c'est sûrement la soirée la plus excitante que le P'tit Génie puisse imaginer.

— Et c'est vraiment dommage, parce que je décrocherai peut-être le prix l'an prochain pour avoir décodé ton message, Wakely.

Je cherche Manuela du regard pour qu'elle lui apporte un bloc de glaise. Puis j'étudie le visage de Xavier pour jauger comment il se sent, et sa tenue pour voir s'il a fait le moindre effort. En fait, je cherche à gagner du temps. J'ai trop de choses à lui raconter, et je ne sais pas par où commencer.

— Attends une seconde.

Je m'élance vers le fond de l'atelier où les autres blocs d'argile enveloppés de gaze baignent dans un peu d'eau. J'en prends un, l'égoutte et le mets sur une des assiettes en céramique empilées sur l'étagère. Mon regard croise celui de Manuela, qui lève le pouce.

— Tu vas me forcer à t'embaucher, petite biche.

Quand je pose l'assiette devant lui comme si c'était un bon repas préparé à la maison, Xavier semble déconcerté.

— J'ai vraiment besoin de ça ?

— C'est un atelier de poterie.

Puis je lui raconte les événements des dernières heures.

— Comment ça, ta mère est partie pour le week-end ? Tu es sûre que ce n'était pas prévu ?

— Je crois qu'elle a eu l'idée très récemment. Jeudi au plus tôt. Elle m'en veut à cause de mes cheveux et de nos textos. Elle fait partie d'un groupe de soutien pour les parents d'enfants malades, et elle m'a dit qu'ils avaient parlé de burn out à la dernière réunion. Mais franchement, c'était bizarre. On aurait dit... une menace.

— Quel genre de menace ?

— C'est difficile à expliquer, dis-je en le regardant rouler un boudin d'argile entre ses doigts.

— Une menace physique ?

— Non ! je proteste d'une voix aiguë. Plutôt... comme si elle allait arrêter de m'aimer.

— Tu sais que ça n'arrivera pas, Cara. Tu dois cesser de te considérer comme un fardeau. Tu t'inquiètes tellement...

Mais regarde-toi. Ta mère est partie pour le week-end, et tu sculptes des animaux en céramique.

— Celui-là, c'est un lion féroce.

Xavier sourit mais secoue la tête.

— Tu crois qu'elle est avec un homme ?

— De quoi tu parles ?

— Si elle est un peu moins patiente depuis quelque temps, c'est peut-être parce qu'elle a rencontré quelqu'un. Peut-être que ça n'a rien à voir avec toi, que c'est juste le début de leur relation qui la rend nerveuse.

— Elle est plus que nerveuse.

Je ne peux pas dire à Xavier que tout est *toujours* lié à moi. Je sais que ça aurait l'air mégalo, mais je sais aussi que c'est vrai.

Xavier sort sa bouteille d'eau de son sac, et il boit longuement. Je sais qu'il en vide une toutes les trois heures ; il est réglé comme une horloge. Ça m'étonnerait que Mme Barnes ait besoin d'afficher un calendrier géant dans leur cuisine. Il prend sans doute ses cachets à l'heure tous les jours sans qu'on le lui rappelle.

Je ferme les yeux et jure.

— Oh merde. J'ai oublié mes cachets. Ma mère m'a dit de les prendre tout de suite après son départ. À la place, j'ai dîné et regardé une émission nulle. J'ai complètement zappé.

— Tu veux qu'on repasse chez toi ? Je peux demander à ma mère de passer nous chercher.

— Mais j'ai déjà raté le créneau, et si j'en prends trop, je serai HS.

Xavier ne bouge pas et ne dit rien. Je sais qu'il enregistre chacun de mes mots. Alors, je les choisis soigneusement.

— Je suis censée respecter le planning de mon traitement.

— Je vois, acquiesce-t-il en me dévisageant. Comment tu te sens ?

— Pardon ?

— Comment tu te sens, physiquement, là tout de suite ? Tu viens de sauter une dose, pas vrai ? Tu as la nausée ? Des douleurs ? Peut-être du mal à te concentrer ?

— Non, au contraire. J'ai les idées plus claires que d'habitude.

Je tourne et retourne le lion d'argile entre mes mains. Xavier se dandine sur sa chaise comme s'il répugnait à partager ses réflexions.

— Ton regard est vif, et tu n'as pas les pupilles dilatées. De manière générale, tu sembles plus alerte. Quand as-tu pris tes médicaments pour la dernière fois ?

— Ce matin, avant d'aller au lycée.

— Des symptômes de manque ? Picotements, migraine ?

— J'en ai tous les jours, à cause de la fatigue.

Xavier fronce le nez et pianote sur la table en réfléchissant.

Manuela passe près de nous.

— Ah, le jeune gentleman ! Tu es venu ! s'exclame-t-elle à la vue de Xavier. Je le savais. (Elle me fait un clin d'œil et pose une main sur son cœur.) Quelle intensité ! Il suffit de se tenir près de vous pour le sentir. Mettez toutes ces émotions inexprimées dans votre art.

Puis elle s'éloigne d'un pas glissant, nous abandonnant à notre gêne. Xavier se ressaisit le premier et demande :

— Pourquoi tu t'es rasé la tête, Cara ?

Je me concentre sur la crinière du lion, dont j'ai laborieusement détaillé chaque mèche.

— Ma mère les avait coupés court, mais c'était affreux et de toute façon, ils allaient finir par tomber.

— Qu'est-ce qui te fait penser ça ?

Peut-être que prononcer le mot rendrait les choses trop réelles. Ou peut-être que j'ai encore du mal à y croire, et que ça me donnerait l'impression de mentir. Quoi qu'il en soit, je ne parviens pas à répondre. Xavier me fixe intensément et continue à pianoter sur la table. Puis il soupire et lâche :

— Cara, tu penses que tes cheveux vont tomber parce que tu suis une chimiothérapie. Et tu penses que tu suis une chimiothérapie parce que tu as un cancer.

Derrière lui, je vois Manuela flotter d'une table à l'autre. Elle s'arrête pour échanger quelques mots avec chaque client et parle en agitant les mains. Quand elle s'éloigne, ses tresses noires volent sur le côté. La plupart des gens la regardent se déplacer d'un air fasciné. Mais pas Xavier. Lui, il n'a d'yeux que pour moi.

— Cara, est-ce que ta mère t'a dit que tu avais un cancer ?

J'acquiesce très lentement.

— Et ce diagnostic a été confirmé par un médecin ? Dans un hôpital ?

— Non, mon docteur me rend visite à domicile.

— Tu as déjà passé des scanners ? Des IRM ?

— Non.

— Tu as fait des biopsies ? Des analyses ?

— Mon docteur m'a fait des prises de sang.

— Chez toi ?

— Oui.

— Tu n'as vu personne d'autre ?

— Non.

— Tu n'as parlé à aucun spécialiste ? Ce docteur qui a diagnostiqué ton cancer, c'est le même qui traitait déjà ta maladie auto-immune ?

— Oui.

— Parce que ta mère refuse que tu consultes quelqu'un d'autre ?

Cette fois, je ne réponds même pas. Le P'tit Génie se penche en avant et baisse la voix. Si Manuela se retournait vers nous, elle pourrait croire qu'il est en train de m'avouer ses sentiments. Le couple de personnes âgées à la table voisine doit nous trouver trop mignons.

Xavier parle lentement et clairement. Il attrape un stylo dans le pot au centre de la table et commence à rédiger des notes pour moi, comme si on révisait la biologie et que je risquais d'avoir une interro plus tard.

— Je ne pense pas que tu aies un cancer. J'ai fait des recherches, et à mon avis, il s'agit d'une maladie appelée syndrome de Münchhausen – par procuration, dans ton cas. Tu en as déjà entendu parler ?

Cette fois, je secoue la tête, et j'entends l'air siffler à mes oreilles.

— On l'appelle aussi « trouble factice », reprend Xavier. Les patients qui en sont atteints trompent les autres en faisant semblant d'être malades, voire en se rendant malades exprès. Parfois, c'est un parent qui fait faussement passer son enfant pour souffrant ou handicapé.

Mon sang rugit à mes oreilles.

— « Trompent les autres » ? Tu me prends pour une menteuse ?

— Non, pas du tout. Je crois que tu es bel et bien très malade – à cause de ce que ta mère te fait. Les médicaments, les compléments alimentaires… Je pense qu'elle fabrique elle-même tes symptômes.

— Mais pourquoi ?

— D'après ce que j'ai compris, les gens font surtout ça pour attirer l'attention. Ta mère veut que tu lui sois complètement dévouée, que les autres la plaignent, que les médias s'intéressent à elle. Dans certains cas, il existe aussi une motivation financière, telle que toucher des primes d'assurance ou soutirer des dons.

Il attend que je réagisse. Moi, j'attends qu'il me dise qu'il plaisante.

— Écoute… je comprends que tu trouves ma mère flippante. Elle se comporte bizarrement depuis quelque temps. Mais je suis malade depuis des années.

— D'après qui ?

— Comment ça ? Je le sens dans mon corps. Depuis que j'ai sept ou huit ans, je vois des docteurs, je séjourne à l'hôpital, je change d'école chaque fois que ma santé l'exige.

— Exactement. Qui est la seule personne qui a toujours été près de toi ?

— Ma mère.

Xavier se radosse à sa chaise comme si je venais de lui donner raison, mais je ne vois pas comment.

— Qui prend tes rendez-vous médicaux ? je réplique. Qui décide quand une visite aux urgences s'impose selon ton niveau de douleur ? Qui s'entretient avec des docteurs ?

— Ce n'est pas pareil.

— Pourquoi ? Qu'est-ce qui fait que ta maladie est valide et la mienne factice ?

— Ce n'est pas ce que je voulais dire.

— C'est exactement ce que tu voulais dire. Je croyais que tu me comprenais. Que tu voyais que je lutte autant que toi. Je n'ai jamais mis ton diagnostic en cause. Imagine si je t'interrogeais sur l'anémie à hématies falciformes. Si je doutais de tes souffrances, ou si je suggérais que c'est une invention de ta mère pour susciter l'attention. Comment tu réagirais ? Tu es vraiment égoïste au point de refuser d'envisager que quelqu'un d'autre soit en aussi mauvaise santé que toi ? C'est quoi, ton problème ? Je ne te menaçais pas tant que j'étais trop crevée pour aller en cours, mais maintenant que j'ai rattrapé mon retard, tu risques de devoir partager les projecteurs de la tragédie avec une autre bonne élève malade, c'est ça ?

— Tu es injuste.

— Pas du tout.

Je me lève en pensant que je vais vaciller, mais en fait, je me sens très vigoureuse. Je me dirige vers le comptoir et laisse un billet de 20 dollars près de la caisse.

— Petite biche, pourquoi tu es aussi pressée ?

— Je ne suis pas une biche, Manuela. Je suis une lionne.

Les autres clients murmurent derrière moi. Je me fais remarquer. Je sais que je devrais faire machine arrière ; au lieu de ça, je sors en poussant la porte d'une main et en prenant mon bonnet de l'autre. Les cloches de terre cuite tintent, attirant encore davantage l'attention sur moi. Je m'en fiche. Que les gens me regardent si ça leur chante.

Je passe une main sur mon crâne rasé pour le réchauffer. Je m'aperçois que depuis le début, je sculpte des animaux mâles. Un cerf avec des andouillers. Un lion avec une crinière majestueuse. Dans la nature, ce sont les femelles qui ont la force de se passer d'ornements.

Je me souviens que j'ai placé toute ma douleur et tout mon ressentiment dans ma tresse. Je revois les quelques mèches éparses sur le sol, pareilles à une fille qui s'est écroulée après avoir trop dansé. Mon visage est baigné de larmes. Mon téléphone reste silencieux. Personne ne m'envoie de texto pour me demander si ça va. Personne ne m'appelle pour vérifier que je suis à la maison, en train de me reposer.

En remontant notre allée, je songe combien c'est rare que je rentre seule. Si Channel 7 Sunshine faisait un sondage dans notre quartier, que raconteraient les voisins ? « Elles ne fréquentaient pas grand monde. » L'un d'eux dirait peut-être : « On se demandait parfois si elle avait vraiment une fille – on ne l'a jamais vue dans leur jardin ni croisée dans la rue. » Je regrette de ne pas avoir pensé à laisser la lumière du porche allumée. Je me fais peur toute seule en tâtonnant pour introduire la clé dans la serrure. J'ai peur que Maman soit rentrée, et j'ai peur qu'elle ne rentre jamais.

Elle a traîné sa petite valise à roulettes dans le grand hall de *Château Ravenwood*, et Xavier voudrait me faire croire qu'elle prépare des pommes empoisonnées. Une fois à l'intérieur, je m'approche du comptoir de la cuisine, sur lequel est posé mon pilulier. Les compartiments de mardi à jeudi sont vides ; ceux de vendredi à lundi sont toujours pleins. J'ouvre le premier et en sors les cachets que j'aligne devant moi. Ils couvrent toute la longueur de ma main.

Ces médicaments m'ont été attribués. Je pourrais les avaler sans réfléchir, m'enfouir sous mes couvertures et tenter d'oublier le doute sur le visage de Xavier. Et demain, je me réveillerais les idées embrumées et le corps las avant même d'avoir commencé ma journée. Machinalement, je repenserais à ce doute de la même façon que je caresse mon crâne rasé.

Je jette les cachets dans l'évier et imagine une foule en délire, un compteur de points qui s'affole. Je fais couler de l'eau jusqu'à ce qu'ils fondent et disparaissent. Plus moyen de faire machine arrière à présent. J'envisage de jeter aussi les cachets de samedi et de dimanche, puis décide d'attendre et d'évaluer mes symptômes chaque matin et chaque soir. Je ne vais pas cesser d'obéir aveuglément à ma mère et au docteur Eric pour me mettre à suivre aveuglément Xavier Barnes.

Mon téléphone est un poids mort d'indifférence dans ma poche. Je le sors et rédige un texto pour ma mère avec soin. *J'espère que tu es bien arrivée. Suis crevée, vais bientôt me coucher. Bisous.* Puis j'attends.

Elle met plus longtemps que je ne m'y attendais à répondre : *Tu me manques, ma chérie. FaceTime ?*

Je sursaute, pose mon téléphone sur le comptoir comme si c'était une bombe et songe que Manuela et Xavier ont tous les deux remarqué une différence chez moi. Et ma mère m'observe toujours si attentivement... Alors, je réponds : *Trop fatiguée.*

D'accord, repose-toi. Appelle en cas de besoin. Je t'aime.

Je désactive la sonnerie. Inutile d'attendre un autre contact qui ne viendra pas.

Pour une fois, j'ai de l'énergie à revendre. Je fais les cent pas dans la cuisine. Sous le drap blanc qui le change en fantôme, l'ordinateur m'appelle. Mais je sais que je ne dois pas laisser de traces dans l'historique de recherche. Et si Maman surveille mon téléphone, elle a peut-être installé un logiciel espion sur le bureau. Mes recherches devront attendre. Pour l'instant, je vais examiner les factures qui s'échappent des dossiers et des enveloppes entassés sur la table de la salle à manger – que Maman appelle parfois « le centre d'archivage » dans ses vidéos.

C'est vendredi soir, et il est encore tôt. Je m'assois et entreprends de mettre de l'ordre dans tous ces papiers pour comprendre de quoi il retourne.

Chapitre 24

Il s'avère impossible de trouver un ordre logique. Je classe les factures par date et découvre qu'à certaines périodes, Maman m'a fait consulter trois ou quatre spécialistes en même temps. Je devrais peut-être considérer le docteur Eric comme une amélioration. Aucun de mes médecins précédents ne mentionne jamais les analyses faites par les autres. Le cabinet de la plupart d'entre eux se trouve à au moins trois quarts d'heure de route des villes où nous avons habité. Beaucoup de factures ont dépassé l'échéance de paiement ou sont indiquées comme en recouvrement; quelques courriers mentionnent des erreurs dans les informations fournies et réclament un numéro d'assurance valide.

Une chemise en carton contient différentes versions de la même lettre adressées à diverses associations caritatives qui s'occupent d'enfants malades. Maman y invoque tout un éventail de diagnostics: cancer infantile, maladies auto-immunes, diabète, maladie de Crohn ou de Lyme…

Je découvre également des lettres dans lesquelles elle se prétend veuve de militaire, ou dit élever une enfant seule pendant que son mari condamné pour violences domestiques fait de la prison. C'est la seule référence à mon père.

Je lis jusqu'à ce que la tête me tourne. Je prends des notes et fourre dans la même chemise les documents qui me semblent particulièrement mystérieux – ou peut-être particulièrement compromettants. Au début, je tente de laisser les papiers comme je les ai trouvés, de les reposer à l'endroit exact où je les ai pris, mais j'abandonne assez vite. C'est trop facile de me laisser happer par une page après l'autre. J'ai l'impression de tomber dans un trou et, dans ma chute, d'apercevoir des fragments trop brefs et trop confus pour que je parvienne à leur donner un sens.

Mais tous obéissent au même principe : Maman raconte que je suis malade, et elle réclame de l'argent. Il n'y a pas de diagnostic à proprement parler, juste des ordonnances griffonnées et signées d'initiales différentes. Et aussi des dossiers médicaux remplis, comme celui qu'a réclamé le lycée, comportant des listes d'allergies et autres problèmes médicaux. L'un d'eux dit que j'ai été opérée de l'appendicite il y a cinq ans. Mais sur un autre, daté d'il y a deux ans, Maman a écrit « Aucune » dans la rubrique « Opérations chirurgicales ».

Je n'arrive pas à y croire. Je n'arrête pas de reprendre les pages que j'ai déjà lues pour vérifier et tenter d'assembler les fragments. Mais on dirait l'historique médical de douze personnes différentes, pas d'une seule. Pas le mien.

Je me dis d'abord que ça n'a aucun sens. Puis je commence à comprendre que si.

Les mensonges. Tous ces mensonges. Aux docteurs. À propos des docteurs. Aux autres gens. À moi.

Je ne m'autorise pas à assimiler l'ampleur de la manipulation. Je dois continuer à lire, découvrir tout ce que je peux. Je réfléchirai plus tard.

Les minutes s'égrènent, et mes paupières se font lourdes. Je crains de manquer un détail qui expliquerait tout, une clé qui décoderait des aspects que je suis incapable de comprendre. C'est bizarre de ne même pas savoir ce que j'espère. Maman est partie depuis quelques heures à peine, et déjà, elle a cessé d'être une personne pour devenir une piste que je dois suivre. C'est excitant de récolter des preuves de ses mensonges. Mais je me demande avec angoisse où ça va me mener.

La chemise de documents mis de côté devient énorme. J'en ai assez pour les apporter à quelqu'un, si je trouve à qui. Xavier n'aurait pas de mal à les interpréter, mais il a déjà tiré ses conclusions.

Je retourne dans la cuisine pour prendre le carnet d'instructions que Maman m'a laissé et transvaser les cachets des trois prochains jours dans un sac congélation. Puis je fourre l'ensemble dans mon sac à dos avec les deux lettres que j'ai reçues. Je pousse la desserte à roulettes devant la porte de derrière et tire le verrou de la porte de devant : comme ça, si Maman rentre plus tôt que prévu, je ne me laisserai pas surprendre. Je lui dirai que j'ai eu peur de dormir toute seule. Je m'entraîne à mentir tout haut dans la cuisine vide :

— Désolée que tu aies écourté ton week-end, Maman. Mais je suis contente que tu sois rentrée.

Quand je décide enfin de me coucher, je m'enroule dans une couverture sur le canapé du salon, avec un coussin en guise d'oreiller. J'ai laissé la télé allumée, et les desserts ridicules d'une émission de pâtisserie se succèdent à l'écran. Maman dit toujours que regarder la télé avant de dormir perturbe nos capacités de récupération. Mais je ne trouve pas. Je rêve de tartes posées partout dans la cuisine, de gâteaux sortant du four par dizaines.

Le lendemain matin, les suggestions de Netflix défilent sur l'écran. Si j'aime tant la pâtisserie, je serai peut-être intéressée par une émission sur les gens qui vivent dans des cabanes perchées ? Ou sur la confection de vêtements pour chiens ? Leur version de ma vie est nettement plus passionnante que la réalité.

Maman m'a laissé un Tupperware de smoothie au chou kale, que je bois avec méfiance. C'est un peu étrange de ne pas m'en servir pour faire descendre des cachets.

Je tente de déterminer comment je me sens. Je m'étire. Même si j'ai dormi sur le canapé, je n'ai mal nulle part. Je n'ai pas non plus de migraine – par contre, j'ai super faim. Je dévore le reste des boulettes de dinde. Puis je me douche et m'habille en gardant mon téléphone à portée de main.

Maman m'appelle à 9 h 30.

— Je voulais vérifier comment tu allais. Tu semblais si fatiguée hier soir ! Tu as bien dormi ?

— Plus ou moins. Je n'arrêtais pas de me réveiller, persuadée d'avoir entendu un bruit.

— Tu t'es réveillée ? Malgré les cachets ?

— J'avais un peu la tête dans le coton, mais je ne me sentais pas tranquille toute seule à la maison.

— Cara Jean, tu sais…

— Je ne t'accusais pas, Maman ; je t'expliquais, c'est tout. Il est comment, le château ?

— Très beau, mais plein de courants d'air. J'ai pris rendez-vous au Spa pour un massage. J'espère que ça suffira à venir à bout du nœud dans mon dos. La mobilité est une part cruciale du bien-être. Tu vas voir Xavier aujourd'hui ? interroge Maman sur un ton désinvolte.

Mais je sens combien la réponse lui importe.

— Non, je ne crois pas.

— Tout va bien entre vous deux ? J'aurais peut-être dû demander à quelqu'un d'autre que Mme Barnes de t'emmener au lycée lundi.

— Non, c'est bon. C'est juste que Xavier croit tout savoir, et que ça m'énerve.

— Il t'a bien aidée à te remettre à niveau. Mais ne laisse personne te donner un sentiment d'infériorité.

— Bien sûr que non, Maman. Tu m'as appris à avoir une bonne estime de moi. Je l'appellerai quand même dans la journée pour prendre les devoirs des cours qu'on a en commun et renforcer son ego géant.

— Les gens aiment qu'on ait besoin d'eux.

Je n'ai pas l'habitude de discuter ainsi avec ma mère.

En temps normal, nous ne sommes jamais séparées plus de quelques heures, et nous n'avons pas tant de choses à nous raconter. Là, je la sens distraite. Elle répond à des questions que je ne lui ai pas posées.

— Demande si sa mère peut t'emmener à l'atelier de poterie. Ou contacte ton amie Libby.

— Je verrai. J'ai beaucoup de devoirs.

— C'est vrai. Mais si tu y vas, emporte un casse-croûte que je t'ai préparé. Ne te bourre pas de cochonneries juste parce que je ne suis pas là pour te surveiller. Il ne faudrait pas que tu fasses une autre réaction allergique.

— Tu as raison. Je vais probablement rester à la maison.

— Amuse-toi bien. Je te rappelle plus tard, ma chérie. D'ici là, n'oublie pas de prendre tes médicaments à l'heure, et de manger en même temps comme indiqué sur le calendrier.

— D'accord. Profite bien de ton massage.

— C'est un massage thérapeutique, mais on verra.

Puis elle raccroche et retourne à ses obligations royales dans la plus haute tour de *Château Ravenwood*.

Je me force à appeler Xavier. Il répond dès la première sonnerie.

— Tu vas bien ?

Je fais court et direct :

— Oui, mais j'ai besoin que tu me rendes un service.

— Une minute. Cara, je suis vraiment désolé que…

— Je n'ai pas le temps d'écouter tes excuses. Moi aussi, j'ai dit des horreurs. Mais je les pensais peut-être.

J'ai pratiquement crié, et je me demande si une totale absence de manières compte comme un symptôme, ou si je suis juste une personne désagréable sans les médicaments. Je me ressaisis et tente de reprendre à zéro :

— J'aurais dû t'envoyer un texto, mais…

— Ta mère.

— Ouais. Et pour les coups de fil…

— Tu ne sais pas si elle les écou…

— Peu importe, je coupe très vite.

Xavier deviendra peut-être un scientifique brillant, mais comme espion, il serait nul.

— J'ai besoin que tu me commandes un Uber.

— Hein ?

— Je n'ai pas de carte de crédit. Et si j'utilise l'app de mon téléphone…

— Elle pourra te sui…

— Merci.

— Il faut que tu me donnes l'adresse de l'endroit où tu vas.

Je n'avais pas pensé à ça. Je ne veux pas que quiconque le sache, pas même le P'tit Génie.

— C'est pour pouvoir commander la voiture, explique-t-il. Et ça ne peut pas faire de mal niveau sécurité, non plus.

Xavier est aussi gêné que moi. On n'a pas l'habitude de ce genre de conversation. La rancœur nous rend maladroits, comme quand Vish et Al se disputent au sujet de leurs cartes Pokémon.

— Écoute, je n'ai qu'à t'accompagner. Pour te soutenir moralement. On n'est pas obligés de parler ni rien. Je n'ai pas grand-chose d'autre à faire.

— Je peux me débrouiller seule, j'aboie.

À sa décharge, Xavier s'abstient de me rappeler que je l'ai appelé à l'aide. Je prends une grande inspiration pour me calmer. Puis je choisis chacun de mes mots avec soin.

— C'est important que j'y aille seule. Je sais que ce n'est pas gratuit, et bien entendu, je te rembourserai.

Xavier soupire tristement avant de répondre :

— Le problème, ce n'est pas l'argent, Cara.

Je le sais, mais je garde le silence. Après ce qui s'est passé hier soir, je n'ai pas envie de le brosser dans le sens du poil. Je déteste devoir me sentir redevable envers quiconque, même un ami. Je déteste devoir me mettre à plat ventre et ramper pour réussir à avancer de quelques centimètres. Aussi, c'est sur un ton bourru que je réponds :

— Je dois aller à plusieurs endroits. Autant te prévenir tout de suite.

Un silence s'installe entre nous. Je suis peut-être allée trop loin cette fois.

— D'accord. Donne-moi juste la première adresse, on verra après.

Il me rappelle quatre minutes plus tard.

— Reuben passera te prendre dans douze minutes. Il conduit une Honda Accord bleue. Si tu ne le sens pas, descends de voiture au premier feu rouge. De préférence dans une zone habitée. Où que tu sois, je viendrai te chercher.

— Tu crois vraiment que Reuben envisage de me kidnapper ?

Xavier se racle la gorge.

— Je voudrais qu'on parle de ce qu'on s'est dit hier soir.

— Désolée. Pas le temps pour le moment. Je suis occupée à écrire une lettre. Merci pour l'Uber. J'apprécie vraiment.

Xavier Barnes croit peut-être que c'est à lui que j'écris. Ça doit le réconforter après que je lui ai pratiquement raccroché au nez. En fait, j'ai décidé de répondre à M. Patrick Neary, le gentil vieux monsieur qui ne prétend pas être mon grand-père mais qui a quand même pris le temps de m'envoyer une carte marrante et de me dire qu'il priait pour moi. Je prends une belle feuille de papier à lettres dans les affaires de Maman et colle un timbre sur une enveloppe assortie.

Là aussi, je fais court et direct.

« Cher monsieur Neary,

Merci beaucoup pour votre gentille carte. Elle m'a fait très plaisir. S'il vous plaît, ne perdez pas votre temps à vous inquiéter pour moi. Des tas d'autres gens méritent davantage vos prières. Je ne sais pas si je suis réellement malade ou si ma mère ment depuis le début. Ça doit vous paraître fou et incompréhensible. Je voulais juste que vous sachiez que votre carte m'avait touchée, et qu'elle m'avait aidée à traverser un moment difficile.

Amitiés,

Cara Wakely »

Je recopie l'adresse notée au dos de l'enveloppe vert vif. Puis je prends mon sac à dos et une bouteille d'eau, enfile mon blouson et enfonce mon bonnet sur ma tête. Je ferme la porte à clé et vais glisser l'enveloppe dans la boîte aux lettres au coin de la rue avant de pouvoir changer d'avis.

J'attends dans le froid que Reuben arrive avec sa Honda Accord bleue. Il s'arrête juste devant la maison. J'ouvre la portière et demande :

— Reuben ?

Il hoche la tête et attend que j'aie attaché ma ceinture pour démarrer.

— Alors, qu'est-ce que tu vas faire à Aurora ?

— Je vais voir mes grands-parents.

C'est la première fois de ma vie que je prononce ces mots.

— Je suis sûr qu'ils seront ravis de te voir.

— Je ne leur ai rien dit. Je vais leur faire la surprise.

— Encore mieux. Tu as assez chaud ?

Il croise mon regard dans le rétroviseur. Instinctivement, je porte les mains à mon bonnet.

— Oui, merci.

Puis je tourne la tête pour regarder par la fenêtre tandis que les maisons se font plus rares et les champs plus sauvages sur les bords de la route. Je ne veux pas être désagréable, mais plus j'en dirai, plus je risquerai de faire une gaffe. Depuis toujours, Maman me répète que je ne dois pas parler, que je dois la laisser décrire mes symptômes et expliquer mes absences. Elle m'a appris les lois qui régissent le droit à la vie privée. En cas de besoin, elle m'intime le silence en me pressant la main.

Et je comprends soudain que pour éviter tout problème, elle me tient à l'écart des autres. Elle ne m'a jamais emmenée frapper aux portes pour récolter des bonbons le soir d'Halloween, et on n'ouvre jamais aux chorales de Noël. Quand on déménage, c'est toujours précipitamment, sans dire au revoir ni à mes profs ni à mes camarades. Dans tous les papiers que j'ai examinés hier soir, je n'ai pas trouvé une seule enveloppe avec une étiquette de réexpédition.

Je relis la lettre de ma grand-mère, remarquant son style raffiné et les boucles de son écriture. « Nous ignorions que vous habitiez encore dans l'Ohio. » Je formule une réponse dans ma tête. *Vous auriez peut-être pu vous renseigner ?* Et puis, ce n'est pas comme si Boston se trouvait sur une autre planète. Pourquoi n'ont-ils pas fait plus d'efforts pour garder le contact ? Maman ne me laisse jamais parler, mais mes grands-parents ne semblent pas avoir posé beaucoup de questions.

Les maisons se rapprochent de nouveau quand nous atteignons le village d'Aurora. M. et Mme Burton Wakely habitent un quartier que la plupart des gens qualifieraient de charmant, avec des porches en bois et des boîtes aux lettres en forme d'animaux. Nous dépassons une petite épicerie et un *diner* avec une voiture vintage montée sur le toit.

Quand Reuben ralentit, je guette les numéros des maisons et tente de ne pas paniquer à la vue du 122 Prospect Street. Je descends de voiture et reste plantée sur le trottoir pendant que la Honda Accord s'éloigne. Quelque part à trois quarts d'heure au sud d'ici, je suis certaine que Xavier surveille l'app Uber.

Je sonne à la porte, et la sonnerie est exactement celle qu'on peut imaginer chez une personne qui utilise le vocabulaire de ma grand-mère. Elle joue une petite gamme et, tandis que les notes descendent, je me raidis en prévision du moment où la porte va s'ouvrir.

Mais la porte ne s'ouvre pas. Je traverse la pelouse et l'allée de gravier pour jeter un coup d'œil à l'intérieur du garage. Il est bien rangé, avec des tas de meubles en rotin mais pas de voiture. Derrière la maison, je découvre une petite terrasse et pas moins de quatre mangeoires à oiseaux. J'en déduis que mes grands-parents aiment les animaux.

Il y a un paillasson devant la baie vitrée, mais pas de clé dessous. Je la trouve dans une fausse plante en pot près du barbecue couvert. Je ne perds pas beaucoup de temps à m'interroger. J'ai leur lettre à la main ; si jamais ils rentrent chez eux et tombent nez à nez avec une folle chauve, je pourrais prouver qu'ils m'ont invitée.

J'ignore pourquoi je suis si surprise que la clé tourne dans la serrure. Je pousse la porte, me penche à l'intérieur et appelle :

— Coucou ? Grand-Mère Wakely ? Papy ? Je suis venue vous rendre visite. J'espère que je ne vous dérange pas.

Je dois être l'intruse la plus polie de l'histoire d'Aurora. J'ôte mon bonnet parce que les personnes âgées trouvent ça plus respectueux, et aussi parce que mon crâne chauve me fait paraître plus fragile, moins menaçante.

— C'est Cara, j'annonce en espérant ne pas recevoir un coup de canne. J'ai bien reçu votre lettre, et j'ai des questions à vous poser.

Tout est silencieux. L'espace d'une seconde, je crains de m'être trompée d'adresse et introduite chez de parfaits inconnus. Mais dans le salon, un secrétaire se dresse près d'une horloge. Deux piles d'enveloppes sont posées dessus, parallèles l'une à l'autre – à côté d'elles, le courrier de Maman semble avoir été frappé par une tornade. La première porte la même écriture nette que celle que je tiens à la main. La seconde est un ensemble de factures et de correspondance adressées à M. et Mme Burton Wakely. Burton. Burt. Grand-Père Burt, mais il préfère Papy.

Mon cœur cogne plus fort que le tic-tac des secondes de l'horloge. Je tripote mon téléphone en hésitant à appeler Xavier. Pour lui dire quoi ? *Je me suis introduite dans une maison qui n'est pas la mienne. Je suis en train de fouiller dans le courrier de mes grands-parents en parlant toute seule. Il a suffi que ma mère me laisse seule un week-end pour que je bascule dans la délinquance.*

Puis je vois les photos encadrées, soulignées d'un passe-partout et accrochées au mur de l'escalier selon une disposition élégante. J'imagine mes grands-parents descendant les marches avec lenteur le matin. Une fois de temps en temps, ils s'arrêtent, une main piquetée de taches de vieillesse posée sur la balustrade, et regardent les photos en reprenant leur souffle. L'une d'elles, en noir et blanc, a été prise pendant leur mariage. Le voile de ma grand-mère ressemble à un torrent d'écume. Mon grand-père a posé le menton sur sa tête, et leurs doigts sont entrelacés devant eux. On dirait que le photographe les a surpris pendant une danse. Juste à côté, il y a un portrait d'un petit garçon blond ; vêtu d'une salopette en jean, il présente une locomotive à l'objectif.

Tout en haut de l'ensemble de cadres, un autre portrait le montre plus âgé, avec des cheveux plus foncés et des traits mieux découpés. Cette fois, il porte une robe de nouveau diplômé et une toque légèrement de travers. Il pose avec son diplôme relié de cuir dans les bras, comme s'il trouvait toutes ces formalités un peu ridicules et qu'il allait éclater de rire sitôt la photo prise.

Seuls tous les trois, sur une plage, avec le soleil couchant en toile de fond. À la montagne, bras dessus bras dessous, les skis plantés dans la neige près d'eux. Les Wakely ont eu une belle vie, dirait-on.

Au centre de la composition, j'aperçois une fillette de deux ou trois ans avec des couettes châtaines, assise en haut d'un toboggan coloré sur une aire de jeux. Ses petites mains agrippent les bords de la rampe, et elle sourit au photographe. Je sens presque le plastique chauffé par le soleil sous mes doigts, l'excitation du fait de lâcher prise, de filer vers le bas et de rebondir sur l'épais tapis en caoutchouc. Je me souviens.

Je me souviens des sucettes à l'eau achetées à un vendeur ambulant. Je me souviens des promenades juchée sur les épaules d'un homme qui passait un bras en travers de mes jambes pour m'empêcher de tomber. Je me souviens de l'odeur des allumettes brûlées et des bougies d'anniversaire soufflées. Je me souviens de gens qui crient. D'avoir eu de la fièvre alors que je portais une grenouillère. Des rambardes métalliques d'un lit d'hôpital. De mon père planté sur le seuil d'une chambre, le regard fixé sur moi.

La petite fille des photos a l'air heureuse et en pleine forme, avec des joues roses et rondes. M. et Mme Burton Wakely doivent monter et descendre cet escalier chaque jour. Combien de fois s'arrêtent-ils pour la regarder en haut de son toboggan ? Je me demande quelles questions ils se posent à mon sujet.

Puis j'entends des pneus crisser sur le gravier, et je mets une seconde à identifier ce son. Le moteur de la voiture gronde très fort ; visiblement, Papy Wakely aime les chevaux-vapeur. Sans réfléchir, je monte les marches quatre à quatre et fonce dans le couloir de l'étage comme si je voulais m'accroupir derrière un rideau de douche ou me planquer dans le grenier. Prenant conscience que c'est idiot, je fais demi-tour – et au passage, je décroche deux des photos : la mienne et celle de mon père avec son diplôme. Mais prise de remords, je laisse la première sur le secrétaire près de l'horloge. Les trous dans la composition raconteront l'histoire de ma visite.

Les portières de la voiture claquent, et des pas traînants remontent l'allée. La porte de devant s'ouvre en grinçant tandis que j'essaie de refermer la baie vitrée. Mais elle résiste. Je reste là un instant, découpée dans l'ouverture, la photo de mon père glissée à l'intérieur de mon blouson. Et je la vois. Ses cheveux argentés sont coupés au carré, et elle porte un foulard noué autour de son cou.

—Qui est là ? glapit-elle. Burton !

J'ai très peur qu'elle bascule en arrière ou s'écroule en se tenant la poitrine. Puis elle m'aperçoit et lance : « Coucou ? » avec plus de curiosité que de colère. Je soutiens son regard et ôte mon bonnet pour qu'elle comprenne qui je suis.

— Cara, dit-elle avec une conviction absolue.

Je m'enfuis en courant, la photo de mon père serrée contre moi. Je ne me retourne pas.

Chapitre 25

À Aurora, Ohio, le *diner La Comète* sert des petits déjeuners toute la journée, y compris aux délinquantes qui débarquent essoufflées après s'être introduites dans la maison de leurs grands-parents perdus de vue. N'ayant que 20 dollars en poche, je scrute le menu avec soin – sans oublier de guetter M. et Mme Wakely par la fenêtre voisine.

Le restaurant a la forme d'un wagon. Pelotonnée dans un box garni de vinyle rouge, je me surprends à souhaiter qu'il soit accroché derrière une locomotive à vapeur qui filerait sur des rails pour m'emporter loin d'ici.

Il est presque midi, et je n'ai pratiquement rien accompli en regard du prix que je devrai payer pour cette aventure. Je sais que j'ai des grands-parents et qu'ils aiment les oiseaux. J'ai désormais une photo de mon père, mais je n'ose pas la sortir pour l'examiner parce que techniquement, c'est un objet volé. Au lieu de ça, j'ouvre mon sac à dos sous la table et je glisse le cadre dedans. Je m'attends à ce qu'une voiture de police fasse irruption dans le parking minuscule d'un instant à l'autre.

La serveuse prend ma commande en faisant claquer son chewing-gum. Une main dans mon sac, je vérifie que mes cachets sont toujours là. Je ne pense pas en avoir besoin, mais leur présence me rassure. Je viens de courir plus vite et plus loin que jamais. J'ai un point de côté et mal à la poitrine d'avoir inspiré tant d'air froid. Mes oreilles sont douloureuses à cause des variations de température, mais malgré tout, je me sens vigoureuse et en pleine forme.

Je commande des pancakes – en bafouillant parce que Maman et moi mangeons rarement dehors, et jamais de gluten. D'accord, je prends les pancakes à la farine de sarrasin, mais ce sont des pancakes quand même.

— Quelque chose à boire avec ça ? demande la serveuse, le stylo au-dessus de son calepin.

Elle ne peut pas deviner combien tout ça est nouveau pour moi.

— Du jus, s'il vous plaît.

Elle lève légèrement les yeux au ciel.

— Quelle sorte ?

— Du jus d'orange. Merci.

Quand elle s'éloigne, je prends trois grandes inspirations pour me calmer et me force à savourer le moment présent. Je suis dans un *diner*, sur le point de m'offrir un repas en tête à tête avec moi-même. J'examine le catalogue du mini-jukebox posé sur ma table. Essentiellement des titres de chez Motown.

J'essaie de ne pas me faire remarquer : c'est un village, et je suis une ado chauve venue déjeuner toute seule. C'est déjà bien suffisant. Quelques couples discutent, penchés l'un vers l'autre. Deux ou trois types d'âge mûr lisent le journal déployé devant eux. D'autres gens se contentent de siroter leur café en jetant un regard morne par la fenêtre. Personne ne téléphone. C'est sans doute malpoli, mais tant pis. J'appelle Xavier. Quand la serveuse m'apporte mon jus d'orange, elle fronce les sourcils d'un air désapprobateur.

Xavier me reproche de l'avoir laissé si longtemps sans nouvelles.

— Je m'inquiétais. Tu es où ? demande-t-il sur un ton coléreux.

Il a toutes les raisons de m'en vouloir. Je me souviens de notre dispute et de la mesquinerie dont je l'ai accusé.

— Désolée. Peu importe où je suis.

— D'après Uber, c'est un endroit du nom d'Aurora.

Il peut me suivre avec l'app. Et il l'a fait, au cas où il y aurait eu un problème avec Reuben. Je ne le lui avouerai pas, mais ça me rassure qu'il veille sur moi.

— Pour le moment, oui, mais je devrais rentrer. Il n'y a rien ici pour moi.

Ce n'est pas entièrement vrai. Je me souviens de l'expression de Mme Wakely. Pleine d'espoir. Je pourrais retourner chez eux et frapper à la porte. Attendre qu'ils me laissent entrer, cette fois. Je m'assiérais dans leur salon où l'aspirateur a été passé récemment, et ma grand-mère m'apporterait une assiette de minisandwichs. On parlerait de sa lettre, et je les interrogerais sur le jeune diplômé de la photo. Je leur montrerais le contenu du dossier, ces courriers dans lesquels ma mère raconte que mon père est mort au Moyen-Orient. Ils pourraient peut-être me raconter le début de ma vie, me parler de mes symptômes initiaux.

Mais ce ne serait pas facile d'entamer une relation de confiance une heure après m'être introduite chez eux en douce. Mieux vaut que je leur laisse un moment pour digérer. Je me souviens de mes joues roses sur la photo avec le toboggan. Ils ont eu plus de dix ans pour me contacter.

Xavier parle de mon retour.

— Tu devrais peut-être venir directement chez moi. On parlera à mes parents. Je me demandais si on ne pourrait pas t'emmener dans une clinique pour faire un bilan de santé indépendant ?

La serveuse pose mes pancakes devant moi et se racle la gorge. Je lève les yeux vers elle et dis :

— Merci.

Mais Xavier se méprend.

— Super, je vais me renseigner sur les endroits qui prennent des patients sans rendez-vous.

— Non, dis-je sur un ton pressant en me recroquevillant sur mon téléphone. Non, ne fais pas ça.

Comment peut-il croire que je serais disposée à voir un autre docteur ? J'ai déjà perdu assez de temps avec le corps médical.

— Écoute, j'apprécie l'intention, mais je n'ai pas besoin que tu résolves mes problèmes à ma place.

— Cara, je n'essaie pas de…

— J'ai juste besoin de ton compte Uber.

Je coupe mes pancakes et mâche en attendant sa réplique. Je sais que j'abuse, mais je ne peux pas m'en empêcher. Après tout, me conduire comme une gentille fille reconnaissante ne m'a menée nulle part. Je n'ai même pas de mots pour exprimer ma colère actuelle. Je n'arrête pas de me revoir avec mes couettes et mon grand sourire, le soleil qui filtre à travers mes cheveux, ma totale absence de peur en haut du toboggan. Personne ne m'a empêchée de tomber. Personne n'a eu besoin de me protéger.

Xavier n'a rien dit depuis un moment. Je m'efforce d'adoucir ma voix.

— J'ai encore des recherches à faire. C'est ma priorité pour l'instant. Si demain, tu penses toujours que c'est une bonne idée que je subisse des analyses ou je ne sais quoi, d'accord, j'irai les faire. Mais je ne sais même pas où est ma carte d'assurance maladie.

Il souffle un grand coup.

— Tu veux bien arrêter de t'inquiéter pour l'argent ? On trouvera un moyen.

Il parle comme quelqu'un qui n'a jamais eu à se soucier d'argent, qui ne s'est jamais lavé les cheveux avec du shampoing de la banque alimentaire et n'a jamais reçu de briquette de lait gratuite à l'école.

— S'il te plaît, laisse-moi tout raconter à mes parents. Ils voudront t'aider.

— Non. Ne leur dis rien. Je suis sérieuse. Tu dois me le jurer.

— D'accord, je le jure.

Il existe une chance qu'il ait déjà parlé à ses parents. Je le sais, et je ne peux rien y faire.

— Je suis en train de manger des pancakes, je lui révèle, histoire de changer de sujet.

— C'est vrai ? rigole-t-il. Et tu en penses quoi ?

— À partir de maintenant, je ne mangerai plus rien d'autre.

— Attends de goûter la pâte à biscuits crue.

Je ris comme s'il n'y avait pas d'autre sujet de conversation que les différents desserts et l'ordre dans lequel il faut les découvrir. Puis la serveuse passe près de ma table, et je baisse la voix.

— Tu crois vraiment ce que tu m'as dit hier soir ? Que ma mère a tout inventé ?

— Ce n'est pas tout à fait ce que j'ai dit, répond le P'tit Génie en choisissant ses mots. Je ne pense pas que tes symptômes correspondent au cancer infantile typique. Je crois que ta mère te rend malade parce qu'elle souffre d'un désordre psychiatrique. Notre objectif devrait consister à te mettre en sécurité et à trouver de l'aide pour ta mère.

— Tu dois envisager la possibilité que je sois bel et bien malade. Ma mère a peut-être un comportement bizarre. Elle ment peut-être pour soutirer de l'argent à des associations. Mais ma fatigue et mes douleurs chroniques sont réelles. Elles ont forcément une cause valide.

— Comment te sens-tu aujourd'hui ? Tu t'abstiens toujours de prendre tes médicaments ?

Je sais que Xavier Barnes est intelligent. Je tiens compte de tous ses arguments. Mais je sais aussi qu'il adore faire des expériences. Certains jeunes jouent aux jeux vidéo ou regardent des films d'horreur. D'autres font du hockey sur glace ou collectionnent les baskets de marque. Xavier aime formuler des hypothèses scientifiques et les mettre à l'épreuve. Mais je suis plus qu'une théorie à vérifier.

— Si tu pouvais me commander un Uber, j'ai presque fini mes pancakes. Je suis au *diner La Comète*, et j'aimerais aller au centre médical Tri-Point, s'il te plaît.

Le conducteur qui passe me chercher cette fois s'appelle Grant. Il est plus âgé que Reuben, d'origine moyen-orientale, et quand il me voit, il se précipite pour m'ouvrir la portière.

— Bonjour, bonjour !

— Vous êtes bien Grant ? je demande poliment, histoire de confirmer que je n'ai pas affaire à un pervers anonyme qui ramasserait des filles à la sortie des restaurants.

— Je dois vous emmener à l'hôpital ; vous allez bien ? s'inquiète-t-il gentiment.

— Oui, oui, ne vous en faites pas. (Puis, comme il semble attendre une explication :) Je vais juste me renseigner.

Il désigne mon bonnet comme s'il devinait que celui-ci dissimule un crâne chauve.

— Je suis désolé.

J'acquiesce, et malgré moi, mes yeux se remplissent de larmes. Si je parle, je vais me mettre à pleurer. Mais il lance :

— Installez-vous confortablement, mademoiselle. Grant va vous conduire où vous devez aller.

Je tente d'admirer le paysage tandis que nous quittons Aurora. Je fouille ma mémoire en quête de souvenirs : un pique-nique en famille, un matin de Noël... Je revois une parade avec une fanfare et des majorettes qui passent devant le supermarché et descendent la minuscule grand-rue. Mais j'ignore si j'ai vraiment vu tout ça ou si c'est une image créée par mon esprit qui tente de remplir les blancs, comme parfois pendant un examen.

J'envoie un texto à ma mère : *Tu me manques. J'espère que ton hôtel ressemble vraiment à un château de conte de fées !* au cas où ça l'inquiéterait que je ne donne pas de nouvelles. Et puis, c'est plus ou moins vrai. J'espère qu'il y a un donjon souterrain, ou une cellule pleine de courants d'air au sommet d'une tour. Avec des fers scellés dans les murs de pierre. Mais elle me répond par une suite d'émojis à la mine ravie. *Tout va bien ?* Et pour qu'elle ne soupçonne rien, je mens : *Nickel, même si je regarde sans doute un peu trop d'émissions de téléréalité.*

Je sors la photo de mon sac. Le diplôme, ça devait être le bac, parce que mon père n'a pas l'air beaucoup plus vieux que moi là-dessus. Je l'ai reconnu au premier coup d'œil : son long nez droit, sa mâchoire carrée, ses larges épaules. Pourtant, j'ai oublié le son de sa voix.

Je m'assoupis sur la banquette arrière et me réveille quand Grant appelle doucement :

— Mademoiselle, mademoiselle. Je vous dépose à quelle entrée ? Celle des visiteurs ou des urgences ?

Il semble presque effrayé – inquiet pour moi, mais aussi impatient que je descende de sa voiture toute propre.

— L'entrée des visiteurs, ce sera parfait. Merci. L'ami qui a réservé pour moi a déjà dû vous payer.

— Oui, oui, ne vous en faites pas.

Grant m'observe tristement tandis que je me dépêche de ranger mes affaires et de descendre de sa voiture. Quelque part, il doit exister un groupe de soutien pour les chauffeurs Uber qui ont vu trop de drames.

À l'hôpital, je me débrouille sans complice. Je fouine sans savoir ce que je cherche exactement. Mais il me semble que quelqu'un ici devrait avoir des réponses. Je traverse l'accueil sans m'arrêter, et la vieille dame assise derrière le comptoir appelle :

— Excusez-moi, mademoiselle. Mademoiselle !

Un vigile s'avance. C'est alors que j'ôte mon bonnet et que tout le monde autour de moi fait un pas en arrière. Personne ne se demande ce qu'une ado chauve vient faire dans un hôpital. C'est peut-être ce que Maman a éprouvé en poussant mon fauteuil roulant la dernière fois : le pouvoir des impuissants. Je préférerais avoir encore mes cheveux d'avant, mais comme lot de consolation, c'est assez satisfaisant.

Je prends l'ascenseur jusqu'au 5e étage – la pédiatrie. Je me surprends à chercher Omar. Au bureau des infirmières, mon crâne rasé ne me vaut pas le même respect.

— Coucou, lance simplement une femme avec une blouse et un pantalon d'hôpital imprimés de loutres avec marqué « Loutrement géniale » entre les motifs d'animaux.

— C'est mignon, je commente avec un signe du menton.

— Merci. Qu'est-ce que je peux faire pour toi ?

— J'ai été hospitalisée ici le mois dernier, et j'aurais voulu voir ma fiche.

— Normalement, on ne les montre pas aux patients.

Je pense à l'insistance de Maman pour en obtenir une copie.

— Ah ? Je croyais que c'était une obligation légale. J'ai peut-être mal compris.

— Tu as quel âge ? Si tu es mineure, la demande doit venir d'un de tes parents.

Folle de rage, je brûle de répliquer à cette femme qui me prend de haut que c'est loutrement illogique d'exiger que ma mère réclame ma fiche pour que je puisse vérifier si oui ou non elle me ment. Les parents sont censés superviser leurs enfants, mais qui supervise les parents ? Tous ces professionnels de la santé à qui j'ai eu affaire pendant des années, ceux qui ont traité mes symptômes louches sans jamais aller au fond du problème – je voudrais leur dire qu'ils sont complices du vol de mon enfance.

Au lieu de ça, je demande :

— Est-ce que le docteur Abidi est là aujourd'hui ? C'est elle qui s'est occupée de moi.

— Non, mais elle est d'astreinte. Si tu veux lui laisser un message et un numéro de téléphone, je tâcherai de les lui transmettre.

Je reste plantée là à me mordre la lèvre et à tenter de choisir l'option la moins dangereuse. Qui peut m'aider ? Quels risques suis-je prête à prendre ?

— Si je lui laisse un message, il sera confidentiel, pas vrai ?

— Oui, à moins qu'on ait des raisons de croire que tu veux te faire du mal. Tu veux te faire du mal ?

— Non, pas du tout.

Je voudrais crier *Au contraire !* mais je tente de me voir à travers ses yeux : une ado pâle et émaciée, avec le crâne rasé et un sac à dos plein à craquer.

— Elle m'a donné sa carte au cas où j'aurais des questions. Je viens de m'apercevoir que je n'avais pas posé les bonnes.

— Je suis sûre qu'elle sera ravie de t'aider.

L'infirmière me tend un bloc-notes. Je tente de réfléchir comme un docteur et de rédiger un message aussi court et direct que possible. « Cara Wakely, quatorze ans. Hospitalisée en décembre. Mère a refusé de prendre rendez-vous pour la visite de suivi. Commencé traitement pour cancer ? » Puis j'épelle soigneusement, tel que Xavier me l'a écrit. « Possible syndrome de Münchhausen. » Je souligne avec force : je ne veux pas que le docteur Abidi croie que je lance des accusations à tort et à travers. « Pas de texto SVP. Mère a accès à téléphone. Élève au lycée de Middlefield. » Encore un pas en avant. Après ça, je ne pourrai pas revenir en arrière. Pas effacer ce message.

— Vous avez une enveloppe ? je demande pour que l'infirmière ne puisse pas lire ce que j'ai écrit.

— Je peux t'en trouver une.

Elle m'observe soigneusement pendant que je plie la feuille en deux avant de la glisser dans l'enveloppe qu'elle vient de me fournir et de sceller celle-ci.

— Tu as besoin d'autre chose ? s'enquiert-elle, radoucie.

Soudain, je suis vidée. Je crains de m'être trompée ; je crains que Xavier se soit trompé et que mes accusations contre Maman déclenchent quelque chose de terrible. C'est presque un soulagement de me sentir aussi fatiguée – parce que j'ai l'habitude. Je me ressaisis juste assez pour répondre à l'infirmière qui commence à s'inquiéter.

— Ça va, merci. Je suis seulement crevée.

— Tu as l'air d'avoir eu une longue journée. Il y a une cafétéria au rez-de-chaussée, si tu veux te poser un peu et manger quelque chose.

C'est tentant, mais j'ai laissé mon billet de 20 dollars sur la table de *La Comète*. Je redescends et enfile les couloirs comme si je savais où j'allais, mon bonnet dans ma poche de derrière. En cherchant un distributeur de friandises, je longe une série de salles de conférences. Je m'arrête net à la vue d'une pancarte sur une des portes : « GROUPE DE SOUTIEN POUR LES PARENTS D'ENFANTS ATTEINTS DE MALADIES CHRONIQUES ». Ça doit être celui de Maman.

Alors, je comprends que je suis une fille horrible. J'ai trahi ma propre mère, et pourquoi ? Pour quelques factures incompréhensibles. Parce qu'elle a osé partir en week-end toute seule. Alors qu'elle me consacre toute sa vie depuis combien d'années ? Elle fait tant d'efforts pour trouver des traitements et des solutions, notamment à travers ce genre de groupe. Je tends la main vers la pancarte, et suis horrifiée de voir la porte s'ouvrir devant moi.

Une dizaine d'adultes sont assis en cercle sur des chaises disposées au milieu de la pièce. Certains boivent dans des gobelets en plastique. J'aperçois plus d'une boîte de Kleenex. Tous se tournent vers moi d'un même mouvement. Une des femmes se lève d'un bond et s'approche. Elle porte des chaussettes à orteils mauves dans des Birkenstock, et un long caftan avec des tourbillons de couleurs vives qui flotte autour d'elle. Je décide qu'elle doit être prof de dessin et très libérale.

— Bonjour, joli papillon, comment as-tu atterri ici ?

C'est à moi qu'elle parle. C'est moi qu'elle appelle « joli papillon ».

— Désolée, j'ai poussé la porte sans faire exprès. J'ai vu la pancarte, et j'étais curieuse. Ma mère fait partie d'un groupe comme le vôtre.

— Merveilleux.

Elle me détaille, remarquant sans doute mon crâne chauve et mon air fatigué.

— Eh bien, nous nous réunissons tous les samedis à 15 heures. Dis-lui de passer si elle veut. Nous sommes toujours ravis d'accueillir un autre parent.

— Elle vient ici le jeudi.

La dame cligne des yeux et regarde le reste du groupe par-dessus son épaule.

— Ah, donc elle est déjà des nôtres ! Nous sommes le groupe du jeudi soir. Nous avons changé le jour et l'heure de nos réunions parce que c'était plus pratique pour beaucoup de nos membres. Ta mère est peut-être là ? suggère-t-elle en ouvrant la porte plus grand.

— Non, elle est allée à sa réunion jeudi soir. Ce jeudi.

La dame et moi nous fixons avec un sourire figé. Je ne comprends pas pourquoi les gens s'obstinent à me contrarier. J'essaie d'avancer, mais le reste du monde semble déterminé à m'égarer.

— Comment s'appelle ta mère, ma belle ? interroge aimablement la dame.

Il doit y avoir une méprise ; nous allons rapidement la dissiper.

— Shaylene Wakely.

Les murmures qui montaient du groupe s'interrompent brusquement. Je lis sur le visage de la dame qu'elle sait très bien de qui je parle.

Elle serre les dents.

— Je ne la connais pas.

— Elle vient le jeudi soir, j'insiste.

Un des hommes s'approche et se plante à côté de la dame. Il est musclé et large d'épaules. Si c'était un bar plutôt qu'un hôpital, je le prendrais pour le videur.

— Ta mère n'est pas ici, lâche-t-il.

— Je sais. Mais il y a un groupe du jeudi, pas vrai ? (Ma voix monte dans les aigus sous l'effet de la panique. Je ne m'attendais pas à découvrir un autre mensonge.) Et le docteur Eric ? Il est aussi dans votre groupe ?

L'homme secoue tristement la tête.

— Désolé. Nous ne pouvons pas t'aider, et il faut vraiment qu'on commence la réunion.

Puis il me referme la porte au nez. Mais j'écoute la suite à travers le battant.

— Tu crois qu'elle parlait d'Eric Andrianakis ? lance la dame au caftan.

— Elle l'a appelé docteur Eric, fait remarquer une autre voix.

— C'est logique, non ?

— Dans son intérêt, j'espère qu'il ne s'agit pas de lui.

Ils regagnent leurs sièges, trop loin de la porte pour que je puisse encore les entendre. Je ferais mieux de partir – mais pas sans avoir d'abord noté le nom d'Andrianakis avant de l'oublier. Je griffonne sur le dossier dans lequel j'ai fourré certains des documents de Maman. Je me souviens pourquoi elle m'a dit de l'appeler « docteur Eric » : parce qu'il avait un nom de famille grec difficile à retenir. Pourtant, les membres du groupe de soutien l'ont bien mémorisé.

Je m'arrête à l'accueil.

— Je peux vous aider, mademoiselle ? demande la vieille dame en souriant.

— Je ne sais pas, peut-être. Un ami de notre famille exerce la médecine dans le coin. Ma mère m'a demandé de passer le voir si jamais je venais ici. Vous pourriez me dire s'il travaille dans cet hôpital ?

— Bien sûr, sans problème. Comment s'appelle-t-il ?

— Eric Andrianakis ? dis-je sur un ton interrogateur.

Elle tape sur son clavier, et le verdict tombe :

— Nous n'avons pas de docteur de ce nom.

— J'ai peut-être mal prononcé ?

Elle fait pivoter son moniteur pour que je puisse le voir. Une liste de noms commençant par A s'affiche sur l'écran.

— Désolée, il n'y a rien qui y ressemble même vaguement.

Je pourrais appeler Xavier pour qu'il me commande un Uber ou qu'il demande à sa mère de passer me chercher. Mais sa gentillesse m'étouffe.

J'ouvre Google Maps sur mon téléphone. J'ai eu une longue journée, et je suis à plus de dix kilomètres de chez moi. Si j'ai vraiment un cancer ou une autre maladie grave, je ne peux pas marcher sur une telle distance. Mais dans le cas contraire, ça me fera de l'exercice. Le froid de janvier m'éclaircira les idées, et j'aurai tout le temps de réfléchir. Si je me mets en route maintenant, j'arriverai juste avant la tombée de la nuit. Je resserre mes lacets, enfile la seconde bretelle de mon sac à dos et prends le chemin de la maison en me fiant aux indications de mon téléphone.

Chapitre 26

Dix kilomètres, c'est beaucoup plus long que ça n'en a l'air. Surtout en plein mois de janvier, quand vous avez l'habitude de vous déplacer uniquement de votre lit à votre chaise de cuisine puis à votre canapé la plupart des jours. Surtout quand plus vous passez votre vie en revue, moins vous comprenez.

Le chemin monte et descend, et il fait super froid. Le temps d'arriver en vue de la maison, j'ai mal sous les pieds d'avoir tant marché, et mon estomac gargouille en continu. Mais je ne me sens pas malade : seulement satisfaite d'avoir atteint mon objectif. Et juste à temps puisqu'à l'horizon, le crépuscule mêle ses teintes grises au bleu du ciel.

J'allume la télé et mets l'émission de pâtisserie anglaise en bruit de fond, mais ça ne fait qu'aviver ma faim. Je réchauffe des lasagnes végétariennes et regarde les candidats préparer une tourte au faisan.

J'envoie un texto à Xavier. *Merci pour ton aide avec le projet de bio. Tellement de choses à apprendre. Mais je travaille dur.*

Il me répond : *Pas de souci. Toujours dispo pour toi !* Puis il m'appelle immédiatement.

— Tu es où ?

— À la maison.

— Tu es rentrée comment ?

Je balaie la pièce du regard. Mais si Maman avait installé des caméras et des micros, elle serait déjà rentrée en catastrophe.

— À pied.

Je dois écarter le téléphone de mon oreille pour que le hurlement de Xavier ne me crève pas les tympans.

— Comment ça, à pied ? Depuis où ?

— Le centre médical Tri-Point.

— Pardon, meuf ? Et tu penses que c'était une bonne décision ? Moi, je ne trouve pas du tout. Tu vas bien ? Et pourquoi tu as fait ça ?

— Pour voir si je pouvais.

Xavier garde le silence.

— Ça fait plus de vingt-quatre heures que je n'ai rien pris, pas même de l'ibuprofène. J'essaie de tenir un journal de mes symptômes et des effets secondaires.

— C'est une excellente idée. (Je me sens rassasiée, et réchauffée de l'intérieur par le compliment de Xavier.) Mais écoute, Cara. Tu dois être prudente. Vingt-quatre heures sans médicaments, ce n'est pas si long. La plupart des molécules pharmaceutiques ont une demi-vie… Tu sais ce que ça veut dire ?

À mon tour de garder le silence.

— Ça veut dire que leur présence dans ton système diminue de moitié en X jours ou X semaines, puis encore de moitié dans le même laps de temps. Mais ton corps met un bon moment à les éliminer complètement. C'est pour ça que tu ne dois pas en prendre d'autres tout de suite, parce que ça pourrait déséquilibrer ta chimie physiologique. Tu comprends ? J'ai beaucoup lu sur le sujet.

— Je comprends.

J'imagine Xavier très inquiet, modélisant plusieurs approches de sevrage.

— Des migraines ? Des difficultés à dormir ?

— Rien de grave.

— Tout est grave dans cette situation. Tu as découvert quelque chose à l'hôpital ?

— De nouvelles complications. Je crois que ma mère m'a menti à propos de son groupe de soutien. Peut-être qu'elle fait partie d'un autre groupe, mais les membres de celui-là avaient l'air de la connaître – et de ne pas en penser beaucoup de bien.

— Je vois. Mais ça colle avec le reste, non ? Si elle a inventé tes problèmes médicaux…

Ça colle avec sa version. Je voudrais lui rappeler qu'un véritable scientifique ne se contente pas de rassembler les éléments qui corroborent sa théorie.

— J'ai tenté de contacter la doctoresse qui m'a vue lors de mon dernier séjour à l'hôpital.

— Super. Excellente initiative.

— Je n'ai pas réussi.

— Mais tu as essayé.

— Oh oui. Toute la journée, je n'ai fait qu'essayer de parler à des gens.

— Et maintenant encore.

À sa voix, j'entends que Xavier sourit.

— Comment ça ?

— Tu ne m'as pas forcé à t'écrire. Tu m'as contacté de toi-même pour m'informer que tu étais bien rentrée. Et tu n'as pas eu besoin qu'on vienne te chercher. C'est un sacré progrès. Tu comptes faire quoi demain ?

— Rien de précis.

— Tu veux venir à l'église avec moi ?

— Tu plaisantes ?

— Pas du tout. C'est une autre façon de parler à des gens.

Tout ce que je connais de la paroisse locale, ce sont les sacs de nourriture que ses membres nous ont apportés. Je n'ai pas envie de me retrouver parmi eux et d'attirer leurs regards pleins de pitié. D'être la fille blanche chauve et émaciée qui suit la famille de Xavier. Je ne veux pas écouter un prêtre me rabâcher un sermon sur la gratitude et le pardon.

— Après la messe, on pourrait passer dans une clinique sans rendez-vous. Puis tout expliquer à mes parents et mettre un plan au point.

Je sens qu'il y a beaucoup réfléchi, mais je grogne :

— Pire dimanche de ma vie.

C'est faux. J'en ai passé tellement à la maison, assommée par les médicaments, à lutter pour faire mes devoirs quand même – et le lendemain, Maman refusait que j'aille en cours.

— Je ne dis pas que je rejette toutes tes propositions, dis-je à Xavier en rejetant toutes ses propositions. Mais j'ai besoin d'un peu de temps pour mettre de l'ordre dans mes idées et me reposer.

— Je comprends. Mais du temps, tu n'en as pas beaucoup, Cara. Il faut qu'on te fasse sortir de cette maison. À mon avis, ta mère remarquera tout de suite un changement chez toi. Et d'après ce que j'ai lu, les parents atteints du syndrome de Münchhausen réagissent mal quand on les confronte à leurs propres actions. Ils n'admettent jamais ce qu'ils ont fait, et ils ne peuvent pas s'empêcher de maltraiter médicalement leurs enfants.

Je me lève et fais le tour de la maison en allumant toutes les lumières. La voix rassurante de Xavier à l'oreille, je vérifie que Maman n'est pas planquée dans l'ombre, espionnant cette conversation et planifiant d'autres horreurs.

— D'accord, mais ralentis un peu. On n'est toujours pas certains que ce soit ça.

Je sens mes forces m'abandonner. Il reste des fragments incompréhensibles, des pièces que je ne parviens pas à assembler.

— Pour l'instant, j'ai surtout besoin de dormir.

La preuve la plus convaincante que Maman m'a empêchée de grandir comme une ado normale, c'est que seule à la maison un samedi soir, je m'endors avant 20 heures sur le canapé en regardant *The Great British Baking Show.* Je me réveille le lendemain matin, endolorie mais les idées claires. Comme j'ai l'habitude de gérer mes douleurs, je me fais aussitôt couler un bain dans lequel je verse une rasade de sel d'Epsom, dont les petites bulles soulageront mes muscles crispés.

Mon téléphone bipe à 7 h 30.

Dernière chance de venir à l'église.

Merci, mais je préfère rester une vilaine hérétique.

Quelques minutes plus tard, mon téléphone bipe de nouveau sur le carrelage de la salle de bains, et je pense que c'est Xavier qui me répond, peut-être avec une blague sur Jésus. Mais non : c'est ma mère. Je manque de lâcher le téléphone dans la baignoire.

FaceTime ?

Ça me terrifie qu'elle me contacte d'aussi bonne heure, mais je ne trouve pas de raison valable de refuser. Je tends le téléphone devant moi et appuie sur le bouton. Maman apparaît sur l'écran.

— Cara Jean, ma chérie ! Je sais qu'il est encore tôt, mais je pensais que tu serais déjà levée. Comment te sens-tu ?

On se garde bien de mentionner qu'elle espionne mes textos. Elle vient sans doute de lire mon échange avec Xavier.

— Ça va. Ne t'inquiète pas.

J'essaie de prendre une voix ensommeillée, et j'en fais un peu trop. Je change de tactique et me rabats sur celle du noyau de vérité :

— J'avais mal aux muscles et aux articulations en me réveillant, donc je prends un bain au sel d'Epsom.

— Tu es dans ton bain ? Tu aurais dû me le dire ! On aurait parlé plus tard.

C'est adorable, cette façon de prétendre qu'elle respecte mon intimité.

— Ces douleurs, tu les qualifierais comment, en termes d'intensité ? Tu as d'autres symptômes ? De la fièvre ? Tu veux que je rentre tout de suite ?

Je tente d'invoquer l'esprit de Beth dans *Les Quatre Filles du docteur March*, ce côté « souffrante mais courageuse ».

— Non, Maman, tu mérites de faire une pause. Je n'ai pas d'autres symptômes. Je me sens juste très fatiguée. Peut-être à cause de mes examens.

— Tu sais que je déteste te voir dans cet état, Cara Jean. Mais je suis ravie que tu admettes que passer ces examens était peut-être au-dessus de tes forces. Tu peux te reposer aujourd'hui, oublier tes devoirs un moment ?

— Oui.

Je laisse brinquebaler ma tête d'une façon sans doute un peu trop convaincante, car Maman devient nerveuse.

— Tu ne veux pas poser ce téléphone une seconde et sortir de ton bain ? Mets un pyjama bien chaud et va te recoucher. Tu prends bien tes cachets, au moins ? Tu ne sautes pas les prises ?

— Je ne les ai pas encore pris ce matin. Tu m'as dit que je devais éviter juste avant un bain, dis-je en haussant la voix le temps de me sécher et d'enfiler un bas de jogging.

Quand je ramène le téléphone devant mon visage, je suis assise sur le bord de mon lit, et je prie pour que Maman ne remarque pas qu'il n'est pas défait. Elle ouvre la bouche pour dire quelque chose, mais les cloches du château se mettent à sonner juste à ce moment, et nous rions de devoir attendre qu'elles s'arrêtent pour poursuivre notre conversation.

— Tout à fait, finit par acquiescer ma mère. Bravo. Je t'ai laissé des instructions très précises, et en cas de doute, tu peux toujours m'appeler. Tu comptais faire quelque chose aujourd'hui ?

— Non. Xavier m'a proposé d'aller à la messe.

Elle feint la surprise.

— Vraiment ? Ça part d'une bonne intention, mais ce n'est pas à ça que je pensais quand j'ai demandé un coup de main à Mme Barnes. Tu sais, Cara Jean, les gens tentent souvent de t'imposer leur foi sous couvert de charité. Mais nous sommes des femmes fortes. Nous pouvons décider seules de nos croyances.

Je passe le reste de la journée à décider de mes croyances – à mettre de l'ordre dans des papiers, à tenter de reconstituer une chronologie. Après avoir studieusement évité l'ordinateur pendant deux jours, je finis par retirer le drap et par l'allumer. Je me rends sur la chaîne des guerriers de la santé, et je visionne autant de vidéos que je peux en supporter. J'essaie de déterminer de quels effets secondaires je souffrais quand elles ont été tournées. Je dresse un calendrier et j'évalue quelle quantité de médicaments j'avais pris ces jours-là. Puis je fais le rapprochement avec les activités que j'ai manquées, les chances que j'ai perdues.

Je remonte dans la salle de bains de Maman, et je la fouille de fond en comble en prenant bien garde à remettre chaque objet à sa place exacte. Je cherche la trousse dans laquelle elle range les médicaments les plus dangereux. Je fais l'inventaire des deux armoires à pharmacie. Je découvre des antibiotiques, un vieux spray nasal – rien qui ressemble aux cachets que je prends depuis des semaines, ceux que j'ai fourrés dans mon sac à dos. Et il n'y a pas deux noms de médecins identiques sur les flacons. Aucun d'eux n'a été prescrit par le docteur Eric, même en tenant compte du fait que j'ai peut-être mal compris son nom.

Je prends des photos avec mon téléphone, et je dresse une liste de tous les sujets que j'ai peur de taper dans la barre de recherche de notre ordinateur. Puis je me rends à la bibliothèque et je m'installe à un des terminaux en libre-service. Je m'éduque sur le syndrome de Münchhausen et sa version par procuration. Si je feignais d'être malade ou que je me rendais malade toute seule, j'aurais le syndrome de Münchhausen tout court. Je repense au peu que je sais de la vie de Maman avant ma naissance. Le patinage, les blessures. Le cancer qu'elle mentionne si souvent. Elle a exactement le profil.

Quant à moi... Les allergies et les diagnostics vagues, les hospitalisations répétées et les changements de docteur. Les déménagements si fréquents, et cette façon de ne jamais rester en contact avec les gens laissés derrière nous. Plus je clique, plus je lis, moins je comprends pourquoi aucun médecin n'a jamais signalé Maman aux services sociaux. Ils ont bien réussi à la retrouver quand elle ne payait pas ses factures – j'en ai la preuve écrite. Ils se souciaient de notre franchise, de la partie des soins qui restait à notre charge. Mais personne ne s'est jamais demandé comment j'avais pu développer autant de problèmes de santé différents alors que j'étais encore si jeune. Personne n'est intervenu.

Je réfléchis à tout ce que j'ai manqué, les éléments d'une enfance normale. Et à tout ce que j'ai subi. Les poses de perfusion, les examens intrusifs, les médicaments et leur cascade d'effets secondaires. Hier soir, j'ai trouvé des papiers datés de l'année de mes huit ans. Deux docteurs différents m'ont prescrit une ponction lombaire cet hiver-là. Je me revois allongée sur le côté, les genoux remontés vers la poitrine, et je sens l'aiguille me transpercer le dos. Par deux fois, ma mère a convaincu un docteur que j'en avais besoin.

Rien que d'y penser, mon dos me fait mal. Et les cicatrices minuscules sur mes bras, aux endroits où on m'a piquée, me démangent de rage.

Sur le chemin du retour, mes genoux me lancent d'une façon nouvelle et différente – parce que j'ai trop marché hier. Xavier Barnes serait fier de moi. Je suis fière de moi. J'ai abordé le problème de manière scientifique, en réunissant des données et en tirant des conclusions. Mais je ne sais toujours pas vers qui me tourner pour la suite.

Alors que je regarde le dernier épisode de la chaîne YouTube sur notre ordinateur, j'entrevois enfin une option viable. Je me souviens comment le docteur Eric et moi avons plaisanté ensemble quand il est venu filmer mes examens. Sans Maman à impressionner ou à ménager, il m'a paru presque humain.

Je décide que ça vaut le coup de demander son avis. Après tout, c'est lui qui gère mon traitement le plus récent.

Je tournerai mes questions avec soin, comme si je me contentais d'avoir une approche plus combative de ma santé. C'est ce qu'il m'a lui-même conseillé. Il pourra me dire comment ma mère lui a présenté mon cas, de quelle façon elle lui a décrit mes symptômes. Je m'attends à ce qu'il soit sur la défensive : après tout, il a gobé ses mensonges.

Au cas où ma mère surveillerait mes appels, je ne veux pas l'alarmer en téléphonant directement au docteur Eric. Donc, je commence par lui envoyer un texto. *Quelques difficultés à respirer. Pas d'inquiétude. J'appelle le docteur Eric.*

Inutile de le déranger, me répond-elle. *Essaie d'abord l'humidificateur.*

Sans marquer son message comme lu, je compose le numéro.

« Bonjour. Vous êtes sur le répondeur d'Eric. Je ne peux pas prendre votre appel pour le moment, mais laissez-moi un message après le bip. »

Je ne m'attendais pas à quelque chose d'aussi bref et peu professionnel. Il ne mentionne pas les horaires de son cabinet, ne donne pas de numéro à joindre en son absence ni rien d'autre laissant supposer que son temps est plus précieux (et plus chèrement facturé) que celui de ses correspondants. Une alarme se déclenche dans ma tête.

Il me rappelle immédiatement.

— Cara, tout va bien ? Ta mère vient de m'envoyer un texto. Tu as du mal à respirer, c'est ça ?

Ouah. Maman m'a prise au sérieux, et le docteur Eric a réagi immédiatement. C'est presque dommage que je ne sois pas malade pour de vrai, parce qu'ils forment une équipe très efficace.

—Ouais, je réponds en prenant des inspirations profondes, comme laborieuses. Peut-être parce que j'essaie de remplir un formulaire pour le lycée et que ça me stresse.

—Ne t'en fais pas pour ça. Je passerai mardi, et on regardera ça ensemble.

—Mais je dois le rapporter demain. Je me demandais si... vous auriez une minute ?

—Oui, d'accord. Tu tombes bien, on fait une pause dans la distribution de nourriture. Il y a tant de gens qui ont besoin de notre aide, si tu savais...

—Je dois dresser la liste des médicaments que je prends.

—Quoi ? Cara, on leur a déjà envoyé ton plan de traitement complet. Tu n'as pas à leur répondre.

—Je crois que c'est un formulaire standard pour autoriser l'accès aux labos de sciences.

Ce mensonge n'a pas de sens, mais j'ai dû improviser.

—Non, ça ne peut pas marcher. Je n'ai pas tout en tête, et je ne veux pas te dire de bêtises. Je regarderai ça quand je passerai mardi.

Je commence à désespérer. D'ici là, Maman aura peut-être remarqué quelque chose. J'aurai peut-être été forcée de reprendre mes cachets.

—Et mes symptômes initiaux ?

—Tes quoi ?

—Mes symptômes initiaux. Ma mère vous a dit quoi, quand vous vous êtes rencontrés ?

— Tu as vraiment besoin de le savoir pour accéder aux labos de sciences ?

— Non, ça, c'est autre chose. Mais vous vous souvenez ?

— Voyons voir... Elle m'a dit qu'elle s'inquiétait beaucoup, surtout à cause de tes migraines violentes et de ta fatigue perpétuelle. Tu as vraiment de la chance qu'elle se démène autant pour toi. La plupart des parents disent à leurs enfants qu'ils inventent. Je ne comprends pas pourquoi ils éprouvent le besoin de faire ça.

— De faire quoi, docteur Eric ?

— D'essayer de convaincre les malades chroniques qu'ils vont très bien. Tu n'es pas paresseuse, Cara. Dis au secrétariat de ton lycée que tu fais de ton mieux.

— Merci, j'apprécie. Et je n'y manquerai pas.

— Super. Je dois me remettre au travail. À mardi.

On ne peut pas arrêter de frapper aux portes juste parce que l'une d'elles ne s'est pas ouverte. Maman disait toujours ça à propos des demandes d'aide financière, mais elle semble avoir les clés de ce domaine à présent. Le docteur Eric ne sera pas mon sauveur. D'accord. J'ai tout un réseau d'autres options. Je respire à fond, je bois de l'eau et je me réchauffe des lentilles en m'intimant de ne pas paniquer.

Puis mon téléphone bipe. C'est un texto de Maman : *Suis inquiète. Je rentre à la maison tout de suite.*

Alors, je m'autorise à paniquer.

Chapitre 27

Je tape l'adresse dans Google Maps. *Château Ravenwood* se trouve à environ une heure et demie de chez nous. Très vite, je réponds à Maman : *N'écourte pas ton week-end pour moi. Tout va bien.* Mais je sais qu'elle est déjà partie, de la même façon qu'un mulot a subitement froid quand les ailes déployées du faucon cachent le soleil. Je la sens approcher.

C'est sans doute ridicule, mais la première chose que je fais, c'est nettoyer la vaisselle sale qui s'entasse dans l'évier. Comme si Maman pouvait découvrir que j'ai fouillé dans ses papiers, recouvert son calendrier bien-aimé d'un drap et pris des Uber pour me promener à travers tout le nord-est de l'Ohio, mais que ma négligence des tâches ménagères risquait d'être la goutte d'eau qui ferait déborder le vase. La vérité, c'est que ça m'aide à me concentrer pour réfléchir à la suite.

La salle à manger s'annonce comme le plus gros chantier. Comment remettre du désordre après avoir fait autant de tri ? Je décide d'empiler les factures sur la table en priant pour que Maman n'ait pas sa propre méthode mystérieuse de classement. Je vise une sorte de chaos étudié pour que, à tout le moins, elle ait du mal à dire ce que j'ai découvert ou non. Ça me fait mal de déranger ce que j'ai passé tant de temps à ranger, comme si je défaisais un puzzle pas tout à fait fini.

Après ça, je trouve un endroit où planquer le contenu de mon sac à dos. Je glisse le dossier de correspondance bizarre et le portrait encadré du jeune M. Wakely sous mon matelas. C'est en sortant le sac congélation plein de cachets que je commence à flipper. Je ne me souviens pas comment ils étaient rangés dans le pilulier, et il devrait en rester quelques-uns dans la case de dimanche. Même avec les idées claires, c'est un problème que je ne parviens pas à résoudre. Je prends trois grandes inspirations pour me calmer, puis trois autres. Je regarde l'heure : je n'ai plus beaucoup de temps devant moi.

Je replie les draps et les range dans le placard à linge. Je pense même à remettre la clé de rechange dans le tiroir. Au moment où je vais éteindre l'ordinateur, une subite inspiration me pousse à me connecter sur le portail du lycée. Dans l'annuaire du personnel, j'ouvre le profil de M. Brinks. Parfois, on n'a pas d'autre choix que faire confiance aux gens. Je me rappelle avec quelle patience il m'a veillée à l'hôpital, combien il s'est montré calme et bienveillant quand j'en avais le plus besoin.

« Cher monsieur Brinks,

Si je suis absente lundi 13 janvier, merci de contacter Xavier Barnes. Il aura sans doute des informations à vous donner. Vous pouvez également appeler le docteur Abidi au centre médical de Tri-Point. »

Puis j'efface l'historique de recherche au cas où ça servirait à quelque chose, et j'éteins l'ordinateur. J'envoie un texto innocent à Xavier. *Bonne nouvelle ! Maman rentre plus tôt que prévu. Je n'aurai sans doute pas besoin que vous passiez me chercher demain.*

Je regarde les trois petits points clignoter, et je comprends que Xavier ne peut plus rien faire pour m'aider. Je pensais parler à Mme Barnes pendant le trajet en voiture ; je me disais qu'elle me conduirait immédiatement dans une clinique sans rendez-vous ou un autre hôpital, et qu'on aurait des résultats d'analyses à présenter aux autorités. Ou qu'une fois arrivée au lycée, j'irais directement voir le conseiller, que j'appellerai M. et Mme Burton Wakely et leur demanderais d'intervenir pour compenser toutes ces années où ils n'ont rien fait.

Il fait si beau aujourd'hui. Tu devrais au moins sortir pour en profiter. Xavier et moi sommes vraiment nuls pour parler en code. Oui, c'est une belle journée d'hiver. Le soleil brille à travers les arbres ; il fait froid mais il ne gèle pas. Je m'assois sur les marches du porche et sens mes oreilles rosir. Je ne peux plus m'enfuir nulle part. J'inspire à fond, bloque ma respiration et la relâche en essayant d'expulser en même temps toutes mes inquiétudes et mes scénarios catastrophe. Puis je rentre dans la maison et j'attends l'arrivée de ma mère.

Il me suffit de faire comme si de rien n'était, de garder le silence pour pouvoir retourner au lycée demain. Je dois juste faire semblant un petit moment – et j'en suis capable. C'est même Maman qui me l'a appris.

Elle entre dans la maison en regardant partout autour d'elle, comme la mère de Libby Gilfeather doit le faire pour vérifier que sa fille n'a pas organisé une grosse teuf ou pillé le bar en son absence. Elle ne jette qu'un coup d'œil à la salle à manger mais inspecte longuement le contenu du frigo.

— Je vois que tu as bien mangé. Tu sembles avoir retrouvé l'appétit. Et ta respiration ? Tu as la poitrine congestionnée ? Que disent tes constantes ?

Elle étudie les cases où j'ai noté des estimations.

— Je me sens vraiment bien. Mais je regrette de t'avoir fait rentrer plus tôt.

Maman soupire.

— Tu ne devais pas aller si bien que ça pour téléphoner au docteur Eric et l'inquiéter à ce point. Et c'est quoi, cette histoire d'historique médical ? C'est M. Brinks qui insiste encore ? À ce stade, on peut parler de harcèlement, et on aurait tout à fait le droit de contacter sa hiérarchie.

Je comprends enfin comment fonctionne Maman, comment elle a réussi à éloigner tous les gens qui s'intéressaient un peu trop à nous. Cette façon de crier au harcèlement ou à la faute professionnelle chaque fois que quelqu'un met son jugement en doute… Elle s'est créé une plateforme nationale d'alliés virulents, disposés à nous protéger. Et elle n'hésite pas à sortir le lance-flammes pour se débarrasser de tous ceux qui la gênent.

Elle s'arrête devant le comptoir et ouvre les compartiments du pilulier.

— Cara Jean, où sont tes cachets ?

Elle brandit le boîtier comme pour me montrer qu'il est vide. Si j'avoue que j'ai arrêté de prendre mes médicaments, elle remarquera que je suis plus alerte que d'habitude. Elle posera des questions. Donc, je suis obligée d'opter pour la solution opposée, en espérant que ça l'embrouillera suffisamment pour ne pas avoir à lui fournir de réponses.

— Je ne sais pas, dis-je sur un ton désinvolte. J'ai pris ce qui était dedans, comme tu me l'as dit.

— Cara Jean ! Je t'avais laissé des instructions très claires, et la dose exacte dans chaque compartiment. Où sont les cachets de lundi ? Quand les as-tu pris ? Pourquoi tous ensemble ? (Puis, comme je garde le silence :) Allez, un petit effort ! exige-t-elle en faisant claquer ses doigts sous mon nez.

Mon cerveau s'affole. Si je lui donne une heure trop récente, elle risque d'essayer de me faire vomir.

— Ce matin, finis-je par répondre. J'avais oublié la prise précédente et j'ai voulu compenser.

Ma mère lève les mains au ciel.

— C'est précisément ce que je t'avais dit de ne pas faire ! Cara Jean, où avais-tu la tête ?

— Je me sens bien, Maman. Tu ne devrais pas t'inquiéter autant. Je n'arrive pas à croire que tu aies écourté ton séjour au château.

— Ça, c'est la faute du docteur Eric. Je le tiens complètement pour responsable. Je lui ai dit qu'il était hors de question de partir en te laissant seule tout un week-end, et il m'a juré que tu étais capable de gérer, que ça nous ferait du bien. Mais te voilà bourrée de médicaments, droguée jusqu'aux yeux. Et il ose se prétendre médecin !

« Que ça nous ferait du bien. » Quelque chose dans le ton de sa voix m'indique qu'elle ne parle pas d'elle et moi, mais d'elle et du docteur Eric. Si j'avais pris mes cachets comme d'habitude, je n'aurais peut-être pas relevé.

Pendant que Maman a le dos tourné, je sors à demi mon téléphone de ma poche et fais défiler mes derniers appels jusqu'à ce que je trouve le numéro du docteur Eric. Il n'y a qu'un moyen de découvrir s'il est toujours à Cleveland… ou au château. J'appuie sur le bouton d'appel. Et là, il se passe un truc vraiment bizarre. Une sonnerie retentit à l'extérieur de la maison. Puis la voix du docteur Eric lance, non pas à l'autre bout du fil mais sous le porche :

— Pour l'amour du ciel, Shaylene, je t'ai demandé dix minutes pour répondre à mes mails.

La perplexité de Maman reflète la mienne.

— Je ne t'ai pas appelé. On avait dit que tu arriverais un peu plus tard.

— Il fait trop froid pour rester assis dans ma voiture. (Il entre dans la cuisine en jetant un coup d'œil à son téléphone, puis lève les yeux vers moi.) Cara ? Que t'arrive-t-il ?

Je retire ma main de ma poche. Il se tourne vers Maman.

— Tu lui as dit que j'étais là ?

— Non.

Je pense à toutes les petites choses qui ont changé chez Maman ces derniers mois : elle s'habille un peu plus jeune, comme si elle tentait de se réinventer. Elle part en week-end. Je me souviens que Xavier m'a demandé : *« Tu crois qu'elle est avec un homme ? »*

Cette fois, je n'ai pas à me forcer pour avoir l'air ahurie. J'improvise :

— C'est ma voix qui a dû déclencher l'appel. Parce qu'on parlait de vous.

— Oh, c'est gentil. Et vous disiez quoi ?

C'est à Maman que sa question s'adresse.

— Elle a encore pris trop de médicaments.

— De quoi tu parles ?

— Regarde-la ! Elle a avalé tous ses cachets en une fois. Je te l'avais dit. On ne peut plus compter sur elle pour suivre son traitement. Il faut passer aux injections.

— Une seconde. Nous en avons déjà discuté. Les médicaments en intraveineuse, c'est tout autre chose. On est rentrés plus tôt que prévu, et tu es frustrée. Ce n'est pas le moment de prendre une décision majeure. Laisse-moi d'abord l'examiner.

Le docteur Eric sort sa lampe-stylo et me la braque dans les yeux. Ne sachant pas comment réagir, je glousse et me couvre le visage de mes mains. Entre mes doigts, j'observe sa mine pensive.

— Tu as dit qu'elle avait tout pris ?

— C'est elle qui me l'a avoué.

Le docteur Eric me scrute attentivement.

— Tout va bien, Cara ? Il y a quelque chose dont tu voudrais discuter avec ta mère et moi ? Tu t'intéresses toujours à tes symptômes initiaux ?

Je secoue la tête. Il met une main en cornet autour de son oreille.

— Qu'est-ce que tu dis ? Je n'ai pas entendu.

— Non, c'est bon.

Il acquiesce. Il sait. Maman est trop préoccupée par le site Guérir Cara pour s'en apercevoir, mais lui, il a compris que je faisais semblant. Simplement, il ne voit pas pourquoi.

— Essayons, lance-t-il.

— Quoi, l'intraveineuse ? Maintenant ? Ce n'est pas dangereux, après tout ce qu'elle a déjà pris ?

Mais c'est à peine si Maman a détaché les yeux de l'ordinateur.

— Non, je pense que ça ira. Assieds-toi, Cara.

Quand le docteur Eric revient dans la cuisine, c'est avec une mallette métallique.

— Bonne nouvelle, je me suis procuré de nouveaux médicaments qui soulageront les symptômes dont tu t'es plainte un peu plus tôt – les douleurs à la poitrine et les difficultés à respirer.

Il ouvre la mallette, révélant une rangée de fioles en verre. Je le regarde remplir une seringue et lui donner une pichenette.

— Pour éliminer les bulles d'air, explique-t-il. Bien. Serre le poing, Cara, et quand je te le dirai, détends ton bras. Quand je te le dirai uniquement. Il vaudrait mieux qu'on ne soit pas obligés de recommencer. D'accord ?

J'obéis et lui tends mon bras parce que je ne sais pas quoi faire d'autre, que je ne sais pas à qui d'autre réclamer de l'aide.

Au début, je ne sens pas grand-chose, juste une légère brûlure. Puis la douleur se propage à mes muscles. Mais la cuisine reste la cuisine, et Maman reste assise devant l'ordinateur.

— Cara Jean, tu as effacé l'historique de recherche ? lance-t-elle. Pourquoi tu as fait ça ?

Je veux répondre, mais j'ai du mal à remuer les lèvres. Soudain, c'est comme si un mur d'eau chaude me percutait de plein fouet.

— Cara Jean, je t'ai posé une question. Tu... Oh Seigneur ! Eric, elle bave.

J'entends ma mère, mais je ne peux pas tourner la tête pour la regarder. J'essaie de lever une main et de m'essuyer la bouche, mais c'est comme si on avait coupé les câbles de mes bras, qui pendent lourdement à mes côtés.

Le docteur Eric braque de nouveau sa lampe-stylo vers moi. Je n'arrive même pas à cligner des yeux.

— Elle va bien, dit-il doucement. Et je te parie qu'elle ne fera plus d'erreur dans ses prises de médicaments.

— Franchement, si c'est comme ça qu'on doit la gérer désormais... c'est comme ça qu'on la gérera, affirme Maman sans me regarder.

Il me semble qu'elle flotte dans sa chaise.

— C'est une solution très simpliste à un problème très complexe, réplique le docteur Eric. Quand tu lui donnes ses cachets, elle les prend. Elle a quatorze ans, pas sept. En cas de besoin, tu peux jouer là-dessus. Elle s'est déjà servie dans ton armoire à pharmacie – comme beaucoup de jeunes. C'est une véritable épidémie dans ce pays. Personne de sain d'esprit ne te jugerait pour une surdose de cachets.

Il tapote la mallette, qui émet un tintement métallique.

— Avec ça, ce serait beaucoup plus difficile de te dédouaner. Et je n'aime pas prendre le risque de le lui administrer. Des enquêteurs trop zélés pourraient qualifier une intraveineuse d'agression physique.

— Elle a toujours été coopérative.

— Tu connais mon opinion là-dessus, Shaylene. Continue à suivre le modèle qui a fonctionné jusqu'ici. Tu t'es très bien débrouillée pour prendre soin de ta fille malade toute seule. Mais cette fois, tu lui as laissé un peu trop de liberté. Peut-être parce que tu avais désespérément besoin de faire une pause, de prendre un moment juste pour toi. D'accord. Leçon retenue. On tourne la page. On la soustrait aux influences négatives qui lui mettent des idées folles dans la tête. Pour l'instant, tu la scolarises à domicile, et tu limites le battage médiatique.

— Donc, on fait nos valises et on déménage une fois de plus ?

— Tu préfères attendre que les services sociaux viennent frapper à ta porte ? Parce qu'ils sont en route, je te le dis. (Du menton, le docteur Eric désigne l'ordinateur.) Et tu dois fermer la collecte de fonds.

Je reste parfaitement immobile sur ma chaise, incapable de bouger sans me changer en flaque sur le sol. Des larmes coulent sur mes joues, mais personne ne s'en soucie. Je ne peux pas lever la main pour les essuyer. Je voudrais monter dans ma chambre au lieu de rester assise là, forcée d'assister à cette émission que je ne veux pas voir.

Du coin de l'œil, j'aperçois ma mère tapoter l'ordinateur comme elle caresserait un animal pour le réconforter.

—Ne sois pas trop gourmande, insiste le docteur Eric. Encaisse ce qu'on t'a déjà envoyé et fais tes valises. De toute façon, ça n'aurait pas duré éternellement. Toutes les choses ont une fin.

—Et nous ?

Là encore, je sais que ma mère ne parle pas d'elle et de moi.

—Ça aussi, on en a déjà parlé, lui rappelle le docteur Eric. Tu tourneras la page. Tu me manqueras. Et le jour où tu lanceras une fusée de détresse, j'accourrai.

—Ben voyons. Et en attendant, tout le fric que je t'ai donné pour le traitement de Cara Jean…

—Shaylene, c'est mon gagne-pain, ce qui me permet de traiter des dizaines d'autres patients. Ne mélangeons pas ma vocation de médecin et mes sentiments d'homme.

Maman a l'air tellement accablée que j'ai presque pitié d'elle.

—On a passé un si bon week-end !

Le docteur Eric tend la main vers ses cheveux, les tord dans sa nuque et les relâche.

— Je te promets qu'il y en aura beaucoup d'autres.

Maman acquiesce tristement. Je me demande s'ils ont trouvé ça très difficile de ne pas se toucher devant moi, s'ils s'échangeaient des textos jusque tard dans la nuit.

Demain matin, je n'irai pas au lycée. Au début, ça n'étonnera personne : j'ai déjà été absente si souvent ! Le temps que Xavier Barnes parvienne à convaincre quelqu'un de me chercher, nous serons en route vers une autre ville, bail résilié et lignes téléphoniques coupées.

— Tu peux m'aider à la monter dans sa chambre ?

— Bien sûr.

Le docteur Eric ne m'a jamais paru très musclé, mais il me jette sur son épaule comme un vulgaire sac de farine. Je me raidis quand il me soulève.

— Détends-toi, Cara, m'ordonne-t-il sèchement.

Et j'obtempère aussitôt. Je voudrais crier : *Regardez-moi ! Je suis enfin une patiente docile !*

— Tu devras appeler son lycée demain pour dire qu'elle ne viendra pas parce qu'elle est malade. Elle ne se souviendra de rien. Après ça, je suis sérieux : il faudra disparaître.

— J'ai compris.

Je me sens monter, un peu comme dans un ascenseur. Mon cuir chevelu me démange. Probablement parce que mes cheveux sont en train de repousser.

— Voilà son téléphone.

Je voudrais glisser la main dans la poche de mon sweat à capuche, mais impossible.

— Je n'arrive toujours pas à croire qu'elle t'ait appelé.

— On a eu de la chance qu'elle le fasse.

Ils m'allongent sur mon lit. Je me sens m'enfoncer dans le matelas jusqu'à ce que mon épaule bute sur quelque chose de plat et de dur. Je pense à la photo encadrée que j'ai cachée là, et mes larmes coulent de plus belle. Parfois, les gens vous déçoivent. Parfois, ils ne viennent pas à votre secours.

— Allonge-la sur le côté, dit doucement le docteur Eric. Voilà, Cara. On se voit bientôt.

Je ferme les yeux – mes paupières sont les seules portes que je peux interposer entre eux et moi. Je me suis longtemps imaginée comme un caillou niché dans la vase au fond d'une rivière impétueuse. Là, je me rends compte que parfois, le courant est trop fort. Que parfois, il déloge le caillou et l'emporte.

Chapitre 28

La première voiture qui remonte notre allée le lendemain matin est la Mercedes blanche de Mme Barnes. C'est à peine si je capte le grondement de son moteur. Mes paupières me semblent aussi lourdes que du plomb, et j'ai la bouche si sèche que je n'arrive pas à émettre le moindre son.

Quelqu'un klaxonne, et une minute plus tard, on sonne à la porte. Je devine que Xavier est très inquiet quand j'entends la voix de sa mère en personne. Il a envoyé une adulte me chercher.

— Cara, ma chérie, tu es prête pour aller en cours ? lance-t-elle d'une voix forte.

Ma mère répond tout bas.

— Ah, Xavier ne me l'avait pas dit, claironne Mme Barnes. C'est un vrai zombie le matin.

J'entends ses talons claquer sur le plancher du rez-de-chaussée, et je comprends qu'elle dit n'importe quoi pour gagner du temps et fouiller un peu.

— Je croyais qu'elle était juste en retard. La pauvre. C'est vraiment dommage : elle qui vient à peine de terminer ses examens ! Xavier était aussi fier que s'il les avait passés lui-même. Félicitations, Cara ! lance-t-elle dans l'escalier. J'espère que tu vas vite te rétablir, ma chérie !

Au prix d'un immense effort, je me traîne jusqu'à la fenêtre et réussis à tirer sur le store jusqu'à ce qu'il s'ouvre. Si Xavier lève les yeux, il le verra peut-être. Il comprendra que notre plan a sérieusement déraillé. Et puis, je refuse de rester allongée et de laisser Maman m'emmener. Je tente de me redresser pour regarder dehors, mais tout mon corps fonctionne au ralenti.

Quand le téléphone sonne, je tends l'oreille.

— Justement, oui, elle est très mal en point, aboie Maman, sa voix sèche se répercutant contre les murs du rez-de-chaussée. Elle s'est surmenée la semaine dernière pour tenir votre planning d'examens totalement déraisonnable. Bien sûr que j'enverrai un mot de son docteur. Vous pouvez également être sûr que je contacterai le conseil d'administration du lycée et l'inspection académique. Merci beaucoup, conclut-elle sur un ton rageur.

J'entends un grand fracas de casseroles dans la cuisine, comme si sa colère avait tout fait tomber.

Des pas craquent dans l'escalier. Maman entre dans ma chambre et s'approche de mon lit. Je resserre les couvertures autour de moi. Elle me toise, les yeux gonflés d'avoir trop pleuré.

— Je ne comprends pas à quoi tu joues, Cara Jean. Tu es très malade. Tu m'entends ? Très malade. Tu n'as aucune idée de ce que tu viens de déclencher. Je n'y arriverai pas seule. C'est trop pour une seule personne. Si je dois faire venir le docteur Eric pour te piquer de nouveau, je le ferai.

J'acquiesce, et je pleure, et je reste prostrée dans mon lit en souhaitant plus que tout au monde pouvoir reprendre les bouteilles que j'ai jetées à la mer. Maman me l'a toujours dit : nous sommes des femmes fortes ; nous n'attendons d'aide de personne. Mon corps fonctionne encore davantage au ralenti que mon cerveau. Je ne m'attendais pas à ce que mon plan déraille de cette façon. Je voudrais suspendre un drap blanc à ma fenêtre en signe de reddition – et en même temps, trouver de quoi écrire SOS sur le tout.

La fenêtre de ma chambre est à plusieurs mètres du sol. Même un bon jour, je n'arriverais pas à sauter sans me faire mal. J'essaie de deviner où Maman a rangé mon téléphone ; je cherche un moyen d'accéder à l'ordinateur sans qu'elle s'en aperçoive. Je me dis que Xavier ne renoncera pas, que M. Brinks ne laissera pas ma mère gagner. Je décide que je dois descendre. Je me force à enfiler des vêtements, et je choisis des chaussures avec lesquelles je peux courir.

Mais finalement, ça ne sert à rien.

Quand le docteur Abidi débarque, elle amène la cavalerie.

Je ne la reconnais pas. Pour commencer, contrairement au docteur Eric, elle ne porte pas de blouse blanche partout où elle va. Je ne vois qu'une dame brune en pantalon de yoga descendre de la voiture qu'elle vient de garer dans notre rue. Je crois d'abord que c'est Manuela, mais cette femme-là ne glisse pas : elle pique tel un aigle vers les deux voitures qui arrivent juste derrière. La seconde est un véhicule de police. Le chauffeur n'a pas allumé sa sirène, mais Maman doit regarder par la fenêtre de la cuisine parce qu'elle glapit aussitôt :

— Cara Jean, qu'est-ce que tu as fait ?

Ses cris résonnent à travers la maison – si fort qu'on doit l'entendre de la rue. Elle me surprend tout habillée sur le seuil de ma chambre et me force à reculer. Elle me prend par les épaules et me secoue en hurlant :

— Cara Jean, par pitié ! Je me suis donné tant de mal pour te soigner, pour te trouver le bon traitement ! Tu ne te rends pas compte à quel point tu es malade !

Dehors, des inconnus frappent à notre porte avec insistance. Dès qu'ils entreront, ma vie changera. Ma mère me fixe comme j'imagine une patineuse fixer la foule au milieu d'une pirouette ou d'un saut avant de rater sa réception. Je la repousse et titube vers l'escalier en me retenant de dire : « Je suis désolée, Maman. »

Je vais ouvrir à la police.

Bien entendu, ma mère fait une scène. J'ai la tête qui tourne ; donc, je me réfugie dans ma chambre.

Pendant que la police interroge Maman, le docteur Abidi monte l'escalier avec l'assistante sociale et me trouve dans ma chambre. Elle me montre le message que j'ai laissé pour elle. Elle me demande si c'est moi qui l'ai écrit, et je hoche la tête. Les deux femmes m'aident à soulever mon matelas. Je leur remets le gros dossier plein de diagnostics erronés et d'ordonnances inutiles. L'assistante sociale désigne le nom que j'ai griffonné sur la couverture, et je lui décris le docteur Eric de mon mieux, ajoutant que son numéro de téléphone est dans le répertoire du mien.

Je demande à voir ma mère. Je réclame une bouteille d'eau. Je tente de répondre au mieux à toutes les questions, mais je ne sais plus quelle est la vérité. C'est difficile de parler de ma vie sans mentionner mes symptômes, sauf que… je ne sais plus lesquels découlent d'un vrai problème de santé. On parle du syndrome de Münchhausen par procuration, et elles semblent surprises que j'en sache autant. Mais elles ne connaissent pas le P'tit Génie. Il ne les a jamais fait réviser.

Puis Mme Barnes revient, et un instant, j'espère qu'elle va m'emmener. Elle a toujours été si gentille, et elle sait toujours exactement quoi faire. Bon, ce serait un peu gênant de me brosser les dents à côté de Xavier, mais…

Au lieu de me proposer d'habiter chez eux, Mme Barnes aide le docteur Abidi à m'expliquer que je retourne au centre médical.

— Non, non, pitié. Je ne sais pas ce que ma mère vous a dit, mais je n'ai pas besoin d'être hospitalisée. Demandez à Xavier, il vous le dira. J'ai arrêté de prendre mes cachets, et je me sens bien. Complètement normale. L'autre jour, je suis même rentrée du centre médical à pied !

Mais je me rends compte que mes protestations sont ridicules.

— Où est ma mère ?

— Elle parle à la police, répond Mme Barnes.

— Ils vont l'arrêter ? Elle va aller en prison ?

— Pour le moment, l'important, c'est ta santé.

Le docteur Abidi prend le relais.

— Il est fort possible que ta mère t'ait manipulée et privée de certaines choses nécessaires à ton développement physique et social. Tu es visiblement sous-alimentée, et ton expérience aura eu des conséquences psychologiques. Nous pensons que ta mère a bel et bien fabriqué une grande partie de tes prétendus problèmes de santé. Nous savons qu'elle t'a droguée. Ce que tu nous as décrit s'appelle de l'abus médical. À l'hôpital, nous effectuerons un bilan complet qui nous permettra de connaître ton véritable état de santé. Puis nous déciderons ce qu'il convient de faire.

Je sens une main fantôme presser la mienne. Dans ma tête, j'entends la voix de Maman me dire de ne pas les écouter, que personne ne me croira.

— Et si je refuse d'aller à l'hôpital ?

Le docteur Abidi jette un coup d'œil à Mme Barnes.

— Cara, pourquoi veux-tu refuser ? D'après ce que j'ai compris, c'est toi qui as contacté le docteur. Tu savais que tu avais besoin d'aide, et elle est prête à te la fournir. Ce que tu vis doit être très effrayant. Tu viens juste de reprendre le contrôle, et il te semble peut-être que nous te demandons déjà d'y renoncer. Mais ce n'est que le premier d'une nouvelle série de choix qui vont s'offrir à toi.

Je me dis que je devrais être reconnaissante. Alors, j'acquiesce et je les suis. Mes jambes flageolent quand je descends l'escalier ; elles me paraissent faibles, presque liquides.

En bas, j'entends la voix de ma mère, pareille au murmure insistant d'une rivière. À travers ses larmes, elle accable un policier de reproches. Il ne cesse de l'interrompre : « Madame. Madame. »

J'agrippe la rambarde si fort que mes jointures blanchissent.

— Je peux voir ma mère ? Juste pour lui dire au revoir ?

Mme Barnes consulte le docteur Abidi du regard. Le docteur Abidi consulte l'assistante sociale du regard. L'assistante sociale me dévisage. Pendant que nous réfléchissons, j'entends Maman hurler :

— Vous n'avez aucune idée de ce que ma fille et moi avons traversé ! Sans moi, elle serait *morte*. Je me suis occupée d'elle toute seule pendant si longtemps ! Vous ne pouvez pas imaginer à quel point c'est dur. Elle est devenue très manipulatrice – certains de ses médicaments provoquent des hallucinations et des psychoses. Elle ne sait pas ce qu'elle raconte. C'est une jeune fille très malade.

Mes jambes se raffermissent, et je passe devant la porte de la salle à manger sans même tourner la tête. Je n'ai plus rien à dire à ma mère. Je prends trois grandes inspirations pour me calmer, et je m'en vais.

Chapitre 29

Mon choix suivant a lieu dans une chambre individuelle aux urgences.

L'assistante sociale m'explique qu'ils ont posté un agent de police à l'entrée. Ce qui signifie que Xavier ne pourra pas me rendre visite. Mme Barnes m'apporte un nouveau téléphone afin qu'on puisse au moins échanger des textos. M. Brinks passe me prêter un des ordinateurs portables du lycée. Je garde ma tenue de ville, on commande des plats chinois, et au début, j'ai l'impression de faire une soirée pyjama bizarre.

Tous les adultes commencent leurs phrases par : « Je suis sûr. » Par exemple : « Je suis sûre que tu as des tas de questions », ou « Je suis sûr que, pour le moment, ta priorité n'est pas de faire tes devoirs ». Quelqu'un dit même :

— Je suis sûr que tu imagines combien nous étions tous inquiets. Je suis sûr qu'aucun de nous ne comprend comment on a pu en arriver là.

Enfin, le docteur Abidi annonce :

— Je suis sûre que Cara est épuisée. Nous devons la laisser se reposer.

J'aimerais répliquer : « Je ne suis pas sûre de vouloir rester seule. » Mais ce n'est pas ce que dirait une femme forte, une guerrière de la santé. Alors, je reste assise sur mon lit d'hôpital, et je remercie pour les piqûres, la réhydratation et les conversations gênées. Quand les gens s'en vont en promettant de repasser demain, je leur souris et je leur dis que j'ai hâte.

Avant de sortir, Mme Barnes me tapote la jambe et désigne le téléphone sur ma table de chevet.

— J'ai déjà entré le premier numéro, au cas où tu aurais besoin d'un tuteur… ou d'un ami.

Je garde l'appareil dans ma main quelques minutes en réfléchissant à ce que je vais écrire. Il me semble qu'à partir de maintenant, tout est nouveau pour moi. C'est la première nuit où l'appareil respiratoire ne trône pas près de mon lit : un agent de police l'a emporté comme pièce à conviction. Ce sera le premier texto que j'enverrai et que Maman ne lira pas.

J'opte pour un classique.

J'ai un nouveau téléphone ; je ne reconnais pas votre numéro. Qui êtes-vous ?

Tu vas voir qu'ils te forceront à aller aux cours de gym, répond Xavier sans mordre à l'hameçon. Puis : *Comment tu te sens ?*

Je me le demande bien. Allongée immobile dans mon lit d'hôpital, j'attends que la douleur imprègne mes os et explose sous mon crâne. Mon cuir chevelu me démange. J'ai encore les plantes de pied endolories d'avoir tant marché. Tout mon corps tourne au ralenti après la piqûre du docteur Eric.

Anesthésiée, je réponds avec franchise. *Qu'est-ce que tu sais exactement ?*

Il ne cherche pas à me ménager, et j'apprécie. *La police a arrêté ta mère. Ils n'arrivent pas à mettre la main sur ton docteur. Mon père a contacté le groupe de soutien au centre médical. Les gens n'apprécient pas ce type ; ils l'ont décrit comme un prédateur. Maintenant, on cherche ton père.*

Mon sac à dos est posé dans un coin de ma chambre d'hôpital. La photo encadrée est l'une des seules choses que j'ai pensé à emporter. *L'adresse à Aurora… Tu sais, avec Uber ? Je suis allée voir mes grands-parents.*

Je peux le dire aux adultes ? C'est ce qui rend Xavier Barnes aussi génial. Quand le reste du monde veut décider à ma place, il me laisse faire mes propres choix, et il les défend si nécessaire. *Quoi d'autre ?*

J'ai mangé des pancakes. Mais il le sait déjà.

Non : qu'est-ce que je peux faire d'autre ?

Tu vois les trois petits points qui clignotent pendant que je décide ce que je vais répondre ?

Oui.

Moi aussi, je les vois.

C'est ainsi que je m'endors la première nuit de ma nouvelle vie, mon téléphone posé près de moi, les trois petits points clignotant sur l'écran telle une preuve du lien qui m'attache toujours à Xavier.

Le lendemain matin, le docteur Abidi vient prendre mes constantes.

— Vous ne portez toujours pas de blouse, dis-je, un peu pour lui prouver que je suis observatrice, un peu pour vérifier que ce n'est pas une imposteure.

— Je suis de repos aujourd'hui, répond-elle sur un ton léger en consultant ma fiche. Tu as faim ?

— Très. Je pourrais dévorer un bœuf entier.

— Super, mais on doit y aller doucement. Tu auras tout le temps de te goinfrer de plats chinois et d'Egg McMuffins plus tard. Pour le moment, on veut surveiller ton alimentation de près.

— Je sais. Je suis toujours très prudente. J'ai des allergies graves, je récite mécaniquement.

Elle me dévisage.

— En fait, nous n'en sommes pas du tout certains. Tu n'as pas d'historique médical qu'on puisse tenir pour acquis, Cara. Le mieux à faire, c'est de repartir à zéro. Tu penses que tu es allergique aux œufs ?

J'acquiesce.

— Très bien. Dans ce cas, on va te faire manger des œufs. N'aie pas peur : nous sommes là, et en cas de problème, nous pouvons t'aider.

— Mais vous aviez dit que je resterais à l'hôpital seulement deux ou trois jours. S'il faut éliminer toutes mes allergies une par une, je vais devoir emménager ici !

Plus tard, quand Tessa l'assistante sociale passe me voir, je comprends pourquoi ils prennent leur temps avec les noix et le gluten. Ils ne savent pas où m'envoyer quand je sortirai d'ici.

— On espère tous éviter que tu te retrouves en foyer. On a contacté plusieurs personnes, dont tes grands-parents paternels. Il me semble que tu es passée les voir récemment ?

— Plus ou moins.

J'ignore ce que Tessa sait ou non, et je ne voudrais pas que le problème de mon hébergement se résolve tout seul parce qu'on m'enverra en prison pour être entrée chez des gens sans leur accord.

— Ils voudraient te rendre visite.

— Ils sont fâchés ?

Tessa sursaute et jette un coup d'œil à ma fiche comme si cette question était un symptôme.

— Personne n'est fâché contre toi, Cara. (Je suis certaine qu'elle n'a pas parlé à ma mère.) J'ai cru comprendre qu'ils avaient une relation compliquée avec leur fils – ton père. Tu te souviens un peu de lui ?

Je secoue la tête. Mes mains se crispent comme pour agripper les touffes de cheveux de l'homme sur les épaules duquel je suis perchée. Mais je doute qu'une impression aussi vague compte aux yeux de Tessa.

Après son départ, on m'amène un chien de thérapie. Au début, je ne suis pas enchantée. Maman m'a toujours mise en garde contre la quantité incroyable de bactéries qu'on trouve dans la gueule des animaux. Mais Theo est sage, et il porte un gilet vert à carreaux. Sa présence m'apaise : lui, au moins, il ne pose pas de questions. Au bout de deux heures, quelqu'un vient le chercher. Puis une art-thérapeute m'apporte un pot de fleurs et de la peinture.

Assise dans mon lit d'hôpital, j'exprime mes sentiments sur un fond de terre cuite. Je dessine des rayons de soleil jaunes qui irradient du centre, et une bordure de feuilles de lierre autour de la circonférence. Pas de quoi justifier un vernissage dans une galerie, mais je m'applique. Ça m'empêche de penser à tous les cours que je suis encore en train de manquer. Je parle du *Monde de la Céramique* à la bénévole ; je lui dis que j'adore la poterie.

— C'est cool. *Très* cool, dit-elle avec un enthousiasme exagéré qui me fait penser qu'elle a lu ma fiche.

Soudain, je me demande ce que va devenir le vase que j'ai offert à ma mère pour Noël. Je l'imagine posé sur la table de la cuisine, plein de fleurs en train de se faner. Alors que je suis à deux doigts de m'apitoyer sur mon sort, je lève les yeux et découvre un monsieur âgé sur le seuil de ma chambre. Il tient un sac de papier brun, et je pense d'abord que c'est M. Burton Wakely. Puis il se présente :

— Bonjour, je suis Pat Neary. Je me demandais si tu aurais une minute.

Pour une bénévole, l'art-thérapeute est prompte à réagir : elle s'interpose entre nous comme si ce vieillard représentait une menace.

— Monsieur, c'est une chambre privée.

Mais j'interviens :

— S'il vous plaît. C'est un ami.

On se regarde, Pat Neary et moi, et on hoche la tête avec un petit sourire.

— Ah, pardon. J'ignorais que quelqu'un devait passer te voir. Je suis sûre que ça ne pose pas de problème. Et ton pot est ravissant ; je vais le mettre sur le bord de la fenêtre. Avec un peu de chance, il sera sec le temps que tu puisses rentrer chez t… sortir d'ici, se ressaisit la bénévole.

Je découvre qu'il suffit de rester assise sans rien dire et de prendre une mine de chien battu pour que les gens bien intentionnés se coupent en quatre pour moi.

— Bon, je vous laisse bavarder tranquillement. Je m'arrêterai au bureau des infirmières pour leur signaler que tu as de la visite.

— Merci. (Je me tourne vers M. Neary.) Merci pour votre carte.

— De rien. Ça m'a fait plaisir de recevoir une réponse. Mais ce que tu disais m'a un peu inquiété. À mon âge, il suffit d'un rien. Tu vas bien ? demande-t-il si gentiment que mes yeux se remplissent de larmes et que ma vision se brouille.

— Ça fait beaucoup, je lui avoue.

— Qu'est-ce qui fait beaucoup ?

Je désigne la pièce d'un geste vague, puis passe une main sur mon crâne rasé.

— Tout ça.

Il s'assoit sur la chaise réservée aux visiteurs et lève les yeux vers le plafond.

— Dans ta lettre, tu disais que tu n'étais peut-être pas malade en fin de compte. Mais je vois bien que si.

— Non, je ne le suis pas vraiment. C'est difficile à expliquer.

Pat Neary hoche la tête et attend la suite sans rien dire.

— Ma mère a prétendu que j'étais malade, et à force, elle m'a…

— Rendue malade.

Cette fois, c'est moi qui hoche la tête.

— Et ça te brise le cœur, devine M. Neary.

Il a raison. Il sort ma lettre de sa poche de derrière. Je suis gênée de la voir dans ses mains. À quoi je pensais quand je la lui ai envoyée ?

— Tu avais l'air désespérément triste, et si seule… Alors hier, je suis passé chez toi en voiture. J'ai frappé à la porte, et une voisine – Anya, tu la connais ? – m'a parlé des voitures de police. Ça avait l'air d'un sacré spectacle.

Je secoue la tête.

— On ne fréquentait pas grand monde.

— Anya m'a dit qu'elle se posait des questions à ton sujet, parce qu'elle te croisait si rarement. Ma nièce travaille dans cet hôpital. L'autre jour, elle a mentionné qu'une patiente, une jeune fille avec des cheveux rasés, avait laissé un message pour un des médecins. Je sais qu'il existe beaucoup d'ados tristes et seules en ce monde. Mais j'ai eu l'intuition que c'était toi. Je me suis dit : *Deux lettres le même jour, ça pourrait être la même fille.* Alors, comme j'ai pas mal de temps libre, j'ai mené ma petite enquête. Tu connais la différence entre une maladie et un cœur brisé ?

De nouveau, je secoue la tête.

— Le remède est différent. Le remède pour un cœur brisé, ce sont les contacts sociaux. Tu nous as contactés, le docteur et moi. Continue comme ça, Cara Wakely, et tu guériras bien davantage que ton cœur brisé.

Alors, il ouvre le sac en papier posé à ses pieds et en sort un ours en peluche blanc, avec des coussinets en daim. On dirait un jouet de luxe fabriqué artisanalement.

— Je sais que c'est un cadeau pour une enfant, mais les fleurs se fanent et meurent, surtout dans l'atmosphère renfermée d'un hôpital.

Je n'avais jamais vu de peluche aussi belle. Une vraie œuvre d'art.

— Il me plaît beaucoup. Merci, c'est adorable. Rien que votre carte…

Il lève une main pour m'interrompre.

— Tu voudrais bien continuer à m'écrire ? J'aimerais savoir si l'ours se plaît dans sa nouvelle vie avec toi.

— Je ne manquerai pas de vous donner de ses nouvelles.

— Merveilleux. Maintenant, repose-toi, ma jeune amie. Et dis-leur d'arrêter de te faire peindre des pots de fleurs : le travail des enfants est illégal.

— Vous avez raison. Je crois qu'ils ont prévu de me faire ramoner les cheminées ce soir. Je vais annuler.

Alors, M. Neary mime deux pistolets de ses index et de ses majeurs tendus, et je pense à Xavier. Ils s'entendraient si bien tous les deux ! Quand Xavier m'envoie un texto à 15 h 30, je lui dis que je viens de rencontrer le vieux monsieur le plus adorable du monde.

S'il essaie de te convaincre que tu as une maladie auto-immune rare, il faudra envisager de revenir sur ton jugement, me répond-il.

C'est tellement nul que je suis forcée de rire.

Pardon, ce n'était pas drôle, s'excuse aussitôt Xavier.

Ce qui me fait rire encore plus fort.

Imagine que je tire mes doigts-pistolets de leurs holsters invisibles.

Ma mère ne veut pas que je vienne te voir. Elle dit que tu as besoin de temps.

Peut-être.

Je suis désolé qu'on n'ait pas compris plus tôt.

Ne t'excuse pas. Tu pourrais aller au Monde de la Céramique *pour moi ? Ce soir ou demain ?*

Tu veux que je te sculpte une créature des bois ?

Je veux que tu racontes tout à Manuela.

Vraiment ? Pourquoi ?

Comme ça, quand je sortirai d'ici, il existera au moins un endroit où je pourrai aller sans devoir tout expliquer.

D'accord. C'est comme si c'était fait, promet Xavier.

Assise dans mon lit d'hôpital, je fais l'inventaire de tous les autres contacts que j'ai établis et que je dois préserver.

Le jeudi, on me confirme que je ne suis allergique ni au gluten, ni aux noix, et je commande un sandwich pain blanc-beurre de cacahouètes, juste parce que je peux. Collant et écœurant, il m'apprend que je ne dois pas nécessairement regretter toutes les choses dont j'ai été privée dans mon enfance.

Puis je rencontre mes grands-parents.

Tessa réserve une salle de conférences pour qu'ils ne soient pas perturbés de me voir dans un lit d'hôpital. Mais l'infirmière de service insiste pour qu'un aide-soignant m'y emmène en fauteuil roulant, ce qui casse un peu l'effet recherché. La première chose que je dis, c'est :

— Désolée d'être entrée chez vous sans permission la semaine dernière.

Les mains de l'aide-soignant se crispent sur les poignées de mon fauteuil, et Tessa semble avoir avalé une abeille.

— Ce n'est pas grave, ma chérie, répond Grand-Mère Wakely sur un ton apaisant. (Mais que pourrait-elle dire d'autre ? Puis elle développe :) Nous comprenons que tu étais venue réclamer de l'aide, et que tu ne savais peut-être pas comment t'y prendre.

— C'est dommage que tu te sois enfuie, intervient M. Burton Wakely. On aurait pu empêcher ce qui est arrivé ensuite si tu n'avais pas…

— Inutile de revenir là-dessus, coupe Tessa. Cara nous a dit qu'elle se sentait complètement perdue et dépassée à ce moment. Elle a paniqué. Elle n'avait aucun moyen de savoir de quelle façon vous l'accueilleriez, et si ce serait dangereux pour elle ou non.

— Déjà, on ne lui aurait pas injecté de narcotiques !

Je comprends que Burton soit irrité par les circonstances de ces retrouvailles. Il est prêt à assumer son rôle de grand-père, mais de toute évidence, il préférerait que ça ne l'oblige pas à manquer un épisode de *Jeopardy !*

— Burton, s'il te plaît.

Je parie que Grand-Mère Wakely répond à toutes les questions de l'émission dans sa tête chaque soir, mais qu'elle les garde pour elle afin de ne pas contrarier Papy. Elle me sourit.

— On veut juste t'aider. Nous avons remarqué que tu avais déplacé ta photo. Tu te souviens de ce parc ? Il est juste à côté de chez nous.

— Non. (Elle sort un mouchoir en tissu de son sac et se tamponne les yeux.) Désolée. Je me rappelle vaguement avoir été heureuse, mais aucun détail en particulier.

— Un vague sentiment de bonheur, ce n'est déjà pas si mal, affirme-t-elle en souriant à travers ses larmes.

— Et sa mère, qu'est-ce qu'elle va devenir ? grogne Burton.

— Nous ne sommes pas là pour discuter de ça, répond Tessa en notant quelque chose sur son porte-bloc.

— Cette femme nous a volé notre petite-fille, insiste Papy. Des années de sa vie. Et un tas d'autres choses, aussi.

— Aujourd'hui, nous sommes là pour trouver des moyens de soutenir Cara.

Mais Burton est lancé.

— Sans parler de notre fils. Les dégâts que cette femme a faits ! Vous n'imaginez pas.

— En fait, si, répond Tessa sur un ton compatissant. Et Cara mieux encore. Tâchons de ne pas l'oublier. Si cette conversation perturbe Cara, je devrai y mettre fin. Cara, tu veux continuer ?

— Oui, ça va.

Mais je suis impressionnée. Je me demande combien de temps je pourrai la garder avec moi. Ce serait tellement plus facile de finir le lycée avec Tessa l'assistante sociale pour me soutenir d'un côté et Theo le chien de thérapie pour me guider de l'autre ! Enhardie, je lance :

— Vous pourriez me parler de mon père ?

M. et Mme Burton Wakely échangent un regard si lourd de chagrin que je regrette d'avoir posé la question. J'explique :

— Ma mère écrivait à des associations caritatives en disant qu'elle était veuve.

Burton ricane.

— Elle est bien bonne, celle-là. Tu entends, Maggie ? Le toupet sans bornes de cette femme !

— S'il te plaît, calme-toi, dit Grand-Mère en tendant une main pour presser la sienne, ce qui me rappelle toutes les fois où Maman a fait de même avec moi pour m'empêcher d'en dire trop. Nous aimons notre fils, mais il ne va pas bien non plus. Il se débat contre des addictions qui sont aussi une forme de maladie. Ta mère et lui s'entraînaient mutuellement. Nous pensons… (Elle jette un coup d'œil à Papy et lui presse de nouveau la main.) Nous pensons qu'il se sentait impuissant face à elle. Il a fait de mauvais choix, mais certains d'entre eux ont peut-être été dictés par son incapacité à te protéger. Je sais qu'il culpabilise beaucoup.

Tessa lève le nez de ses notes.

— Vous êtes encore en contact avec votre fils, madame Wakely ?

Burton ricane de nouveau.

— Seulement de façon minimale, répond Grand-Mère. Il nous appelle une fois par an, généralement pour nous réclamer de l'argent. Nous ne sommes pas venus pour le représenter ou le défendre. (Elle se tourne vers moi.) Nous sommes ici pour jouer notre rôle de grands-parents. Je suis désolée si tu espérais que ton père viendrait te chercher et qu'il arrangerait tout. Malheureusement, Matt n'est pas ce genre de personne. Il aimerait bien, mais il n'y arrive pas.

— Merci de me dire ça. J'ai emporté une photo de lui. C'est bien lui, n'est-ce pas ?

— Il y a longtemps, répond Grand-Mère Wakely avec un sourire triste. Il a beaucoup changé depuis.

— Je n'avais pas l'intention de la voler, mais… je n'avais jamais eu de photo de lui.

— Tu peux la garder. Quand tu viendras à la maison, on te montrera nos vieux albums. Ça te ferait plaisir ?

J'acquiesce, et elle se tamponne de nouveau les yeux avec son mouchoir.

— Matthew est-il au courant des derniers événements survenus dans la vie de Cara ? interroge Tessa.

Les Wakely secouent tous les deux la tête.

— Pas à notre connaissance, répond Grand-Mère d'une voix dure. Matthew sera incapable de la soutenir, émotionnellement ou sur n'importe quel autre plan. Nous en avons longuement discuté. (Elle échange un regard avec son mari.) Cara, nous ne parlons que de ça depuis le jour où nous avons vu ce reportage. Nous voulons t'aider. Tu es notre petite-fille. Je sais que pour le moment, nous sommes des étrangers pour toi, mais nous aimerions y remédier au plus vite. (Elle se tourne vers Tessa.) On pourrait peut-être parler de ses conditions de vie plus tard, entre adultes ?

Tessa réfléchit.

— Nous souhaitons que Cara reprenne un certain contrôle sur sa vie. C'est merveilleux que vous souhaitiez renouer avec elle. Mais cela demandera un certain nombre de conversations difficiles, que je peux vous aider à avoir ensemble. Pourquoi ne pas commencer maintenant ? Si quelqu'un se sent mal à l'aise, on pourra arrêter et y revenir un autre jour. Ça vous convient ?

Je pince les lèvres et acquiesce. M. et Mme Burton Wakely hochent la tête. Grand-Mère croise les mains sur son ventre et dit :

— Très bien. Nous pourrions accueillir Cara chez nous, mais notre porte doit également rester ouverte à Matthew au cas où il reviendrait. Nous nous inquiétons également à cause de notre âge : nous savons que Cara aura besoin de structure et d'encadrement. Mais nous avons les moyens financiers de contribuer à son entretien. Et nous préférerions aussi ne pas l'arracher une nouvelle fois à son lycée. L'idée, ce serait qu'elle puisse loger chez un ami ou un professeur.

De nouveau, le caillou est emporté par le courant qui le ballotte au fond de la rivière. *Ils ne veulent pas de moi. Ils ne veulent pas de moi.*

— Cara, tu entends ce que dit ta grand-mère ? interroge Tessa.

J'opine. *Ils ne veulent pas de moi.*

— Qu'est-ce que tu en penses ?

Je ne trouve pas de mots.

Burton se penche en avant.

— Que ce soit bien clair. Je ne veux pas qu'elle aille en foyer. Pas ma petite-fille. (Il gifle la table avec tant de force que je sursaute.) S'il n'y a pas d'autre choix, alors tant pis : Matthew ira en enfer. Il a eu sa chance. Nous lui en avons même laissé beaucoup trop. Dieu m'en est témoin.

Papy Wakely soupire comme s'il regrettait de ne pas avoir un mouchoir, lui aussi.

— Mais s'il existe une meilleure solution, quelque chose de positif pour Cara, nous ferons le nécessaire pour la mettre en œuvre. Je suis vraiment désolé, Cara. (Sa voix bourrue s'étrangle.) Nous pensions que ta mère faisait au mieux dans une situation difficile. Nous aurions dû insister pour… je ne sais pas. Nous ne pouvons pas changer le passé, juste nous améliorer à l'avenir.

Les remous du courant s'apaisent, et la surface de la rivière redevient lisse. Je ne bronche pas.

— Qu'en penses-tu, Cara ? demande Tessa. Comprends-tu ce que disent tes grands-parents ? Ils semblent avoir beaucoup d'amour pour toi.

— Je leur en suis très reconnaissante, dis-je comme Maman me l'a appris. (Puis mon masque de sérénité se fendille.) Mais je ne sais pas où je pourrais aller, dis-je d'une voix tremblante.

— Oh, Cara. Tu n'es donc pas au courant ? Je pensais qu'on t'en avait déjà parlé. Quelqu'un est prêt à t'héberger.

Épilogue

Grand-Mère Maggie démarre et fonce sur l'autoroute. Je cale mes pieds contre la pile de Tupperware pleins. Désormais, tous les dimanches, je me réveille à Aurora et j'accompagne mes grands-parents à la messe. Ce n'est pas trop mon truc mais je fais un effort, parce que c'est important pour eux. Ils me font asseoir entre eux afin que tous les autres paroissiens puissent me voir. Mes cheveux ont suffisamment repoussé ; maintenant, si les gens me dévisagent, c'est juste parce qu'ils ne me connaissent pas encore.

Je ne crois toujours pas à ce que raconte le prêtre. Pendant son sermon hebdomadaire, je regarde mes grands-parents acquiescer chaque fois qu'il parle de foi et de pardon, et quand on va manger à *La Comète*, ils me regardent démolir une pile de pancakes. On fait des compromis.

Grand-Mère passe beaucoup de temps à m'engraisser. Le samedi après-midi, on voit un thérapeute ensemble, puis on fait la cuisine. Ça nous occupe les mains pendant qu'on s'attaque aux conversations les plus difficiles.

Grand-Mère est persuadée que Manuela ne sait pas cuisiner, même si elle se garde bien de le dire. Alors, elle m'apprend à préparer toutes ses recettes préférées, et elle m'emballe les restes pour que je les rapporte à l'appartement où on habite, au-dessus du *Monde de la Céramique*. Mes grands-parents m'ont dit qu'en vieillissant, je n'aurais peut-être plus envie d'aller les voir tous les dimanches. *« Quand tu auras seize ans, des garçons te tourneront autour, et ils te proposeront des rendez-vous le week-end. »* Grand-Mère appelle Xavier « mon soupirant », même si on se contente généralement d'échanger des textos.

Je n'ai pas encore parlé à Matthew Wakely, mon père. Mais je parle de lui en thérapie, du fait que je ne peux pas le remplacer auprès de mes grands-parents, qu'ils ne peuvent pas rattraper avec moi les erreurs qu'ils ont commises avec lui. Je vois bien que ça les attriste de penser à lui – autant que ça me met en colère de penser à ma mère.

Sa mise en liberté provisoire a été refusée ; c'est en prison qu'elle attend que son affaire passe en jugement. La plateforme de collecte de fonds a gelé son compte Guérir Cara et remboursé ce qui restait aux contributeurs – moins l'argent qu'elle avait déjà dépensé ou versé à Eric Andrianakis, l'homme qui n'était pas docteur mais qui faisait très bien semblant auprès des groupes de soutien. Ses avocats tentent de faire reporter ses audiences à des dates ultérieures sous prétexte qu'elle est malade mentale et que le faux docteur

Eric a abusé d'elle. Une hypothèse d'autant plus facile à défendre qu'on n'a toujours pas remis la main sur lui.

Mais tous les hommes ne se volatilisent pas. M. Neary m'emmène à des séances de thérapie individuelle deux fois par semaine. Parfois, on s'arrête pour frapper quelques balles sur le parcours de golf local. Je ne suis vraiment pas douée, mais une fois de temps en temps, mon club tape pile au bon endroit, et je regarde la balle jaune fluo fendre l'air avant de retomber et de s'écraser dans le filet.

Et puis, il y a Xavier, qui n'est pas encore un homme et pas non plus mon soupirant ni mon petit ami. C'est un garçon un peu bizarre et un vrai P'tit Génie, le premier jeune de mon âge avec qui j'ai tissé des liens. Mais ça ne signifie pas qu'on s'embrassera ou qu'on sortira ensemble un jour. Il sait ce que c'est d'être malade ; en revanche, il ignore ce que ça fait de savoir qu'on a inutilement perdu des années de sa vie. Mais c'est avec lui que je parle le plus souvent. Il est la seule personne qui ose plaisanter au sujet du syndrome de Münchhausen. Mon premier contact.

Manuela, elle, est ma logeuse. Elle déteste que je l'appelle comme ça. Mais elle n'est pas ma mère d'accueil, et encore moins ma mère tout court. Elle est mon amie, ma prof de poterie et désormais, ma patronne. Parce que depuis quelque temps, c'est moi qui organise les fêtes d'anniversaire au *Monde de la Céramique*. Au début, je craignais de ne pas pouvoir égaler sa magie. Puis j'ai découvert que la seule chose nécessaire pour organiser une bonne fête d'anniversaire, c'est d'aimer ça. Et maintenant, c'est à ça que je consacre tous mes vendredis après-midi.

Je gère également la chaîne YouTube du *Monde de la Céramique*. C'est Xavier qui a eu l'idée de la lancer. On filme des tutoriels, on organise des concours, on interroge les clients sur leurs créations. On a beaucoup de succès, et pas seulement auprès des curieux qui viennent jeter un coup d'œil à cause du procès de Maman. On a tout un plan marketing : Xavier dit que ça relève de la science parce que ça met en pratique ses connaissances théoriques sur la collecte et l'analyse de données. Je crois qu'il adore ça ; simplement, il refuse d'admettre que c'est plus amusant que de cartographier des génomes ou d'observer une boîte de Petri.

Aujourd'hui, nous tournons une vidéo pour une autre chaîne. Grand-Mère Maggie le sait, et elle est tendue. Chaque fois qu'elle double une autre voiture, ses mains se crispent sur le volant. Elle porte un foulard en soie noué sous le menton, comme si ça pouvait lui servir de casque. J'aime la regarder conduire. Manuela trouve ça dingue qu'elle me ramène tous les dimanches, me dépose au *Monde de la Céramique* et reparte aussitôt à Aurora. Mais Grand-Mère Maggie est une femme forte. Comme moi.

J'envoie un texto à Xavier pour lui dire que j'arrive. Grand-Mère s'arrête, tourne la tête vers moi et dit :

—Je suis très fière de toi.

—Je sais.

Je lui tapote la main. Sa peau est douce et délicate, tout le contraire de nous.

—Mais je tiens à te rappeler que ce n'est pas toi qui as créé ce problème, et que ce n'est pas à toi de le résoudre. Tu n'es pas obligée de t'exposer davantage.

—Au contraire, je vois ça comme une chance de me soustraire définitivement aux regards.

Nous échangeons un sourire.

—À samedi.

Je descends de voiture, jonglant avec le sac à dos sur mon épaule et la pile de Tupperware devant moi. Je monte l'escalier en courant et dépose tout en haut. Xavier m'attend dans la rue.

—Super coiffure aujourd'hui, commente-t-il.

—Arrête.

—Une vraie star. Toutes les filles du pays vont vouloir se raser les cheveux juste pour qu'ils repoussent dressés en l'air.

—Tu es bête.

En fait, je suis ravie que ce soit Xavier qui m'accompagne pour retourner dans mon ancienne maison. Il fait presque bon aujourd'hui ; les arbres sont couverts de feuilles vertes. Tout le quartier semble beaucoup plus joyeux au printemps, et il sent bon l'herbe fraîche et les jacinthes.

Personne n'a encore reloué la maison. Même si elle n'est inoccupée que depuis quelques mois, elle semble à l'abandon. Je n'avais jamais remarqué que le porche était de travers ni que la peinture s'écaillait sur les volets. Les rideaux de la maison voisine remuent, et j'agite la main au cas où Anya nous observerait.

— Tu es prête ?

Je m'assois sur la marche supérieure et Xavier s'accroupit dans l'allée pour me filmer avec son iPad. J'accroche un sourire sur mon visage et me lance.

— Bonjour, guerriers de la santé. C'est Cara. Ça fait un moment, et il s'est passé des tas de choses depuis notre dernier épisode. Je sais que beaucoup d'entre vous sont déjà au courant, qu'ils connaissent les raisons pour lesquelles nous n'avons pas mis de vidéo en ligne depuis longtemps. J'ai apprécié la plupart des commentaires que vous avez laissés sous les vidéos précédentes. Certains d'entre vous m'ont vue grandir, et votre soutien m'a aidée à tenir le coup pendant une période très difficile, où je me sentais vraiment seule.

» Vous m'avez également posé de nombreuses questions, et je suis désolée de ne pas pouvoir répondre à beaucoup d'entre elles. Personne d'autre que ma mère elle-même ne pourrait expliquer ses actions. M'interroger à ce sujet ne m'aide pas. Sachez juste qu'elle n'enregistrera pas d'autres vidéos. Vous avez peut-être remarqué que ce matin, nous avons supprimé toutes les archives : elles ne sont plus considérées comme du contenu public, mais comme des pièces à conviction. Si vous avez donné de l'argent à la campagne Guérir Cara, merci pour votre générosité. Je n'y ai pas et n'y aurai jamais accès. Vous pouvez contacter la procureure de Trumbull County, qui se démène pour restituer les fonds collectés.

» Je n'apparaîtrai plus sur cette chaîne. Je vais me concentrer sur ma scolarité, et à terme, j'espère postuler pour une école d'art. Mon corps reprend des forces et ma vie sociale se développe. Maintenant, je vais vous laisser. Je voulais juste enregistrer une dernière vidéo pour vous dire que je vais bien, et que je vous souhaite le meilleur.

Je fixe l'objectif comme Maman me l'a appris. Puis je fais signe à Xavier de couper.

— Super ! s'écrie-t-il. Tu as vraiment géré, Cara. Tu débordais d'assurance et tu as parlé de façon très claire, en exprimant pile les sentiments qu'on voulait faire passer.

— On devrait la laisser en ligne trois jours avant de la supprimer.

Il acquiesce d'un air excité.

— D'accord. Tu ne veux pas qu'on refasse une prise, par sécurité ?

Je ne peux pas m'empêcher de sourire. C'est du Xavier Barnes tout craché. Il croit toujours qu'il peut améliorer les choses.

— Non, ça suffira. Pour une fois, c'était bon du premier coup.

Remerciements

Merci à Cormac and Maeve, qui ont sauté à pieds joints dans les aventures de cette année et gentiment partagé mon attention avec ces personnages. Grâce à vous, chaque jour est une histoire formidable. Tout mon amour et toute ma gratitude aux familles Corrigan, McKay, Ryden et Franzmann, ainsi qu'à Anne Glennon et Steve Loy. Merci d'encourager mes bonds, à la fois sur le papier et d'une côte à l'autre du pays. Ma profonde reconnaissance à Rose Abondio, Barbara Corbin et Ella Nowak pour leur amitié et l'attention affectueuse qu'elles prodiguent à mes enfants. Merci à l'incroyable équipe administrative de Joe Chodl, Graig Domanski, Denise Ryan et Meredith Santowasso. Ensemble, nous aurions résolu ce mystère dès la fin du deuxième chapitre. Je suis très reconnaissante à mes amis, surtout ceux s'expriment à travers certaines de ces pages : Sara Belyea, Yasmin Crystal, Nandini Dutta, Hannah Garrow, Lynn Hernandez, Elijah Kaufman, Stacy McMillen, Billy Merrell, April Morecraft, Mark Nastus, Sara Nardulli, Sherry Riggi, Nina Stotler et Cora Turlish. Les incroyables designs de Christopher Stengel magnifient mon travail. Merci d'avoir mis ce livre en valeur avec tant de soin, j'apprécie vraiment. Remerciements tout particuliers à ma collègue écrivaine Laura Barber ; nos promenades hebdomadaires m'ont aidée à me sentir chez moi à Tacoma. Il y a plus de vingt ans, David Levithan a choisi un de mes livres et changé le cours de ma vie. Chaque jour, je suis reconnaissante pour ses sages conseils et cet extraordinaire coup de chance. L'année qui vient de s'écouler m'a mise à l'épreuve à la fois en tant qu'autrice et qu'éducatrice. Deux communautés exceptionnelles ont encadré la rédaction de ce roman : la promotion 2020 de Rutgers Prep et la promotion 2021 d'Annie Wright. Votre dur labeur, votre joie authentique et votre force immense sont une source d'inspiration perpétuelle.

Aubin
IMPRIMEUR

Achevé d'imprimer en mai 2021
par Aubin Imprimeur à Ligugé
N° d'impression 2102.0267
Dépôt légal, juin 2021
Imprimé en France
36231431-1